榕蔭書話

陈伟军　陈鸣超　著

中國書店

图书在版编目（CIP）数据

榕荫书话 / 陈伟军，陈鸣超著. — 北京 ：中国书店，2019.6
ISBN 978-7-5149-2291-2

Ⅰ. ①榕… Ⅱ. ①陈… ②陈… Ⅲ. ①中国文学—当代文学—作品综合集 Ⅳ. ①I217.1

中国版本图书馆CIP数据核字(2019)第047800号

榕荫书话
陈伟军　陈鸣超 著
责任编辑：木　洛

出版发行：中国书店
地　　址：北京市西城区琉璃厂东街115号
邮　　编：100050
印　　刷：中国电影出版社印刷厂
开　　本：880mm×1230mm　1/32
版　　次：2019年6月第1版第1次印刷
印　　张：11
字　　数：130千字
书　　号：ISBN 978-7-5149-2291-2
定　　价：68.00元

目　录

书海行踪

旧书品读

古籍经眼

线装书籍

书里书外

书林趣事

书海行踪

“猎书”的乐趣

网上“猎书”，已经十年。隔山买牛，有得有失，喜怒哀乐，感受良多。得时自是快意，失手更须泰然。但总的来说，得还是大于失，喜亦胜于悲。书海撒网，总比“临渊慕鱼”为好，故作“猎书”的乐趣。

一、“久别重逢”之喜

在网上淘得自己喜欢而又“阔别”已久的旧书，这是很开心的事情。大约 1982 年，我在学校的图书馆借阅了《柳宗元诗文选注》（湖南人民出版社 1979 年出版），其中最喜欢的篇章有《愚溪对》《愚溪诗序》《乞巧文》等。这些文章构思精巧，笔法恣肆泼辣，叙写人间世态，活灵活现；宣泄胸间积郁，痛快

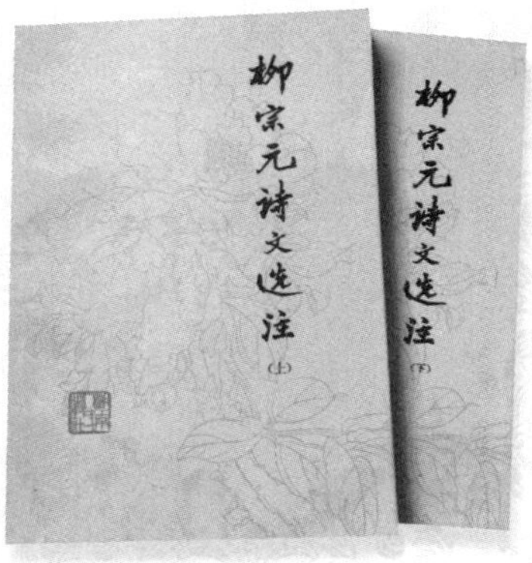

《柳宗元诗文选注》
湖南人民出版社 1979 年出版

淋漓。我读后深受震撼，一度成为柳宗元的“粉丝”，在学校发的练字本中恭恭敬敬地抄录柳宗元的文章。同学问我：“老师叫练习写字，你为何抄写古文？”我说：“抄写古文，既可练字，又可增加对古文的理解和记忆，这是一举两得。”

因为对柳宗元的印象极深，一直想重温他激情饱满的文章，工作后，我买了一套影印的宋蜀刻本《唐柳先生文》。文集卷帙浩繁、博大精深，不便诵读，于是，我想起了那个简明易晓的诗文选注本。所幸时下网络发达，沟通便利，以往“踏破铁鞋无觅处”的旧书，如今几乎是唾手可得。于是，我趁着网络的方便“点击”回这套暌违将近三十年的《柳宗元诗文选注》，从而体验了一回“久别重逢”的欣悦。

二、触手如新之趣

网上购得价钱较低、品相绝佳的好书，更是一种乐趣。因嗜好目录版本，家里早备有《四库全书总目提要》《增订四库简明目录标注》等书，不时查看，有所收获。曾在书店遇见2007年出版的《四库提要辨证》，知道此书引述大量资料，纠正《四库全书总目提要》的乖错违失，对目录学、版本学等均有裨益，若与原有的《四库全书总目提要》对照阅读，效果当会更好。但嫌此书似是电脑制作，装帧设计未尽人意，遂搁置

《四库提要辨证》中华书局
1985 年出版

不要。近见网友粘贴《四库提要辨证》的相片，其书为中华书局 1985 年刷印，封面饰有淡淡的花纹，清雅可喜，不觉心动。我上网了解此书的行情，很快看中一套版次相同、品相绝佳的《四库提要辨证》。此书索价一百五十元，感觉不贵，就订购了，收到书验看时，果真毫发无伤，新若未触，我差点不信这是三十年前的出版物。

三、“破镜重圆”之乐

要说网络书店的优势，更重要的一条就是利用网络平台展示各色名目的、不可计数的零本残册，让收藏者各取所需，与原先残缺不全的书搭配成套。这是网络书店的一大贡献。

笔者 1994 年底购得《元曲释词》第二、三、四共三册，当时不过贪图此书使用价值高，装饰美观，价格便宜。由于此书“三缺一”，我心有不甘，又想购买第一册，把它配齐。

《元曲释词》中国社会科学出版社
1983 年—1990 年出版

1996 年我到北京，在琉璃厂的旧书市中寻找，在工人文化宫的图书交易市场寻觅，向中国社会科学出版社的相关人员求助……此后又不时打探，结果可想而知。我灰心地认为，要配齐此书是没有希望了。谁知山穷水尽，柳暗花明，《藏书报》（原称《旧书信息报》）信息版、网络书店竞相拓展猎书渠道，于是，我花十几元买到了《元曲释词》的第一册。当一本“崭新”的旧书从遥远的地方飘然而至，离散多年的《元曲释词》团聚一处，亲密无间，此刻，我内心的感受妙不可言！

2014 年 12 月 19 日

（原文载 2014 年 12 月 31 日《湛江日报》、2015 年 3 月《天涯读书周刊》第 217 期）

书市“一二”

书店逛多了，自然会遇到一些不寻常的人和事，叫人难以忘却。现从中拣取“一二”，凑成一篇小文章。

一分钱

小时候，我家缺少劳动力，吃饭的多，做工的少，家庭经济非常困难。一年到头，我就是春节时候得到一点“衫带钱”（压岁钱），趁墟、看电影时得到一点“糖糕钱”（买零食），其他时间基本是两手空空。有一次，我好不容易攒了两三角钱，去购买一本我“垂涎”已久的图书，交款时才发现少了一分钱。我尴尬极了，却不会求助他人，只好退还图书。待我有足够的钱进入书店时，该图书早已告罄。

二角钱

长大后，我想起小时候的“饥渴”，买起书来毫不吝啬。一天，我正在某书店挑选图书，忽然有人拍我的肩膀。我抬起头，见是一位陌生的青年人，他竖起两根手指，一字一句地说："两毛钱，买书欠两毛钱，你给我好吗？"

我有过买书欠一分钱的经历，便毫不犹豫地送他二角钱。他深受感动，要我留下姓名和地址，以便联系。我觉得小事一桩，不必介意，婉言拒绝了。他对我连连道谢，此中诚意，只有我辈书痴才能领会。

我的钱包

《南方日报》"海风·书林"刊头藏书票

爱书人有逛书店的嗜好。这天，我正在密密的书林间漫步，蓦地感到腰间被人撞了一下，我不想理会他。半晌，我才知道钱包被小偷扒走了。

幸亏，我的钱包没有现钱，只有临时记下读后杂感的零碎纸片。小偷得到这个鼓鼓囊囊的钱包，必定会欣喜若狂的；打开钱包之后一无所得，也定会大叫倒霉。

想到这里，我哑然失笑了：神秘的小偷，你明白了吧，我辈爱书而已，哪里是有钱的人呢？

（原文载 1995 年 10 月 4 日《南方日报》“海风 · 书林”）

卖力为买书

我是乡下人，并不向往城市，可还是跑到城里卖力气，图啥呢？就图城里有书买。

我平时非常吝啬，舍不得乱花一分钱，可买起书来，我又特别大方，“卖力”几年，我买下了古今中外不少的文学名著。

不久，我有幸到广州“卖力”，省城的书市令我眼界大开，只要有机会，我就一头扎进茫茫的书海里。为了分清方向，我

作者收集的部分图书

买来了《四库全书简明目录》，刻苦钻研。节假日，我成天泡在书店里，按照《四库全书简明目录》提供的内容和线索，悉心选购图书。在短短的一年时间内，我接连买下了《太平广记》《太平御览》《诸子集成》等等我思慕已久的古籍。

当“卖力”期满，离开广州的时候，我没有带走一样和璧隋珠，只带回一大堆古色古香的图书。然而，我很自豪，因为我有了一座迷人的书山，在这幽深莫测的书山里跋涉、探索，我将不会寂寞，不会空虚。

（原文载 1993 年 10 月 4 日《读者导报》）

购书琐记

我是个书迷，多年来经常与书店打交道，书店工作人员热心为读者服务的精神给我留下深刻的印象。

两块钱买的书

我曾经用两块多钱买下一本装帧淡雅、印制精美的书。

《书目答问补正》上海古籍出版社 1986 年出版

1994 年 5 月，我向中国书店求购《书目答问》一书，书店复函说只有《书目答问补正》，我见书名不符，购书一事就放了下来。待我得知《书目答问补正》包括“答问”和“补正”两部分时，已经是三个月之后的事了。

怎么办呢？汇款嘛恐怕该书已经售缺，不汇款我又舍不得这本廉价的好书。最后，我考虑到该书仅两元，即使丢失也是小事，于是办理了汇款手续。

过了几天，我收到中国书店的一封挂号信，信中说：来款收到，所购《书目答问补正》一书，已由我店配发，经邮局寄出，书到后望及时收取……

此信令我喜出望外：需要的书终于有着落了！我见信封上贴着五角钱的邮票，心想，中国书店并不鄙视两块钱的买卖，甚至为两块钱的买卖支付了近一块钱的邮资（包括寄书的邮费），这样的生意，也许是绝无仅有的了。

一套精装书

我的《二十四史》（中华书局排印本）绝大部分是平装本，但《北史》却是精装书。此书让我想起发生在书店里的一件小事。

《北史》（精装本）中华书局 1983 年出版

1990 年，我在某地驻广州办事处工作，业余时间，我经常到广州各大书店去“过瘾”。一天，我正在古籍书店购买《北史》，书店的一位职员见我面熟，是个常客，就介绍说：“仓库里有一套精装《北史》，你要不要？”

“精装书贵，我不想要。”我坦率地说。

“那套书是前几年出版的，定价与现在的平装本相差无几了。”

原来如此！我赶紧表示感谢，欣然买下这套精装书。

崭新的《渊鉴类函》

《渊鉴类函》是一部篇幅巨大、内容丰富的类书，此书对于查阅古籍资料很有帮助。1992 年初，我得悉广州古籍书店有

《渊鉴类函》（精装本）中国书店 1985 年出版

此书出售，就办理了邮购手续，同时在汇款单上写了一句话：我想要一套新书，不要让人翻看过的“样品书”。

几天后，书店回信了：《渊鉴类函》目前我店只有“样品书”一套，不能满足你的要求，书款准备通过邮局退回……

读了此信我心里紧张起来：《渊鉴类函》不是畅销书，再版率很低，现在挑剔不买，以后恐怕就难得有机会了……于是我立即打电话给书店，说：“书款不要退，没有新书，‘样品书’也行。”然而晚了，对方回答说：“这套书已经转卖给别人了……”

我后悔莫及，深怪自己过于在意书的外表，以致坐失时机，正在懊恼，听见对方又说：“假如你确实需要，我可以和出版社联系一下，如果有书，就叫出版社寄一套给你……”我求之不得，满口答应。

大约过了一个月，我果然收到中国书店出版社寄来的包裹。打开包裹，一套崭新的《渊鉴类函》（全 18 册）呈现在眼前。顿时，我心花怒放了。

（原文载 1996 年 6 月 24 日《读者导报》）

长假港城淘书记

“五一”来临，万众欢欣。休假七天，有条件的，游山玩水去了。书痴无能，养家糊口已觉费力，旅游观光似成奢望。好在港城离这里不远，又有旧书摊、店数处，有空且去逛逛。

《四库全书简明目录》

新中国成立后此书大约有三种：一是 1957 年的古典文学版，二是 1964 年的中华书局版，三是 1985 年的上海古籍版。因脱销多年，只能向旧书摊、店寻购。曾通过网站检索，不是残缺不全，就是书价偏高。“五一”期间，笔者骑车到港城湛江，踏进椹川市场附近的一间旧书店，环顾四周，一无所获。正想离开，怕有“鱼儿”漏网，于是回过头，再度寻觅，猛然看见一书，封皮浅灰色，32 开精装，很厚，书

《四库全书简明目录》
上海古籍出版社 1985 年出版

脊上烫金的书名有些剥落，但我仍认得是上海古籍出版社的《四库全书简明目录》。我急忙把它抽出来，只见全书已被水浸渍过，纸张皱巴巴的，甚至有发霉变黑处。询问书价，老板拿过书翻了一下，不经意地说：“十元。”我暗自欢喜：幸亏她信息不灵，若在网上，起码要五十元。于是还价道：“水已泡过，长霉变黑啦。八块钱。”老板捧书思忖，随即应道：“各让一块，九块。”怕她反悔，赶紧付款完事。少顷，老板咕哝道：“想不到会买，不然，多要他一倍钱。”

《关于江宁织造曹家档案史料》

《关于江宁织造曹家档案史料》
中华书局 1975 年出版

此书 32 开平装，故宫博物院明清档案部编辑，中华书局 1975 年出版。因系辑录曹雪芹父祖家世的档案史料，故可当作红学研究资料来看待。关于此书，还有这样的一则趣闻。

二十多年前，一位红学专家偶然看到此书出版的消息，就问书店有无此书。书店业务人员回答说：“有过订单，但没有订。”问他为什么不订，他说：“那玩意儿有啥意思？江宁织造在长江两岸，人家那地方又养蚕，又缫丝，又种棉，又织布；咱们是啥地方，只有山药、莜面、大皮袄，人家的经验咱们用得着吗？”他还一本正经地劝告红学专家：要是有志学技术，可以买一套绵羊育种、改良的书来看……

尚未弄清书名的含义，仅凭片言只字断定图书的内容，还自以为是，信口开河，结果当然是牛头不对马嘴。

此次淘得的《关于江宁织造曹家档案史料》近八成品相，222 页，开始索价四元，最后两元成交。笔者对“红楼”没有兴趣，购此旧书主要是上述趣闻在起作用。

《初学记索引》

是日在港城还淘得旧书《长缨颂》一本、《广东文艺》四本，共八元，不太贵。归来时，经过一家购书中心，顺便进去看看，新书甚多，少有中意的。心想即使有，也没有多少钱购买。浏览着，忽见架上有《初学记索

《初学记索引》中华书局 2004 年出版

引》，中华书局出版，定价十七元。因见只有一本，失去可惜，遂忍痛付款。回想1990年初，曾购得一套中华版《初学记》，全书三册，定价六元整。如今，作为《初学记》附录部分的“索引”，只薄薄的一册，竟要十七元。正是十几年间，牛的尾巴长得比牛身还要值钱了。

无奈，还是与旧书打交道吧！

（原文载2004年7月12日《旧书信息报》）

隔山买牛

一

A 君，文史爱好者，嗜书成癖。一天，看见某书店的订货单中有清代“纪昀著”的《历朝史案》，出于对纪氏著作的喜爱，就邮购回来。拆阅时，才知道《历朝史案》的作者是清人“吴裕垂”。纪昀所“著”，仅该书的序文而已。

《历朝史案》
巴蜀书社 1992 年出版

二

B 君，出身中医家庭，有志岐黄，常读医书，钻研治病之术。一日，“绿衣使者”送来《医道擒魔》一书，开卷后，他大呼上当。原来，《医道擒魔》乃以中医理论演绎而成的长篇小说，不是 B 君急需的医药学术的专著。

《医道擒魔》
学苑出版社1993年出版

三

C君，当代作家，喜藏书，尤嗜黄裳，曾将读书心得写成《读黄小札》一文发表。见网上有人卖《黄裳传》，虽索价不菲，但极想从中了解黄裳的生平，就点击订购。过了十多天，书从邮局寄来，拆包后方知传主是宋代的天文学家黄裳，同姓同名不同人。C君捧书，只好苦笑。

四

D君，喜欢收藏连环画。一不留神，将成书于20世纪末期的连环画《枕中记》《离魂记》等误作老版“小人书”邮购回来。这些画册画技拙劣，人物无论好歹一律描绘成冬瓜脸、丑八怪。D君翻了几页实在按捺不住提笔批道：“此画如粪缸中的蛆虫，视之令人作呕。”题毕，犹不解恨，将画册猛掷于地，直怪自己没长眼睛。

（原文载2005年7月11日《旧书信息报》）

我的藏书章

收藏图书，加钤印记，这是历代藏书家的嗜好。我不是藏书家，却有附庸风雅的品性：喜欢看书，经常买书，与书为伴；图书到手后，我总要登记造册，加盖印章，妥善收存。这种习惯多年来一直保留着，没有改变。迄今为止，我藏书时使用过的印章，已有过三枚。

我的第一枚藏书章是“拾贝图书箱”。那时我还在农村，逢年过节，每有一元或几角钱的收入，我都一分不少地攒起来买书。为了保存这些来之不易的书籍，我自己动手钉制了一个小木箱。小木箱大约有二尺见方，分为三格，我用上格放连环画，中格放故事、小说，下格放课本。我觉得自己的课外书都是经过精心选择、一本一本地挑选回来的，于是模仿南方作家秦牧的著作《艺海拾贝》，把小木箱命名为“拾贝图书箱”，随后又刻了这样的一枚印章。

第二枚是我的姓名。此时我已进入城镇工作，环境变了，但我嗜书之情不变。工作之余，我常常流连于各地的书市，节衣缩食，陆续购置了大量的文、史、哲以及艺术类书籍，其中单是传统的经、史、子、集，就超过了一万卷（这是传统意义的“卷”，而不是现代意义的“册”）。原来的书箱已不适用，藏书章也明显过时，我一时又拿不出更为合适的印章，只好刻下自己的姓名盖在图书上。

还有一枚藏书章是“榕荫书屋”。1992年春节前，我们一家搬进一套有三个房间的宿舍，于是用最小的一间来陈列图书，兼放杂物。有了这个放书的小房子，即所谓“书房”，我就想给它取个名字，为了这个名字，我断断续续地思考了一年多的时间，各种各样的词语、典故，包括草、木、鱼、虫等等物品的名字，都搬出来了，互相衡量，斟酌再三，但没有一个是叫我满意的……思来想去，最后，我才想起了家乡的榕树。

家乡地处祖国大陆的最南端，即南海之滨，那里盛长着亚热带植物：榕树。到了夏季，榕树枝繁叶密，浓荫蔽日遮天。在树荫的庇护下，村里的人有的在做木工、编草席、织渔网，干其他的杂活；有的席地而坐，天南地北无所不谈；有的躺在虬曲而阔大的树根上休息……这真是一幅乐业安居的乡村图画。我也常在榕树底下听大人们讲故事；又和别的小孩子一起爬树干、钻树洞、捉“盗贼”；月光皎洁的夜晚，我们还在树旁的沙地里埋“地雷”，“伏击”胆敢进犯的“鬼子”“汉奸”……这真是欢乐无忧的日子——应该把我书房命名为“榕荫书屋”，借以铭记那段幸福、美好的童年时光！

书房的名称一确定，我很快就镌成“榕荫书屋”的印章，这枚寄托着怀念之情的印章我甚感满意，多年以来一直都在使用。

（原文载 1995 年第三期《博览群书》杂志）

我是书迷，为书做“衣”

我一向爱书如命，为了保护图书，我经常制作书“衣”。

书“衣”的“布料”，我喜欢选用底色深蓝的石纹纸。这种纸古朴大方、结实耐用，作为书“衣”的“布料”真是再也合适不过了。可惜，近几年，市场上已经没有这种纸张出售，我只好用牛皮纸来代替。

晚上，是制作书“衣”的好时间。在明亮的灯光下，我聚精会神地坐下来，对不同“身材”的图书进行量体裁衣。桌子面上，尺子在比画，剪刀在开合，纸屑在掉落……不久，一件件挺括的书“衣”就初步完工了。

书“衣”没写书名，就如仕女不画眼睛。为了保存原有的风貌，我用透明的白纸描下图书的封面题字，然后，依样画葫芦，将封面题字复写在书“衣”的正面和脊部，再涂上颜色。至此，书“衣”

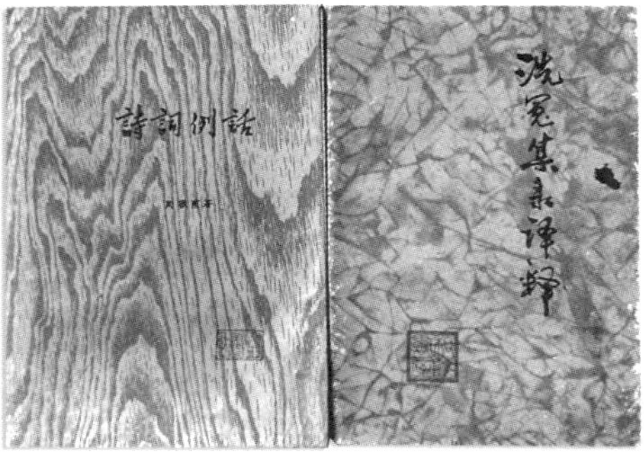

用木纹纸制作的书衣

最后的一道工序完成了。

图书穿上新“衣”，不胖不瘦，不长不短，正好合身。我左顾右盼，上下端详，感到十分满意。

用石纹纸制作的书衣

朋友看见书“衣”，竟分不出这是“赝品”，了解真相之后，啧啧称赞，说：“可以乱真了！”我听了心里甜丝丝的，制作书“衣”的兴趣更浓了。

（原文载 1993 年 11 月 1 日《读者导报》）

妻子与书的故事

妻子与我结婚，跟我喜欢书大有关系。很早就听介绍人说，她想找个爱好读书的人。第一次见面时，她见我书架上有不少书，眼里充满了喜悦。她在复信中说：“看见你宿舍里有那么多书，觉得你是个勤奋的人，学习一定很用功，生活一定很充实。”成家后，我还是老脾性不改，“癖好”是越来越重，“书巢”也越造越大。时至今日，家里陆续积累各种图籍几千册，文学书、历史书、古籍、画册、小人书，大字本、影印本、线装书……应有尽有。由于书多成“灾”，妻子不免有所怨责，但宽容、支持还是基本的态度。于是，我得以尽心营筑家里的书香氛围……

一、“撕书”

妻子文化程度不高，见我嗜书如命，常常从外面带一些书册回来“讨好”我：“这书有没有价值，需要不需要？”有时又来个一百八十度转弯，用“撕书”来吓唬我。一次，我在屋里忙乎，她过来问：“你最喜欢哪一本书？”我取出中华书局的《昭明文选》，说：“这是善本影印，文字美观悦目，我特别喜欢。”妻子说：“我记得了，以后有什么事惹我生气，我就把这书撕了，看你怎么样！”我大为吃惊，急不择言地说：“千万不能这样！撕书不文明，秦始皇的贡献够大了，因为烧书，被骂了几千年！”妻子首肯。不知是玩笑呢，还是被我说服了，与书相处这些年，妻子没有损伤家里书籍一丝一毫。

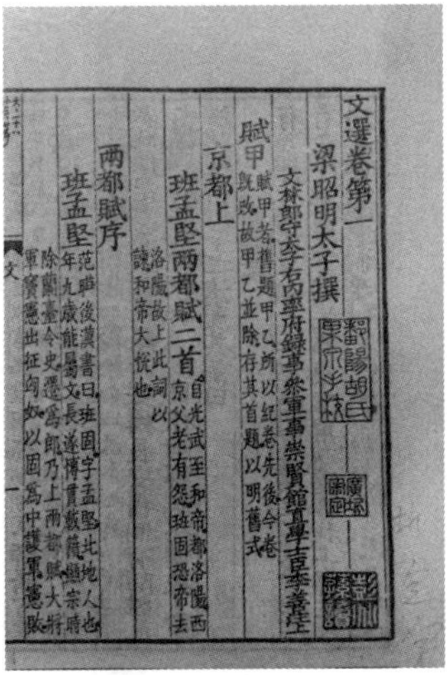

中华书局影印的《昭明文选》

二、买《旧书交流信息》

1998年，妻子眼睛患疾，到广州眼科医院治疗。陪她住院期间，我抽空到广州古籍书店买了几份《旧书交流信息》（现改名《藏书报》）带回来看。妻子知道我喜欢旧书，喜欢旧书收藏的信息，复诊时，她独自到广州古籍书店

1998年出版的《旧书交流信息》

买了几期新出的《旧书交流信息》。回家后，她从挎包里取出报纸摊在我面前，我顿时愣住了，几乎不敢相信。妻子自小生活在小城镇，不习惯外出，眼睛又不好，到了省城，常常不分东西南北。这次复诊，她说两人同去乘车费用高，执意不让我去。临行前，我仔细交代到广州后乘车的线路，巴望她顺利复诊，平安回来。想不到，她独自跑到远离医院的书店购买我喜欢的报纸，此事令我感动。欣慰之余，品味到妻子对我买书癖好的过人雅量。

三、“不要炫耀自己的书”

这些年物价上涨较快，一些有收藏价值的图书也随之“升值”。如20世纪七八十年代的《艺文类聚》《北堂书钞》，出版时定价十元左右，现在已卖到四五百元；线装书《愚庵小集》《棠阴比事》，出版时定价二十元左右，现在已卖到数百甚至上千元。某些稀缺图书涨势更猛。笔者数年

《中国人民解放军海军美术作品选》人民美术出版社1971年出版

前花三百元购买的一部线装本《毛泽东选集》（1965 年版），转眼间卖到一万元左右；花数百元购买的一套《中国人民解放军海军美术作品选》（1971 年出版），很快也涨到数千甚至上万元。旧书“升值”，笔者不免有几分欣慰，庆幸自己“入道”较早，可以坐拥书城。与朋友、同学、熟人谈论时，不禁喜形于色，有时还要炫耀一下，说这书买来多少钱，现在可卖多少钱；那书当时若干银子，现在有人愿意出多少银子……真是忘乎所以，好像自己已经成为投资专家。妻子得知后，指责我说：“想不到，竟学会吹牛了。什么时候发财啦？人家买房买地买车，跟你几十年都住老房子，连装修、买空调的钱也拿不出来，还好意思吹牛！”她警告我：“不要炫耀自己的书，你朋友、同学不会夺人所爱，可是传来传去，加醋添油，不知底细的还以为你家里当真藏着千金万宝呢！小偷上门怎么办？”

妻子的话令我猛醒。十几年前，我的宿舍就被小偷光顾过，近年本市图书馆也遭遇盗窃团伙，真是不可不防啊。此后，我与朋友、熟人谈论藏书的功用时，其经济方面的效益我总是避而不谈了。

2014 年 3 月 4 日

（原文载 2014 年 3 月 28 日《中国审计报》“家庭生活”版）

失之交臂的几套书

经常逛书店、访书摊，遇过的好书也不少。只要经济允许，自己需要、喜欢的书，一般都能随见随买，不肯吝惜。囿于文化知识和个人的阅历，某些学术含量较高的图书，当时未能充分认识其潜在的价值，以致失之交臂。回想起来，常常感到悔恨。

一、《藏园群书经眼录》

1990年4月下旬，广州市新华书店举行古旧书刊展销会，当时北京路古籍书店、工具书店，广州图书馆门前的空地，都搭起临时书架，展出了多年积压的库存书、从各地收购来的古旧书。这些书大部分按定价打折，很便宜。展销会的一天，我先逛北京路的旧书市，接着赶到广州图书馆。时近中午，书市仍然很热闹，买书、

《藏园群书经眼录》
中华书局1983年出版

看书的客人摩肩接踵。我挤到一个文史哲书架前，一眼瞥见中华书局的《藏园群书经眼录》（1983 年 9 月出版，32 开，平装，全五册），就取来翻看。旁边有一位约莫五十岁的老者，见此情景，就劝我说："这书非常好，又便宜，快买下来吧！"那时我对图书目录已有兴趣，对古籍版本却一无所知，觉得这书虽然便宜（定价六元八角，五折只需付三元四角），但买回来也看不进去，更用不上，甚至怀疑老头子哄我乱花钱呢。这样的一番胡思瞎想，我就失去了一套价钱低廉的好书。

二、大字本《焚书·续焚书》

这是 1974 年 8 月出版的大字本古籍书，盒装，16 开本，全套五册。我遇见时，大约在 1990 年五六月间。其时我在广州一单位工作，晚上及星期日，我经常到北京路逛书店买书。某天晚上，我在北京路新华书店一个不引人注意的角落发现一个厚纸书盒。打开来看，原来是《焚书·续焚书》的大字本。书的封面呈粉红色，左边自上而下大字题签，显得古朴、典雅、大方。再看版权页，是中华书局 1974 年 8 月出版印刷的，定价八元。20 世纪 90 年代的新华书店定价销售 70 年代前期出版的图书，价钱便宜不言而喻，蕴含意义更不寻常。可惜我当时正年轻，视力还好，未能领略"版面开阔，字大行疏"的妙处，加上住处狭小，反嫌大字本体积大占地方多，不如字小的普通本子实用且便于存放。

大字本没买成，心里却是记挂着。此后每到北京路，我都抽空到新华书店的角落里去探看。每次都是拿起放下、装进取出、缚紧解开（装书盒旁边有带子），如此翻来覆去，欲弃不忍……大字本留给我的机会已够多，它似乎等得不耐烦了，需要追随更加能够赏识它的人。大约一个月后，那套大字本《焚书·续焚书》在广州北京路新华书店再不见踪影。

《焚书·续焚书》（大字本）中华书局 1974 年出版

三、《和刻本类书集成》

1993 年 9 月，我出发外地，途经深圳，刚下车，我就找到位于解放路的新华书店。深圳那时没有书城，据说这间书店是深圳最大的。踏进门，我如母鸡觅食般在书架上寻找。很快就见到一部《金瓶梅词话》。此书据明朝万历刻本影印，配以明朝崇祯刻本的插图，是图文“合璧本”。这一点，《鲁迅全集》和《西谛书话》等书都介绍过，我已有所了解。因为这书名气大，又是平生头一回遇到，就花了三百元买了一套。

《和刻本类书集成》 上海古籍出版社 1990 年出版

继续在书店里寻觅，又看到上海古籍出版社的《中国钱币文献丛书》等，印象最深的是日本长泽规矩也编的《和刻本类书集成》，16 开本，布面精装，封皮深蓝色，1990 年 7 月出版，全套六册，定价一百四十九元八角。翻了一下，但觉版面清晰，

《和刻本类书集成》 上海古籍出版社 1990 年出版

文字娟秀，装帧端庄，顿时萌生购买一套的欲念。转而想到这只是一般的古籍影印本，不同“诲盗诲淫”的禁书，只要读者需求，随时可以印刷出版。于是，刚刚萌生的欲念瞬间熄灭……

正是此一时，彼一时，我终于要后悔了。十多年之后，曾经是踏破铁鞋无觅处的“禁书”《金瓶梅词话》，由于屡经翻印，现已多如牛毛，充斥网店和书摊，百元左右即可购得。精装影印本《和刻本类书集成》，却因鉴赏、使用价值高，印制精，数量少，又未曾重版，在书市上几乎成为凤毛麟角，要买一套，也许得花几千元呢。

2012 年 6 月 3 日

（原文载 2012 年 6 月 18 日《藏书报》）

一位“书迷”的心声

——我与《图书馆报》征文

我自小爱好读书。未上学时，父亲经常给我们讲故事，故事让我的灵魂飞进一个神秘、陌生世界，我为之入迷、感动。到了十岁，我仍然要求父亲讲故事，这时，父亲果断地拒绝了我的要求，他说：“你已经很大了，认识得很多字了，故事都在书里，自己去看吧！”不得已，我只好捧起书自己读。记得读过的书有20世纪五六十年代出版的《故事会》，《农民家史》中的《抓丁仇》《夺地》，《阶级斗争故事集》等。这些书，让我形象、具体地认识旧中国劳动人民的苦难，并且初步体验了读书的乐趣。到了初中，在外面工作的父亲给我带回一本《回顾长征》。当时我阅读、求知的欲望正旺，几乎一口气读完了。从此了

《农民家史》丛书之《抓丁仇》《夺地》

《云飞嶂》广东人民出版社 1978 年出版

解长征的原因、经过和意义。长征途中的湘江血战、乌江架桥、遵义会义、四渡赤水、巧渡金沙江、强渡大渡河、飞夺泸定桥、爬雪山、过草地、突破天险腊子口等等英雄壮举和事迹，令我感佩不已。我在得到教益的同时，也对革命战争文学产生浓厚的兴趣。

高中之后，我读了《新儿女英雄传》《山乡风云录》《北山记》《敌后武工队》《云飞嶂》《暴风骤雨》等等反映现代革命战争和土地改革的文学作品，了解到中国革命的艰难曲折，红色江山来之不易。接着又读了《柳宗元诗文选注》《宋文鉴》《三国演义》《西厢记》《老残游记》《庄子》《论语》《刘向新序》等，陶醉于古代文学作品的深邃与奇瑰，从而成

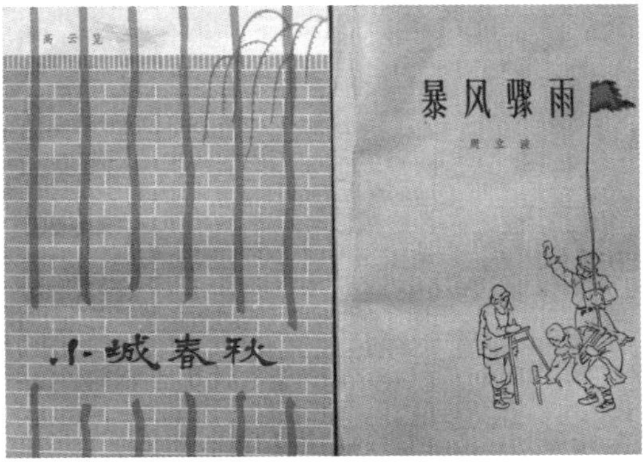

《小城春秋》人民文学出版社 1981 年出版
《暴风骤雨》人民出版社 1980 年出版

为不折不扣的"书迷"和文学写作爱好者。

从20世纪80年代中期开始，我不停地买书、读书，积极写稿、投稿，经过一段时间的磨炼，我的稿件得以发表。先后在《读者导报》《南方日报》《藏书报》《南方农村报》《广州日报》《阅读与写作》等报刊发表了很多书话、书评。有些稿件还被《人民日报》《光明日报》《中华读书报》《人民政协报》等刊用了。

这些年我仍然坚持写稿、投稿。由于商品经济的影响，出版物出现功利化倾向，一些报纸纷纷砍掉读书版。连专门介绍图书的报刊《读者导报》《书与人》《书林》等，也在商品经济的大潮中关闭，偌大的中国只有《中华读书报》《藏书报》《博览群书》《中国图书评论》《文汇读书周报》等几家书评、书话类的报刊，普通读者要发表文章非常困难。2014年下旬，我在一位书友处得知北京有家《图书馆报》，感觉这是一份高格调的报纸，就上网查到该报的投稿信箱，投去两三篇稿件，结果很快就有一篇见报。接着，我又陆陆续续地投去近十篇稿件，大部分都在该报的"书人书事""图林漫步"等版面刊了出来。每寄一稿，只要合适，编辑袁江先生就短信回复："好！"有时还鼓励一句："不错！欢迎多写。"不到一年时间，我就在《图书馆报》登出《猎书偶记》《猎书偶记（续）》《妻子与书的故事》《书林短语》《刻书故事二则》《连藏小语》《〈增补类腋·人腋〉完璧记》等近十篇短文（书话），这真是意想不到的收获。我是一个遥远地区的读者，一个“老书迷”，撰写的稿件能得到如此重视，我倍感欣慰，说明《图书馆报》是读书人的精神家园，该报编辑更是读书、爱书人的师友和知音。我将继续为该报写稿供稿，用心血、汗水浇灌这方读书、爱书人的精神园地。

（原文载2015年10月23日《图书馆报》“征文”版）

"捡"了一套《鲁迅全集》

2005年6月，我到港城淘旧书，在一家经销武侠、言情小说的书店里，意外发现一部沾带灰尘的旧书：《鲁迅全集》。此书布面精装，封皮浅灰色，封面正中凸印着鲁迅的头像。查看版权页，是人民文学出版社1956年至1958年出版的书——这是孤陋的我头一次见到的鲁集版本。可惜这部书已经相当陈旧，书页有些脱落，硬纸函套更是皱皱巴巴，且粘有蟑螂的粪便——不雅观了。问问书价，老板还算懂行："二十元一本。"我还价："九元可以了。"对方说："不行，非二十元不卖。"我作罢了。

1958年版《鲁迅全集》封面

到了8月，我又到港城逛书店，想起上次发现的《鲁迅全集》，我再次踏进那间经销武侠、言情小说的书店。那部旧书还在，原来的老板却不见了，剩下两位十六七岁的丫头在招呼顾客，其中一主动位问我："你要什么书？"我故意反问："有《金瓶梅词话》吗？"她满头雾水："'金'什么？"我说："《金瓶梅》。"她摇摇头："《金瓶梅》是什么书？"我故意激她："连《金瓶梅》都不懂，也来卖书呀！"她的脸红了，显得有点尴尬，就答非所问地应付道："没有……没有……（指没有《金瓶梅词话》）"她的无知与尴尬，让我意识到正是"合适"的人选，得抓紧机会才行。于是指着那部旧版《鲁迅全集》问："这书多少钱？"她回答："五折。"我再问一句："这破烂要五折？"她自信地说："这里面的书通通五折，收半价。"我若无其事地应道："好吧，五折就五折，我要了。"她拿来计算器，放在桌子上，逐一计算，见每本书的定价都是一元多两元钱，厚厚的十本书，总共不过十多二十元，还要打五折。这时，连她自己也不好意思计算了，一只手捂着嘴巴，"吃吃"地笑了起来。我问："多少钱？"她不敢回答，只"格格"地笑，被我问急了，就胡乱开价："收你十五元得啦。"我说："计算准确没有，这破书有十五块钱？十二元行了。"她一时没了主意，抬头向门外张望："老板去哪了，快去叫回来问问。"说罢走到外面张望。另一位丫头说："老板出去吃饭了。"我暗暗吃惊，若等老板回来就不成事了，因为上次已问过价，每本书要二十元。于是，我赶紧掏钱，说："算了，十五就十五，要多少给多少。算你走运，破烂也值钱了。"她伸手接过钱，我连忙包好书，马上溜走。

近来得到消息，1958 年版的《鲁迅全集》（精装十卷本），品相好的已卖到近两千元一套。相比之下，我那部《鲁迅全集》无异乎“捡”回来的。

（原文载 2006 年 5 月 12 日《上海新书报》）

【附录】：

我的 1958 年版《鲁迅全集》

我早就备有一套人民文学出版社 1981 年版的《鲁迅全集》。放在家里，无事时取来读几页；书中的人名、书名以及词语典故的注释，还可当辞书来查看。在我的心里，此书是出版史上的丰碑，一座令人仰止的高山。

1958 年出版的《鲁迅全集》，我没有见过实物，只在报纸上见过照片。精装十卷书装在檀木盒子里，显得古朴、端庄、典雅。不过，我并不想拥有这套书，我只是一般的读者，没有能力从事《鲁迅全集》的版本以及其他方面的研究，一套 1981 年版的《鲁迅全集》对于我来说已经足够了。然而我终于有了一套1958年版的《鲁迅全集》，说起这部书的来历，似乎有点“天方夜谈”的味道。

2005年六七月间，我骑车到港城湛江淘旧书，在一家经销武侠、言情小说的书店里，我意外地发现几本沾带灰尘的旧书：《鲁迅全集》。此书布面精装，封皮浅灰色，封面正中凸印着鲁迅的头像。再看版权页，是人民文学出版社1956年至1958年出版的书——这是孤陋的我头一次见到的鲁集版本。可惜这些书的封皮已经相当陈旧，书页

《鲁迅全集》人民文学出版社1958年版

有些脱落，硬纸函套更是皱皱巴巴，且粘有蟑螂的粪便——不雅观了。问问书价，老板还懂行，说：“二十元一本。”我还价：“九元可以了。”对方说：“不行，非二十元不卖。”我作罢了。

到了8月份，我又到港城逛书店，想起上次发现的《鲁迅全集》，我不由得再次踏进那间经销武侠、言情小说的小书店。那几本旧书还在，原来的老板却不见了，剩下两位十六七岁的丫头在招呼顾客，其中的一位挺热情，主动问："你要什么书？"我故意反问："有《金瓶梅词话》吗？"她不解地问："'金'什么？"我说："《金瓶梅》。"她摇摇头："《金瓶梅》是什么书？"我故意激她："连《金瓶梅》都不懂，也来卖书呀！"她的脸红了，一时答非所问："没有……没有……（指没有《金瓶梅词话》）"她的无知与尴尬，使我意识到遇上了"对路"的人选，得抓紧机会才行。于是，我指着那几本旧版《鲁迅全集》问："这书多少钱？"她不假思索地回答："五折。"我再问一句："这破烂要五折？"她肯定地说："这里面的书通通五折，收半价。"我若无其事地应道："好吧，五折就五折，我要了。"她拿来计算器，放在桌子上，逐一计算，见每本书的定价都是一元多两元钱，厚厚的一大摞（六本书），总共不过七八元，还要打五折。这时，连她自己也不好意思计算了，一只手捂着嘴巴，忍不止"吃吃"地笑了起来。我问："多少钱？"她不敢回答，只"格格"地笑，被我问急了，就胡乱开价："收你十五元得啦。"我说："计算准确没有，这破烂有十五块钱？十二元行了。"她一时没了主意，抬头向门外张望："老板去哪里了，快去叫回来问问。"说完走到外面寻找。另一位丫头说："老板出去吃饭了。"我暗暗吃惊，若等老板回来就不成事了，因为上次已问过价，每本书要二十元。于是我赶紧掏出钱，说："算了，十五就十五，要多少给多少。算你走运，破烂也卖出钱了。"她欢快地接过钱，我马上把书包扎好，上车溜走。

回家后，我再花几十元向外地购回缺欠的四卷书，这样，我就有了一套1958年版的十卷本《鲁迅全集》，而且当中的七卷还是布面精装、封皮凸印着鲁迅头像的。

赘语：利用从业人员的无知，贱价"套"购好书，这种行为是不道德的，但偶尔发生一次，会让人发噱开心，为寂寞的人生增添一点乐趣，不知各位认为怎样？

（原文载2006年3月17日《读者导报》）

说明：两篇短文中，《"捡"了一套〈鲁迅全集〉》略有虚构，《我的1958年版〈鲁迅全集〉》是真实的。

借书当学宋景濂①

十几年前，我在高中《语文》课本中读过明代宋濂的《送东阳马生序》，宋濂发愤读书的故事给我留下了难忘的印象：天寒地冻，滴水成冰，宋濂刻苦学习，手指冻僵了，他还不肯懈怠，这种精神何其感人！最近，我重读了这篇文章，其中“宋濂借书”这一段给我的印象尤为深刻。

> 余幼时即嗜学。家贫，无从致书以观，每假借于藏书之家，手自笔录，计日以还。天大寒，砚冰坚，手指不可屈伸，弗之怠。录毕，走送之，不敢稍逾约。以是人多以书假余，余因得遍观群书。

人们知道，中国古代，图书都是雕版印刷或者是手工传抄，书籍奇缺。当时社会上“借书不孝”“借书一痴”的观念十分浓厚，但宋濂还是能够源源不断地“假借于藏书之家”，这说明他不

---

① 宋景濂：宋濂，字景濂。

仅严守信用，依期还书，而且能妥善保管借来的书籍。否则，他“遍观群书”的愿望只能成为梦想。从这里可以看出，宋濂不仅善于读书，而且善于借书。

《语文》（第四册）人民教育出版社 1979 年出版

可是有的人就不同，借到别人的书后，丢在家里，一年半载也不想归还；又不懂得爱护书籍，一本书拿在手里，随便折角、卷脑，或者乱写乱

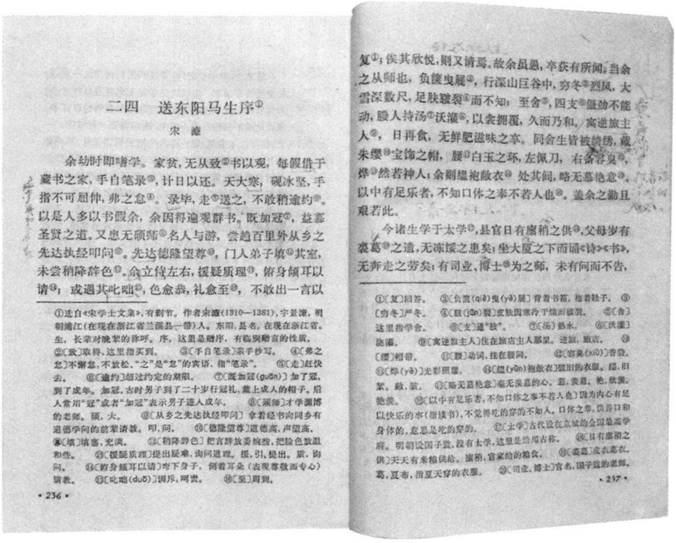

二四　送东阳马生序①

宋濂

余幼时即嗜学。家贫，无从致②书以观，每假借于藏书之家，手自笔录③，计日以还。天大寒，砚冰坚，手指不可屈伸，弗之怠④。录毕，走⑤送之，不敢稍逾约⑥。以是人多以书假余，余因得遍观群书。既加冠⑦，益慕圣贤之道。又患无硕师⑧名人与游，尝趋百里外从乡之先达执经叩问⑨。先达德隆望尊⑩，门人弟子填⑪其室，未尝稍降辞色⑫。余立侍左右，援疑质理⑬，俯身倾耳以请⑭；或遇其叱咄⑮，色愈恭，礼愈至⑯，不敢出一言以

①选自《宋学士文集》，有删节。作者宋濂（1310—1381），字景濂，明朝浦江（在现在浙江省兰溪县一带）人。东阳，县名，在现在浙江省。生，长辈对晚辈的称呼。序，这里是赠序，有临别赠言的性质。②〔致〕取得，这里指买到。③〔手自笔录〕亲手抄写。④〔弗之怠〕不懈怠，不放松。“之”是“怠”的宾语，指“笔录”。⑤〔走〕赶快去。⑥〔逾约〕超过约定的期限。⑦〔既加冠（guān）〕加了冠，到了成年。加冠，古时男子到了二十岁行冠礼，戴上成人的帽子。后人常用“冠”或者“加冠”表示男子进入成年。⑧〔硕师〕才学渊博的老师。硕，大。⑨〔从乡之先达执经叩问〕拿着经书向同乡有道德学问的前辈请教。叩，问。⑩〔德隆望尊〕道德高，声望高。⑪〔填〕填塞，充满。⑫〔稍降辞色〕把言辞放委婉些，把脸色放温和些。⑬〔援疑质理〕提出疑难，询问道理。援，引，提出。质，询问。⑭〔俯身倾耳以请〕弯下身子，侧着耳朵（表现尊敬而专心）请教。⑮〔叱咄（duō）〕训斥，呵责。⑯〔至〕周到。

•236•

复①；俟其欣悦，则又请焉。故余虽愚，卒获有所闻。当余之从师也，负箧曳屣②，行深山巨谷中，穷冬③烈风，大雪深数尺，足肤皲裂④而不知；至舍⑤，四支⑥僵劲不能动，媵人持汤⑦沃灌⑧，以衾拥覆，久而乃和。寓逆旅主人⑨，日再食，无鲜肥滋味之享。同舍生皆被绮绣，戴朱缨⑩宝饰之帽，腰⑪白玉之环，左佩刀，右备容臭⑫，烨⑬然若神人；余则缊袍敝衣⑭处其间，略无慕艳意⑮。以中有足乐者，不知口体之奉不若人也⑯。盖余之勤且艰若此。

今诸生学于太学⑰，县官日有廪稍之供⑱，父母岁有裘葛⑲之遗，无冻馁之患矣；坐大厦之下而诵《诗》《书》，无奔走之劳矣；有司业、博士⑳为之师，未有问而不告，

①〔复〕回答。②〔负箧（qiè）曳（yè）屣〕背着书箱，拖着鞋子。③〔穷冬〕严冬。④〔皲（jūn）裂〕皮肤因寒冷干燥而破裂。⑤〔舍〕这里指学舍。⑥〔支〕通“肢”。⑦〔汤〕热水。⑧〔沃灌〕浇洗。⑨〔寓逆旅主人〕住在旅店主人那里。逆旅，旅店。⑩〔缨〕帽带。⑪〔腰〕动词，挂在腰间。⑫〔容臭（xiù）〕香袋。⑬〔烨（yè）〕光彩照耀。⑭〔缊（yùn）袍敝衣〕破旧的衣服。缊，旧絮。敝，破。⑮〔略无慕艳意〕毫无羡慕的心。慕，羡慕。艳，欣羡。⑯〔以中有足乐者，不知口体之奉不若人也〕因为内心有足以快乐的事（指读书），不觉得吃的穿的不如人。口体之奉，供养口和身体的，意思是吃的穿的。⑰〔太学〕古代设在京城的全国最高学府。明朝设国子监，没有太学，这里是沿用古称。⑱〔县官日有廪稍之供〕天天有米粮供给。廪稍，官家给的粮食。⑲〔裘葛〕皮衣葛衣。葛，夏布，指夏天穿的衣服。⑳〔司业、博士〕官名，国子监的老师。

•237•

《送东阳马生序》正文

画，甚至用来拭擦肮脏的东西……没几天，图书就被“折磨”得面目全非了。归还的时候，只见“蓬头垢脸”，其状惨不忍睹。你责怪他两句，他还振振有词、很有道理地说：“书是用来看的，能阅读就行了，保管那样好，又有什么用呢？”这不叫借书，实际是在毁书。

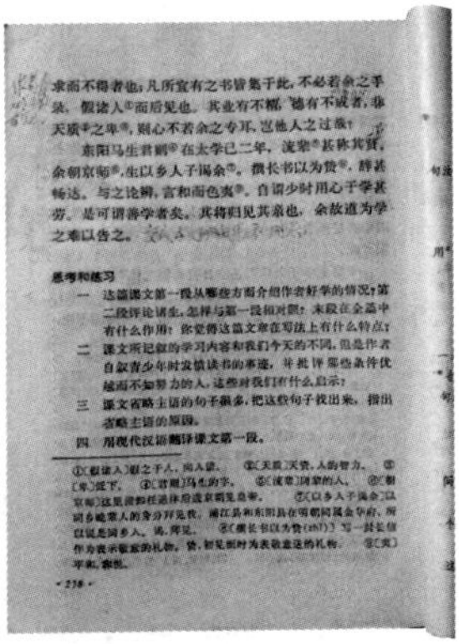
求而不得者也；凡所宜有之书皆集于此，不必若余之手录，假诸人①而后见也。其业有不精，德有不成者，非天质②之卑③，则心不若余之专耳，岂他人之过哉？

东阳马生君则④在太学已二年，流辈⑤甚称其贤。余朝京师⑥，生以乡人子谒余⑦，撰长书以为贽⑧，辞甚畅达，与之论辩，言和而色夷⑨。自谓少时用心于学甚劳，是可谓善学者矣。其将归见其亲也，余故道为学之难以告之。

思考和练习

一 这篇课文第一段从哪些方面介绍作者好学的情况？第二段评论诸生，怎样与第一段相对照？末段在全篇中有什么作用？你觉得这篇文章在写法上有什么特点？

二 课文所记叙的学习内容和我们今天的不同，但是作者自叙青少年时发愤读书的事迹，并批评那些条件优越而不知努力的人，这些对我们有什么启示？

三 课文省略主语的句子很多，把这些句子找出来，指出省略主语的原因。

四 用现代汉语翻译课文第一段。

①〔假诸人〕借之于人，向人借。②〔天质〕天资，人的智力。③〔卑〕低下。④〔君则〕马生的字。⑤〔流辈〕同辈的人。⑥〔朝京师〕这里是指[illegible]。⑦〔以乡人子谒余〕以同乡晚辈人的身分拜见我。浦江县和东阳县在明朝同属金华府，所以说是同乡人。谒，拜见。⑧〔撰长书以为贽(zhì)〕写一封长信作为表示敬意的礼物。贽，初见面时为表敬意送的礼物。⑨〔夷〕平和，愉悦。

·238·

《送东阳马生序》正文

更有甚者，借了东西不还，把别人的图书据为己有。我曾经遇见过这样的事情。

一次，我向某熟人索还图书，他说：“没看完呢，下个星期还吧。”过了六七天，我去找他，他眨巴着眼睛，毫不在乎地说：“担心不还，还信不过我呢。”见他满脸堆笑，我相信他了。再过四五天，我第三次去找他，他翻脸不认人了：“老缠着我，我欠你的债吗？”

借书不还，反诬他人“催债”，人世间竟然有这样的无赖，我当时做梦也想不到。这不叫借书，简直是在骗书了！

（原文载 1994 年 2 月 28 日《读者导报》）

积书不忌其多

朋友蔡先生是南方某大学的文学博士，爱读书，喜庋藏，家里四壁皆书，书架从地面一直顶到天花板。架子上密密麻麻地陈列着传统的经、史、子、集基本典籍。一日上午，我拜访蔡先生，在他的书架前翻这看那，跟他谈买书、谈书价、谈读书、谈包书、谈爱书、谈赠书、谈借书……感觉颇为投机。到了中午，蔡先生挽留我吃午饭，席间，他提出一个问题："在我家聊了半天，你为什么不问我：'这些书你都看完了吗？'"

蔡先生原在上海某学校教书，调来南方这座城市已有四五年，因家里书多，来探访他的客人，每每感到惊诧。他们的表现大多是这样，先是失声惊叫："哇，有这么多书啊！"继而提问："这些书，你都看完了吗？"紧接着又是一句："既然看不完，你买那么多书干什么呢？"弄得蔡先生尴尬非常，不知如何回答。这次我到蔡先生家，跟他无所拘束地闲聊，却自始至终绝口不提"你买的书是否看完"，因此，他深感意外，就在吃饭的时候向我提起这个问题。

我回答说："这个还用问吗？你的书没有看完嘛。如果能够看完，你家里的书就不能说是多了，就像钱花不完才能算多一样。平时称赞古代某某人好学，也就是说他勤奋读书，终日手不释卷，可是他未必读完家里的书。”他点头称许。接着，我列举了几个“书多没有看完”的显著例子：清代袁枚，年轻时没钱买书，借来的书很快就看完了。“通籍（做官）后，俸去书来，落落大满，素蟫灰丝时蒙卷轴”，他的书也就看不完了，所以他才感叹地说：“书非借不可读。”许广平回忆鲁迅：先生喜欢买书，有些书寄来后，他只是选几篇或者一部分看看就完了，甚至有看看目录就算的。许广平拿过来看，他也会劝告说“不如拿这些工夫做别的事”。季羡林在《读书》杂志上发表文章，其中有一句话：“《四库全书总目》，我敢说看过不少……”这样重要的目录专著，他也没有看完。说明古今文人学士，只要家里藏书多，要他读完那是不可能，也是没有必要的。

蔡先生听了这番话，颇为赞同，他高兴地说：“来这座城市好几年，听到有如此见解的话，还是第一次呢。”

此事令我突发奇想：一个人拥有一座大山，山里有广袤的森林，有丰富的矿藏，有各种各样的飞禽走兽，有旖旎无限的自然风光……这个人可以上山拾柴打草，可以伐木砍树，可以开采矿藏，可以观赏飞禽走兽、自然风光……没有必要在乎山上的树木能否砍完，矿藏是否开发净尽，禽兽是否捕捉精光……家里的藏书就是这样，它有如一片广袤无垠之地，里面记载着日月星辰、江河湖海、名山大川、森林草原、花木小草、鸟兽虫鱼，此外还有帝王将相、才子佳人、外戚宦官、百工医卜、神仙鬼怪、传奇故事、旧典逸闻……书中的“宝藏”取之不尽、用之不竭，何必在乎这座“书山”何时才能够开发利用完毕呢？明白此理，就知道所谓“既然看不完，何必要买那么多”这样的问题不仅幼稚可笑，而且是大谬不然的。

2017 年 12 月 19 日

（原文载 2018 年 2 月 9 日《图书馆报》“图林漫步”版）

残留在记忆中的小书店

这里记录的是三十年前我接触过的小书店。那时候还没有个体或者私营经济，书店全部是国营和集体所有。县城有新华书店的图书门市部，公社（镇）一级在供销社设置图书门店或者柜台，服务对象是农村基层的读者。为了叙述的方便，这里把县城以下的图书门市部、图书门店或者柜台统称为小书店。

笔者小时候活动范围很窄，没有出过远门，步履所及也就是附近两三个公社（镇）和父亲工作的那个小县城。1981 年，我就读某地区财贸中等专业学校。节假日经常到赤坎（属广东省湛江市）九二一路新华书店看书，偶尔也买一两本。此外我足迹所到，还有新华书店赤坎光复路门市部、霞山延安路、工农路门市部。这些市区的书店，图书品种、数量都达到一定的规模，不能称为小书店。这里介绍的，是那些不起眼的、随生随灭的甚至是昙花一现早已消失得无踪无影的国营、集体图书零售点。

太平圩的小书店

小书店设置在太平圩（属广东省湛江市）最热闹的百货公司门市部，只有一个“回”字形的玻璃柜台，图书主要陈列在柜台里面，平时只有一个售货员。那时候的书都是“闭架”销售，读者想购买都要先请售货员取出来，看过后如果喜欢就付款，不喜欢就退回去。我十几年前曾在一篇稿件中回忆过这个小书店，稿件未能发表，但内容我还记得很清楚：

> “通往学校的路旁有一间小书店，那书店对我来说，就如美丽姑娘对于年轻小伙子那样富于吸引力，每天上午放学后、下午上学前，我都要进入书店流连一会儿，舍不得离开……久而久之，我渐渐养成了逛书店的嗜好。”

我在这间小书店购买了很多心爱的图书，如《新儿女英雄传》《山乡风云录》《北山记》《滨海传》《云飞嶂》《虾球传》《暴风骤雨》《苦斗》《香飘四季》《当乌云密布的时候》《小城春秋》等小说；还买过《石头娃子》《林海雪原》等连环画。记得书店还摆卖过《艳阳天》《闹海记》《众志成城》《青春之歌》《西游记》《水浒传》《茅盾散文速写集》《捕鲸记》等书，当时极想购买，可是没有那么多钱，只好往肚子里咽口水。

广东人民出版社出版的《云飞嶂》《山乡风云录》《北山记》等图书

《众志成城》是民兵革命斗争故事集，插图、内容都精彩，定价约八角钱，我曾经叫售货员拿过好几次，每次翻看一会就装作“不喜欢”的样子交回去。这些“伎俩”当然逃不过大人的眼睛，后来再叫他拿此书时，他往往会不耐烦地吐出一句话：“你有钱买没有？”臊得我耳根发热了好一阵。

我在小书店还买过《作文知识讲话》《逻辑与写作》《常

用词辨析》《花城》《随笔》《邓拓散文》《唐诗三百首详注》等图书，前后共计二十多册。这是我参加工作之前买书最多的一间书店。

遂溪县新华书店

书店位于县城的中心，面积大约五十平方米。踏进门就能看见门店北面一字横搁着长长的玻璃柜台。柜台里面琳琅满目，一行行地排满了色彩斑斓、充满战斗风格和英雄气概的连环画。当然还有其他书，如小说、故事等等，但很贵，一般都要四五角钱以上。那时我家里经济困难，不敢奢望。最有吸引力的就是价钱低廉的小人书，一角钱左右一本，而且内容常常是打仗的。

我父亲在县城里工作，大约1974年寒假，我去父亲那里，出门走动时就撞进这间书店。我当时的感觉好似刘姥姥进入大观园，惊奇得不得了。我东张西望，选了一册彩色连环画《小号手》，想再买就没有钱了。返回宿舍，我

连环画《抢渡三关》封面

向父亲要了两三角钱，又去买了《抢渡三关》《桐柏英雄》，这才“心甜”一些。《小号手》《桐柏英雄》是打仗的，我看在眼里，乐在心头。《抢渡三关》反映上海港驳工人的航运生活，我也看过几次，感觉似懂非懂。因为此书封面“战斗”气氛很浓，书名又容易让人发生误会，以为是“过关斩将”，有仗可打呢，回去后才知道是买错了。

1983年7月，我中专毕业，分配到遂溪县(属广东省湛江市)县城工作，单位正好跟书店“邻居”，于是我一度成为书店的常客。此时热销的书有“四大名著”“名家名作”“新人新作”，还有“外国名著”等。我初入社会，知识浅薄，欠缺鉴别力，买了不少的“注水书”“垃圾书”。鲁迅说过：“时间就是性命，无端的空耗别人的时间，其实是无异于谋财害命的。”（《且介亭杂文·门外文谈》）如果真有这类“谋财害命”的书籍，我在这里肯定买过一些。

沈塘圩的小书店

书店建在空旷的坡地上，圩面很小，一条街道，两行商店，周围几乎没有树木，行人很少。大约1977年春节，我去看望居住在外地的祖母，路过沈塘圩（属广东省雷州市），就顺便去看看小书店。书不多，也是在百货门市部里设置一个销售图书

《黎勇打豹》广东人民出版社 1977 年出版

的柜台。那时我迷恋革命斗争故事，凡是打仗的，我都喜欢。我看见有本书叫《黎勇打豹》，封面是小孩肩扛猎枪，背着号角，神情警惕地注视着前方，猜想里面肯定有看头，就买一本。到了祖母家，打招呼问候过，没有什么事情，我就坐在门前的阔叶榕树下，乐滋滋地看那本书。祖母是个寡言的人，出来见了，也夸我看书“勤力”，是个读书人。

城月圩的小书店

《一支枪的故事》江西人民出版社 1977 年出版

同样是在百货门市部里设置的图书销售点。地点在圩中心最热闹的地方，陈列的书好似比太平圩的书店多一些。那时我叔父是国营前进农场职工，弟弟跟着他读书过活。到了寒暑假，我会骑自行车去看他们。因来回都经过城月圩，我总忍不住踅进去看看书店，如果有钱就买一两本回来。记得在这里买过《一支枪的故事》《钢铁是怎样炼成的》《岭海行脚》《现代汉语语法讲话》四本书。《钢铁是怎样炼成的》定价一元二角，我那时是拿不出来的，好在返回时，叔父给我两三块钱，就用来买了。《一支枪的故事》让我感受到井冈山对敌斗争的复杂和尖锐，《钢铁是怎样炼成的》叫我惊艳于保尔、冬妮娅最初的纯情。《岭海行脚》记述广东各地风景名胜，多为名家手笔，但文章藻饰过多，内容空泛，买回来后，我是硬着头皮去看的。

前进农场的小书店

前面说过，我叔父是国营前进农场的职工，弟弟跟随叔父读书生活。前进农场不远处是国营广丰糖厂，糖厂门前有一间比“报刊亭”略大的书店，好像是单家独户，专门卖书的。

大约是1975年的事了，弟弟回农村老家时，偶尔还捎回一两本“公仔册”（连环画），如《带响的弓箭》等。他还说农场里有书店，“公仔册”很多。这话勾起我无尽的遐想，很想去那地方看看到底是什么样子。

机会终于来了。放暑假时，我骑自行车去农场探望叔父和弟弟，弟弟就带我去农场看这看那。记得去过的地方有电影院、学校、鱼塘、建在鱼塘上的厕所、糖厂附近的商店……还顺便瞧瞧糖厂门前的小书店。图书主要陈列在玻璃柜台里，一排排的，全是小人书。到底买没买，我记不得了。假如买的话，最多也是一两本“公仔册”，因为那时我口袋里的钱，不会超过二角。

海康县新华书店

《不朽的城》广东人民出版社 1979 年出版

书店坐落在城里一条繁华热闹的老街中。大约 1979 年下半年，我跟村里几个少年骑自行车去海康城玩。因心中已经装着书店，逛街时特别留心那块人海中的“绿洲”，一经发现就不由自主地溜进去。书很多，是我读中专前见到的最大的书店。我在店里买了两本书：杜埃《不朽的城》和吴南生《松柏长青》。两本书我都通读了。《不朽的城》作者杜埃是南洋归国华侨，参加过菲律宾华侨组织的抗日游击队，有丰富的山地生活体验。他描写月光底下的异国丛林山谷，如梦似幻，宛如仙境，感人至深，读了使人久久不能忘怀。

建新圩的小书店

书店的书很少，图书柜台只占百货门市部的一角。大约1980年7月，我放暑假时去县城探望父亲，途经建新圩（属广东省湛江市），下车时顺便到这里看看。店里的书都记不清了，但架子上一本《性的知识》叫我终生难忘。那时候我少见多怪，一见书名几乎惊叫出声："世上居然有这样的书？"想买来看，但怕人家笑话，翻来覆去，就是不敢开口。最后硬着头皮，面红耳赤地买了一本，带到偏僻处偷偷拿出来看，从而懂得青年男女心理的秘密。这是我在该小书店买过的唯一一本书。

麻章公社的小书店

1981年下半年，我就读某地区中等财贸专业学校。校址在麻章公社（属广东省湛江市）坡塘大队城家村。一次我从麻章搭车回家，利用等车的空隙找到这个小书店，并买了一册艾芜著的《文学手册》。艾芜是当代名家，作品《南行记》声誉卓著，我也读过一些篇章，感觉很好。此书为作者从事文学创作之余的副产品，是经验之谈。书买回后我认真阅读，仔细领会，划线做了不少记号，但对个人作文似乎没有什么用处。由此想起鲁迅说过的话：“凡是有志写作的青年，第一个想到的问题，大概总是‘应该怎样写’，现在市场上陈列着的‘小说作法’‘小说法程’之类，就是专门掏这类青年的腰包的。然而，好像没有效，从‘小说作法’学出来的作者，我们至今还没有听到过。”（《且介亭杂文二集·不应该那么写》）鲁迅的话虽然不针对某个人，但也不是“放空炮”，而是有的放矢的。

坡塘大队的小书店

小书店离地区财贸学校大约一公里，散步时我们常常走到那里。店面很小，三分之一的面积排放图书，三分之二摆卖食品杂货。我在这里买了一册《虹霓关》（陈荫荣讲述的长篇评书《兴唐传》之一种），带回来放在家里，一直没看。不想节外生枝，弟弟却看了，感觉趣味盎然，意犹未尽。对我说：“哥，这本书很好看，后面还有续集，你见到再帮我买回来。”我不假思索地说：“这书只见有一本，前集后集都买不到了。”事情至此结束，之后我也没有把它放在心上。那些年我逛过的书店、书摊不计其数，买过的书成百上千，可弟弟仅提的一次买书要求我却没有满足他，甚至不当一回事，想起来我就感到愧疚！

阳江县新华书店

《红旗谱》 中国青年出版社
1978 年出版

1983 年 5 月，我中专即将毕业，学校安排我们去阳江（今属广东省阳江市）实习。车到江城就停下来，在城里逗留一两天。我趁机去书店看看。这里的书似乎是开架出售，一排排地陈列着，任你挑选。我东翻西看，找了一本《红旗谱》。交款出门，遇上一起来实习的同学，他问我买什么书？我就递给他看，他见是《红旗谱》，露出不屑一顾的神态，说："这本书已经过时了！"……十几年后，我把此事写进《一本"过时"的书——关于〈山乡风云录〉的回忆》的文章里，却把书名《红旗谱》改成《山乡风云录》，可谓是耍了点"移花接木"的手段。但也是迫不得已，没有同学那句"过时"的话，我的文章就写不出来，遑论发表啦。

儒洞公社的小书店

在江城逗留一两天，我就带着行李来到实习的单位——儒洞公社（今属广东省阳江市）税务所。白天跟随师傅上班，星期日休息。一天，我上街行走，遇见一个旧书摊，大约摆卖十几二十册书，我买了一册《警世通言（上）》。继续行走，遇上镇子上唯一的一间书店，是单家独户的，专门卖书，但数量很少。我买了一册反映20世纪50年代建设成就的《从冰斗到大川》（雷加著），上海文艺出版社1978年出版，定价四角多。

《从冰斗到大川》上海文艺出版社1978年11月出版

店里还有一套书吸引我的目光，是冯梦龙选编的《太平广记钞》，中州书画社1983年出版，三册一套，沉实厚重，定价大约七八元。那时候基层工作人员的工资每月也就三四十元，此价是个大数目。我拿起放下，思来想去，最后还是抵挡住它的诱惑。现在回想起来，此事并不值得后悔，因为五年之后我调到某县人民政府驻广州办事处工作，我可以花多一点钱买一部完整的《太平广记》，不需要冯梦龙做过“手脚”的那个抄本了。

南渡河渡口的小书店

大约在 1985 年，我出差到海康县（今广东省雷州市）一个公社办事，车经南渡河（雷州半岛最大的河流，位于半岛中部）渡口停下，要乘船过河。渡口旁边有个小书店（兼售其他杂货），我就进去看看。见到一本《京华小品》（《人民日报》文艺部主任袁鹰的作品），薄小册，定价大约一角多二角钱。天涯海角的小书店摆卖“京华”人物的“大作”，此中意义颇不寻常，我赶紧买了一本。出门时，同事在车上催促:“快上来，车开啦！”口气含着责备，又带了几分的无奈。几年后南渡河建起大桥，渡口荒废，小书店也随之消失了。

2018 年 2 月 6 日

（原文载 2018 年 6 月 1 日、6 月 8 日、6 月 15 日、6 月 22 日《图书馆报》）

难舍小人书

连环画《智取威虎山》

家乡是偏僻落后的乡村，那里有青山绿水、茅舍草棚，但没有高楼大厦、马路汽车，更没有书店和图书馆。读初中时，我还不知道什么是文学名著，最常见的课外书是连环画，又叫小人书。

第一次读连环画，是在医院的病床上。当时我九岁，由于意外事故（被民兵练习射击的流弹击中）住进解放军某医院，手术后伤势好转，但成天躺在床上很无聊。这时，父亲给我买来三本连环画，一是《智取威虎山》，一是《刘胡兰》，一是《董存瑞》。其中《智取威虎山》给我的印象较深，当看到杨子荣腾空而起，挥刀杀向座山雕，座山雕惊恐万状、抱头鼠窜的情形，我忍俊不禁——这是我入院以来的第一声欢笑。几天后，我带着连环画出院了。

70 年代后期的一天，我在圩镇供销社图书门市部看见《林海雪原》的连环画，非常高兴，决定用仅有的几角钱买两册。交款时发觉少了一分钱，我十分狼狈，只好退还一册。待我有足够的钱进入门市部时，该连环画早已告罄。

父亲在县城工作，寒暑假期间，我还可以上县城玩几天。一次，我在某职工宿舍区的空地里发现一本连环画，暗自欢喜，看见周围没人，就悄悄捡起来藏在身上，赶快离开。当时的心情与做小偷无异。回到宿舍，我才看清连环画的名称：《智胜敌舰》。约一百五十页，定价七分钱。描写解放初期人民解放军用小木船打败蒋军兵舰的故事。这本连环画我看了不少遍，很多画面至今还保留在我的记忆里。

连环画《智胜敌舰》

同村某少年在榕树下看一本令我垂涎欲滴的连环画，画里有各种各样的兵器，有紧张激烈的战斗场面，还有黄继光炸碉堡的“镜头”……可惜连环画首尾全无，不知道是什么名称（后得知书名是《上甘岭上的英雄》）。我向少年借阅，他神秘地收起来了。

《上甘岭上的英雄》
2000 年上海人民美术出版社出版

后来，我用三本图书与他交换阅读，他答应了，归还时，他的连环画一如当初，我的三本书却已破烂不堪，吓得我再也不敢与他换书了。

20 世纪 80 年代初，我们全家搬进县城，我的连环画也随之“乔迁”。此时我已参加工作，成为“大人”，就把多年积累的连环画送给弟弟妹妹。弟妹们也不爱惜，翻看后乱丢乱放。一次，我清理房屋，嫌“小人书”占地方，就连同破烂一起送进废品收购站。

这些年有消息说，20 世纪 70 年代以前出版的连环画，由于毁损过多，幸存的有些已成为珍贵的收藏品，在市场上高价出售。乍闻此讯，我后悔无及，痛恨自己缺乏先见之明。

（原文载 2000 年 7 月 8 日《人民日报》“大象书话”）

连藏小语（三则）

《青纱帐里抓俘虏》

《青纱帐里抓俘虏》
1976 年广东人民出版社出版

我读初中时接触过这本小人书。大约是 1976 年，一天，下课后，有位同学在课室旁边的荔枝林下高声朗读此书，其中有这样的句子：“八月高粱壮，拉起青纱帐”，“有个儿童团，名叫赵小刚”……“山本脱狼皮，慌忙换衣裳。井水当镜子，企图逃跑先化装。”我凑过去，看见有个戴眼镜的鬼子军官正对着井口换衣服呢。画面逼真而且富于童趣，我想多看几眼，这个同学却毫不客气地收起画册，坚决不让看，惹得我心里痒了好几天。

转眼间过去二十几年。大约是 2003 年 5 月的一天，我在一间旧书店遇见一本《青纱帐里抓俘虏》的小人书，猜想可能是鬼子军官对着井口化装的那本书，拿起来翻看，果然就是。正在高兴，这时，凑巧听见店小二在自言自语：“什么年头了！想不到，还有人要看这样的书。”他说的“这样的书”，显然是指20世纪70年代以前的旧书。这就泄露了天机，我一下子明白他在旧书行业还是个彻头彻尾的门外汉。于是，我拿起小人书问他：“这本要多少钱？”他说：“五角。”我说：“这书太薄，一丁点东西，两角钱行了？”他接过来翻了一下，“嗅”不出什么味道，就搁下，挥挥手：“快拿去！”

《青纱帐里抓俘虏》内页

就这样，我轻而易举地得到一本二十几年前就让我垂涎欲滴的小人书——《青纱帐里抓俘虏》。

《拔敌旗》等

余性喜书，有洁癖，书非工整净洁不读。原有《拔敌旗》《烽火少年》等画册，内容虽然完整，但嫌其邋遢，搁置多年，未曾寓目。近来有书友需要此书，遂以两三元一本的贱价打发。

《拔敌旗》
上海人民出版社 1973 年出版

再上网寻觅八九成新的《拔敌旗》《烽火少年》等画册，用二三十元一本的价钱邮回。经过酒精棉球拭擦，又将书页的折角理直，感觉工整妥当、无菌无毒，这才打开画册，仔细阅读。

《小号手》

《小号手》
上海人民出版社 1974 年出版

此画册是看了电影《小号手》之后，在一个小县城的新华书店购买的。在缺少书籍的农村里，这本书我不知翻看过多少遍，直至伤残破损、烂熟于心，最后不知给丢到什么地方去了。书中苍莽的群峰，青翠的森林，鲜红的旗帜，灰色着装的军人……构成一幅幅彩色斑斓的图画。作品书写的是武装的革命，描绘的是残酷的战争，刀枪对垒的场面屡屡出现，却丝毫未见恐怖与血腥，反而自始至终洋溢着浪漫主义的诗情画意。这是电影《小号手》的成功之处，也是连环画《小号手》魅力不减的原因所在。

“军号达达达吹，来了游击队。革命红旗迎风舞，英勇杀白军！……”不知是出于怀旧呢，还是被激昂的号声所感染，网上看完影片《小号手》之后，我忍不住又买了这本小人书。

（原文载2015年11月20日《图书馆报》“书人书事”版）

“大鲟鱼”

“大鲟鱼”是我对一部连环画的代称。少年时候，我曾看过这部连环画的上集，其全称似乎是《智捕大鲟鱼》。因为距今已近三十年，又没有实物查证，它确切的题目我已经记不清楚了。

《智捕大鲟鱼》
湖南人民出版社 1973 年出版

《智捕大鲟鱼》内页

大约是 1974 年间的事。有一天，在县城工作的父亲给我带回三本画报。画报的内容很精彩，它浓缩了祖国各地的风物，诸如“大河上下”“沙漠中的人参”“西双版纳的油棕林”等等，令我大开眼界。其中一本画报还有“大鲟鱼”的连环画（连载），故事的经过是：星期日的早晨，两个小朋友（一男一女）驾着一只小木船到洞庭湖参加劳动。此时风平浪静，晴空万里，他们不停地忙碌着。到了湖中心，突然，小木船剧烈地晃动起来，船边出现了一个巨大的旋涡，差点把小木船打翻了。小朋友吃惊地叫了一声……这时，故事情节戛然而止，末尾出现几个字：“未完待续”。

《智捕大鲟鱼》内页

看到这里，我不禁产生疑问：“下面的故事怎样呢？”“卷起旋涡的是多大的鱼？”“小朋友是如何制服大鱼的？”这些疑问，在我心头萦绕着，却得不到分解，因为我仅有的三本画报已看完了，都没有“紧接上期”的内容。村子里再也找不出类似的书，父亲单位虽有，但也不好多“借”。没办法，我只好把“大鲟鱼”留下的“悬念”埋进心底。

也许是得之不易的缘故，我格外珍惜这三册色彩斑斓的画报，每有空闲就取出来，坐在凳子上翻看。有头无尾“大鲟鱼”，我也未加“歧视”，总是图文结合，细细品味，直至弄清人物的一举一动、一笑一颦。——在精神食粮奇缺的乡村里，“大鲟鱼”的故事虽不完整，可给我心灵的濡润和慰藉，用“久旱甘霖”来形容也不过分。

1983 年，我们举家迁往县城，家里能用的东西几乎都搬走了，画报却留了下来。当时我想：“城镇的住宿条件不好，没有书柜，画报带去也是乱丢。”于是就把它锁在老家房中的木柜里。谁知我们刚离开，村中个别贪心的无赖，就撬门敲锁，把柜子里的东西“拿”走。刊载“大鲟鱼”上集的画报就这样失去了。

进入城镇之后，在很长的一段时间内，我忙于读书、工作、恋爱、结婚……几乎忘却了“大鲟鱼”。到 20 世纪 90 年代，社会上流行怀旧，于是，我也经常回忆自己的童年和少年时期，回忆当年在农家屋舍里专心致志捧读画报的情景……“‘大鲟鱼’，我只是读了一半呢。”这时候，重拾旧梦，续读“大鲟鱼”的愿望有如膨胀了的气球，从我内心深处飘然升起。我留心各处的旧书摊（店），也写信与外地联系。然而，要找到出版于二十几年前、又未曾重印过的旧刊物，并非易事。折腾了好些年，旧的画报也翻过不少，可就是见不到我久为渴念的“大鲟鱼”（续集），甚至连刊载“大鲟鱼”上集的那一本画册，如今也一样的无踪可寻。

——（“大鲟鱼”，二十几年了，你留给我的“悬念”，何时了结？）

（原文载 2003 年 2 月 23 日《湛江晚报》、2003 年 4 月 25 日《读者导报》）

"大鲟鱼"告白

笔者在湛江晚报发表的短文《"大鲟鱼"》，引起一些读者的兴趣，其中有几位还在晚报发表文章（梁丹妮《回忆"大鲟鱼"》、冯伟东《找寻"大鲟鱼"》、梁晋明《再一次谈起大鲟鱼》等），对连环画"大鲟鱼"的书名、作者、内容等，进行了猜测和议论。众口纷纭，有对的，也有错的。笔者在花费了大量的时间、精力之后，最近终于如愿以偿，把当年出版的、刊载着"大鲟鱼"故事的画报弄回来了。

1974 年出版的载有《智捕大鲟鱼》的《人民画报》

连环画的名称是《智捕大鲟鱼》，杜炜编绘。作品曾获第二届连环画创作绘画二等奖。连环画的主人公就是小菱和小龙，故事的内容一如前面各位所述（见《湛江晚报》2003 年 2 月 23 日、3 月 16 日、7 月 6 日、7 月 20 日"都市新散文"）。

《人民画报》连载的《智捕大鲟鱼》

“大鲟鱼”的版本，我知道的有三种。其一是《连环画报》本，这个本子我没有见过；其二是“湘人本”，湖南人民出版社1973年8月出版。规格为48开，彩印，共34页，印数100万册（第2次印刷），定价一角六分；其三是《人民画报》本，刊载于1974年第1、2期《人民画报》，共30页，比“湘人本”少4页，文字也有删减。笔者当年看到的，正是《人民画报》的版本。

百计寻求的“大鲟鱼”终于到手了，只是我在阅读时，已不能产生少年时代的激动和好奇。

2003年7月25日

旧书品读

我的“课外”阅读

一

我出生于 20 世纪 60 年代初期。小时候，父亲在外面工作，母亲和我们生活在农村。我六七岁时，父亲每次回家，都要给我们讲故事。故事主要来自五六十年代出版的《农民家史》和《故事会》。记得讲过的题目有《卖身文契》《一条破皮袄》《母女会》

《农民家史》（共十辑）1965 年农村读物出版社出版

《壮丁苦》《小林捉贼》等。父亲讲述故事，常常是在晚上，油灯下，他手里把着书本，看一会儿，讲一阵。我忘情地倾听，随着情节的发展渐渐地入迷、感动。听到开心处，大家都发出愉快的欢笑；讲到悲惨的地方，我忍不住洒下同情的眼泪。到了十多岁，我仍然缠着父亲讲故事，这时，父亲断然拒绝，说：“你已经很大了，识得很多字了，故事都写在书里，自己阅读吧！”不得已，我捧起家里仅有的几本故事书，如《夺地》《抓丁仇》（《农民家史》丛书的零种）等，一字一句地读起来，居然感觉津津有味——我持续几十年的“课外”阅读生涯，就这样正式开始了。

《阶级斗争故事集》上海文化出版社 1965 年出版

二

我读初中时，大约十三四岁，所在的农村学校没有图书馆、阅览室，课外读物几乎见不到一册。好在父亲在县城工作，有时还带些报纸、杂志、画册回来，让我“充饥”。一次，父亲递给我一本《回顾长征》，叫我拿去看，说：“长征是怎么样的，看了这本书就知道了。”当时我读书、求知的欲望正旺，一口气看完这本书，从此明了长征的原因、经过和结局。长征途中湘江血战、四渡赤水、巧渡金沙江、飞夺泸定桥、突破腊子口……惊天动地的壮举深深地震撼了我的灵魂，我因此而敬仰革命领袖，膺服一往无前的红军将士，对描写革命战争的文学作品也产生了浓厚的兴趣。

《回顾长征》解放军文艺社 1975 年出版

三

20 世纪 70 年代后期我读高中，在供销社的图书门店买了一本《新儿女英雄传》。这是我有生以来第一次阅读的长篇小说，心里充满了好奇和激动，我陶醉在作者塑造的人物、情节和意境中，如饥似渴，反复阅读，真切地体味到文学作品诱人的魅力。接着我又购买、阅读了《山乡风云录》《北山记》《云飞嶂》《暴风骤雨》

《新儿女英雄传》人民文学出版社 1978 年出版

等长篇小说，进一步感受了文学作品振聋发聩的艺术力量。从那时起，我读书上瘾，爱书成癖，羡慕作家……无形中，我悄然完成了“角色”的转换——从一般的中学生变成文学写作的爱好者。

四

1980年代初，我在读一所中等专业学校。当时我借阅了《柳宗元诗文选》《宋文鉴》等书，还买一本王季思校注的《西厢记》。这本书是繁体竖排，阅读时很费劲。我在旁边放一本字典，每遇一个繁体字，就在信笺上记下来，再查字典，把简化字加括号注在后面，并逐一记熟。《西厢记》读完了，记录繁体字的信笺也有好几张。因为下过这个功夫，日后阅读木刻本古籍，文字一关，已难不住我。

五

我很早就喜欢文学，20世纪80年代中期开始写稿，但屡投不中。从1988年起，我在广州工作、生活了两年，在书店浏览了大量的经、史、子、集，这才弄清问题的症结，于是认真研读《老子》《论语》《孙子十家注》《新序》《说苑》等书，从中领悟古代的文法。还仿照《新序》《说苑》简劲的文笔撰写一些简洁明快的小品文字，投向报社。果然，这些“简洁明快”的文字吸引了一个又一个的编辑，《羊城晚报》《南方日报》《读者导报》《经济日报》《博览群书》等报刊，先后被拙稿“征服”，有些文章甚至还登上《人民日报》和《光明日报》。

六

前些年受到朋友的影响，我迷上线装古籍的收藏，于是结合藏品研读《中国书史》《古书版本学概论》《古书版本常谈》等书，家里配备《明代书目题跋丛刊》《清人书目题跋丛刊》和《中国善本古籍书目》，经常查看。每次得到一种书，就仔细查考作者、内容、刻书单位、刻印时间等项目，弄清原委，判定版别。如此坚持好几年，效果显著。除了拥有一定数目的木刻本古籍，还收获一系列品谈木刻本古籍的“藏书经验”，如《初涉木刻本线装书》《〈菉竹堂书目〉的伪本》《搜求“明刻本”

《中国书史》
书目文献出版社 1987 年出版
《古书版本学概论》
书目文献出版社 1990 年出版

的故事》《〈古文真宝〉中的〈陋室铭〉》《图文并茂的〈野菜谱〉》等等。这些“藏书经验”大多发表在国家级报纸上，还有多篇得了头条，反响强烈。如果仅仅满足于光买书不读书，就不可能有这样的收获。

七

《庄子》说过：“吾生也有涯，而知也无涯，以有涯随无涯，殆已！”我年过知天命，因长年累月坚持不懈地读书，我眼睛近视不断加深，经常失眠，身体消瘦，生活清贫……有时还招人烦厌，但我还是不忍释卷，乐此不疲，这是因为读书能够使人脱离低级的趣味，有利于铸就一个充实、愉快，而且富于知识教养的高尚灵魂！

2015 年 8 月 24 日早修改

（原文载 2015 年 11 月 27 日《图书馆报》“悦阅时光”版）

一本“过时”的书

——关于《山乡风云录》的回忆

《山乡风云录》广东人民出版社 1978 年出版

20 世纪 80 年代初期的一天，我在某书店的门口遇见一位熟悉的青年朋友，他问我买什么书，我把手里的《山乡风云录》递给他。他瞥了一眼就推开了，露出不屑一顾的神色，冷冷地说：

“这本书已经‘过时’了！”

听了这句话，我没有进行反驳，但也不迷信“过时”这个在当时颇为流行的词语。回到宿舍，在朦胧的灯光下，我怀着复杂的心情翻开这本书。真是不看则已，一看我很快就进入了“角色”。

《山乡风云录》描写了抗日战争胜利后，我党领导的一支小游击队深入山区，发动群众，和国民党反动派、土豪劣绅开展斗争的故事。人物形象鲜明、故事情节曲折生动是此书的主要特色。至今我还清楚地记得西坑村猎虎、六女潭救溺、活捉烟屎爵、激战留人洞等等波澜起伏、引人入胜的斗争场面。当看到游击队政委邓祥不幸中弹牺牲的一幕时，我好不难受，不住一次地叹息："太可惜了，在革命即将胜利的时候牺牲了生命！"

读完后我回味再三，赞赏不已，庆幸自己买了一本好书，发现了一个奇妙的世界。《山乡风云录》不仅打动了我，而且"感化"了我的同学。

我高中时的一位同学，语文成绩平平，数理化成绩极佳。他不喜欢文学作品，也反对我阅读小说，认为高考在即，必须以功课为重，不应该看"闲书"分散精力。因此，我跟他虽然住在同一间宿舍，一起学习、生活，但在涉及文学和写作时却总是无话可谈。一次，他心血来潮，趁我不在的时候偷偷翻看我的《山乡风云录》，竟入迷了。几天后，他惊喜地说："太好看了，真想不到！你还有这种书吗？快借给我！"从此，我和他在文学方面有了共同的话语，互相尊重，取长补短，还变成了好朋友。

由于这件事，我更加珍爱《山乡风云录》了。这样的书，怎能说，"过时"了呢？

岁月如流，十年过去了，其间社会风云变幻，人们的价值观念发生了巨大的变化。在文学界，人们时而“意识流”“朦胧诗”，时而“托尔斯泰”“巴尔扎克”，还有这“星”那“热”，令人目迷五色。至于感人肺腑、催人奋进的《山乡风云录》多年来却少有提及，但我坚信，是金子总会发出光来的！

今年5月，广东省委宣传部等联合举行“百书育英才”的读书征文活动，引导人们多读书、读好书，意义重大。在候选书目中，我毫不犹豫地推荐了《山乡风云录》。评选结果，《山乡风云录》榜上有名，成为深受欢迎的“百书”之一。作为推荐这本书的一个读者，此时此刻，我心情激动，不禁提笔写下了这样的一篇“征文”。

（原文载1994年11月12日《广州日报》）

【附录】：

“过时”的书

20世纪80年代初期的一天，我在一家书店的门口遇见一位熟悉的青年朋友，他问我买什么书，我把手里的《山乡风云录》递给他，他瞥了一眼就推开了，露出不屑一顾的神色，冷冷地说：

“这本书已经‘过时’了。”

听了这句话，我没有进行反驳，但也不迷信“过时”这个在当时颇为流行的词语。回到宿舍，在微弱的灯光下，我怀着复杂的心情翻开这本书。真是不看则已，一看我很快就进入了“角色”。

《山乡风云录》作家出版社1963年出版

《山乡风云录》描写了抗日战争胜利后，我们党领导的一支小游击队深入山区，发动群众，和国民党反动派、土豪劣绅开展斗争的故事。人物形象鲜明、故事情节曲折生动是此书的主要特色。至今我还记得西坑村猎虎、六女潭救溺、活捉烟屎爵、激战留人洞等等波澜起伏、引人入胜的斗争场面。当看到游击队政委邓祥不幸中弹牺牲的一幕时，我好不难受，不住地叹息：“太可惜了，在革命即将胜利的时候牺牲了生命！”

读完后我回味再三，赞赏不已，庆幸自己买了一本好书，发现了一个奇妙的世界。《山乡风云录》不仅打动了我，而且“感化”了我的同学。

《北山记》广东人民出版社 1978 年出版

我高中时的一位同学，他语文成绩平平，数理化成绩极佳。他不喜欢文学作品，也讨厌我阅读小说。因此，我们虽然同住一间宿舍，但却总是无话可谈。一次，他心血来潮，趁我不在的时候偷偷翻看我的《山乡风云录》，竟被迷住了。几天后，他惊喜地说：“太好看了，真想不到！你还有这种书吗？快借给我！”从此，我和他有了共同的语言，互相尊重，取长补短，很快就变成好朋友。

由于这件事，我更加珍爱《山乡风云录》了。我认为这样的书是不会“过时”的。

在《山乡风云录》的影响下，我对小说的兴趣越发浓厚，先后阅读了《北山记》（《山乡风云录》作者的另一部长篇小说）《暴风骤雨》《林海雪原》《三家巷》《苦斗》《小城春秋》等优秀图书，还阅读了《三国演义》《儒林外史》等古典名著以及一些诗歌散文，成为不折不扣的文学爱好者。毕业后，我利用业余时间学习写作，不断投稿，如此坚持数年时间，虽然没有一个字被报刊采用，但仍然孜孜以求、无悔无怨。

1994年5月，广东省委宣传部等联合举行“百书育英才”的读书征文活动，旨在倡导多读书、读好书的社会风气。在报纸刊登的候选书目中，我毫不犹豫地推荐了《山乡风云录》，评选结果，《山乡风云录》榜上有名，成为深受欢迎的“百书”之一。作为一个普通读者，回想《山乡风云录》多年来对我的激励和教育，不禁感到心情激动，于是，我提笔写了一篇“回忆《山乡风云录》”的文章，署上笔名后投寄《广州日报》，结果被刊用了。虽然是小文一篇，但表达了我对《山乡风云录》由衷的感激和钟爱之情。

（原文载2000年12月21日《光明日报》“生命中一本书”）

鲜为人知的《孙犁新诗选》

《孙犁新诗选》 百花文艺出版社 1993 年出版

1993 年，我向天津百花文艺出版社邮购《如云集》，之前见书目上有《孙犁新诗选》，出于对孙犁作品的喜爱，就顺便一并邮购回来。

《孙犁新诗选》大 32 开本，87 页，1991 年第 1 版，1993 年印刷，初版 1000 册，收入作者 1980 年至 1986 年写的《童年》《印象》《天使》《蝗虫篇》等新诗 17 首。这本书既无序、又无跋，书中以散文形式出现的地方仅两处，即《猴戏》《蝗虫篇》的附记。其中《蝗虫篇》的附记写道：

“一九三九年，我被调到阜平一带工作。阜平山穷水恶，地瘠民贫，公粮匮乏，食不得饱。每至下午三四点钟，即觉饥肠辘辘……一日，同陈君外出，漫步至山上，山顶有一荒寺，庭生茂草，蝗虫飞跃其间，我与陈君各捉母虫一大把，在台阶上架火烧之，得饱餐焉……”

这段文字笔力遒健，意境深幽，令人想见旧中国的贫穷积弱和战争年代生活处境之严酷。

孙犁的新诗，大多采用赋陈手法，写得明白畅晓、淳朴自然，其风格迥异于当今流行之诗歌。如《希望——七十自寿》写道：

七十岁
时间够长的了
我没有想到
我能活这样长久

我自幼多病
母亲说我是佛脚下的童子
终归还去
在同口教书时
一个同学断言
我活不到四十岁

七十岁

如果不是我不断掸扫
就是落到身上的灰尘
也能把我埋葬
……

原诗95行，此处只节录一部分。单从这些句子，我们也可以窥见孙犁诗作特点之一斑。

孙犁曾在作品中谈及自己的诗歌："抗日战争时期，曼晴（孙犁的朋友）编辑《诗建设》，发表过我的诗作。'文革'以后，他在石家庄地区文联，编辑土里土气的刊物《滹沱河畔》。我的诗，当时没有地方发表，就给他寄去，他都给刊出了。后来，我请他为我的诗集写一篇序言。文中他直率地说，他并不喜欢我那些没有韵脚的诗。"（《如云集·悼曼晴》）在这里，孙犁并不讳言自己的诗作难以发表并且得到老友"关照"的内情，其坦白、率真，让人想见旷野秋空的明净与绚丽。

关于孙犁的新诗，曾有这样的一则"逸闻"。20世纪80年代初，孙犁发表一首题为《印象》的诗，有个读者写信指责他为了捞取稿费，随心所欲地粗制滥造，不仅浪费编辑和校对的精神，还浪费千千万万读者的时间。那个读者要求复信交换意见，孙犁没有"上钩"，他风趣地对朋友说："因为怕再浪

费他的时间，没有答复。”（《远道集·至贾平凹》）

若干年后，有位孙犁作品的“痴迷”者撰文谈到上述“逸闻”，但行文中却把那首“题为《印象》的诗”误成“信件”，说孙犁发表“信件”招致读者批评（汪稼明《编孙犁的书》，2000年1月8日《文汇报》），这显然是弄错了。此外，该文还认为：“文革”后孙犁写了十本小书（即所谓“耕堂劫后十种”）。并不知道创作于20世纪80年代、成书于90年代的《孙犁新诗选》。这说明，我们的舆论界乃至孙犁作品的“痴迷”者，几乎都把孙犁的新诗创作给谈忘了。

（原文载2003年3月27日《人民政协报》）

孙犁的《白洋淀之曲》

孙犁是一位独具风格的作家，他一生写的主要是小说、散文；虽然也有“诗人”的称号，但诗歌创作的数量不多，成就也相对不高。他曾经出过四本诗歌集（即《山海关红绫歌》《白洋淀之曲》《孙犁诗选》和《孙犁新诗选》），都是薄薄的一小册。

《白洋淀之曲》百花文艺出版社 1964 年出版

《白洋淀之曲》是孙犁的第二本诗集，于 1964 年 4 月由天津百花文艺出版社出版。此书收入作者 20 世纪 40 年代及 50 年代初创作的新诗七首。其中《儿童团长》《梨花湾的故事》和《白洋淀之曲》抒写英勇的晋察冀军民对日本侵略者所作的可歌可泣的斗争；《春耕曲》和《大小麦粒》分别反映边区人民生产战斗的蓬勃气象和对侵略者敌忾同仇的精神；《山海关红绫歌》和《小站国旗歌》则通过两个小姑娘绣国旗等事迹，表现了全国解放时人民群众的欢乐心情——这是诗集内容的梗概。

关于诗歌创作的情况，孙犁在此书的“后记”中亦有概述。作者回忆说：“我在抗日战争时期，写诗的兴趣比较大。那时行军走在路上，时常涌现一些诗句……休息了，掏出小本子，放在膝盖上，诗的句子短，抄写方便，很快就记下来了。”（《白洋淀之曲·后记》）说明这些诗歌大多创作于行军、打仗的间隙，是战士的心声、战斗的号角，同时又呼唤着和平、生产和建设。

此书的装帧形式值得称道。诗集《白洋淀之曲》小32开本，共81页，王冶华装帧插图。封面图案婉约平淡，与诗集的风格相映成趣。每首诗的前头都有一幅简朴雅致的图画，有助于读者理解诗歌的内容，同时起着装饰和美化图书的作用。

诗集《白洋淀之曲》共印2.17万册，数量不算很少。在一般收藏者的眼里，它不是值钱的珍秘之书；可对于孙犁作品的研究、爱好者，此书仍属不可多见，值得珍惜。

（原文载2003年7月28日《旧书信息报》）

拳拳爱书心

——《如云集》读后

我喜爱孙犁先生的文章，已经不是一朝一夕的事了。他的文章风格清新，语言质朴，意味深长，字里行间透露出一股诱人的魅力，令人爱不忍释。最近，我阅读了孙犁先生的新著《如云集》，又一次感到由衷的喜悦。

《如云集》百花文艺出版社1992年出版

《如云集》凡五辑，收入作者于1988年至1990年间所作的小说、散文、杂文、读书记、书简等50篇。在这本篇幅不大的书里，孙犁谈读书、谈写作、谈闲情、叙婚事、忆故人……言谈中往往流露出对于书的拳拳之爱，使我受到感染。

孙犁先生自小爱书。童年时，他常常在家乡的集市或庙会上，光顾那些出售小人书的摊贩。在北平流浪期间，他还是节衣缩食，购买《北斗》《奔流》《萌芽》《文学月刊》等革命书籍。战火纷飞的年代，他也不忘记从书本中吸取知识的营养。除了阅读革命书籍，还把《楚辞》《孟子》等古书带在身上，有空就看几页。新中国成立后环境安定了，他就打算多买书。20 世纪 60 年代初有稿费收入，他不买房子、土地，便大批地购买书籍，除了在天津逛旧书摊，还从北京、上海、南京等地邮购书籍。他说："买书能够增长知识，是一种收获，也是一种乐趣。"

买回来的书，他爱护备至，从不乱写乱画，如有污损，必"曝之日中，刷之擦之，粘之连之"，直至整洁之后才放心。他喜欢给书包上封皮，并在上面做些题识、杂录、随感等等，他把这些文字辑录下来，这就成为脍炙人口的《书衣文录》。

孙犁买书，是为了阅读，不是为了买古董赚钱。他读书认真、仔细，年纪大了，有些历史人物的姓名、年代记不清楚，他就找来有关的书，"查了又查，翻了又翻"，直至水落石出而后放心，《如云集 · 耕堂读书记》是他阅读古籍时写下的札记。札记不乏作者在政治、历史、文学、艺术等方面的灼见真知，叫人警醒。例如他说："古时文人，失意时多同情弱者、失败者；得意时多附和权贵，喜欢歌功颂德。"又如："文才不难，代代有之。史才则甚难得。自班、马以后，所谓正史……多据朝廷实录，实录非可全信，当政者所需为笔削之才。"再如："所谓纪实文学……现在把历史与创作混在一起，责其不实，则诡称文学；责其不文，则托言纪实。实则顾此失彼，自相矛盾，两不可能也。”（《如云集·〈读史记〉下》）这些见解对读者认识历史和现实，都很有益。

《如云集》中《我的丛书零种》一文记载了这样的一件事：有位书商走到孙犁的家中，要买下孙犁的《丛书集成》，孙犁当时手头很紧，但还是把书商打发走了。古人有饿死不卖书的，孙犁先生爱书如命，当然不会出卖自己的藏书了。

写到这里，也许有人说：“孙犁买书藏书，不过是装门面、冒充博学罢了。”对于这类“挑剔者”，我看无须反驳，只劝他读读这本书香馥郁的《如云集》，问题就解决了。

（原文载 1995 年 12 月 15 日《南方农村报》“读与写”版，“我喜爱的书”征文）

《我的第一本书》

《我的第一本书》湖南人民出版社 1985 年出版

《我的第一本书》，上海《书讯报》编辑部编辑，湖南人民出版社出版，此书刊载我国现代、当代部分知名作家初涉文坛时的体味和追求，可谓是一部专侃“第一本书”和“第一篇作品”的当代书话集。

1980 年《书讯》（1983 年起更名《书讯报》）在上海创刊，于当年 1 月 1 日正式发行，茅盾题写报头，秦牧撰写发刊词。该报最初为 8 开 4 版，设有“新书预告”“上海书讯”“我与文学”“我与图书”等专栏，目的是指导读者买书读书。由于切合了当时的读书求学风气，出版后深受欢迎，发行量不断增加。

書訊報

1983 年 1 月 1 日的《书讯报》

1981 年 8 月 23 日，天津作家冯骥才先生致信《书讯》编辑部，建议刊出“我的第一本书”，他说：“作家的第一本书，是其开端文学生涯的起点。如母亲的第一胎儿，包含着许多苦乐。问世时，或顺畅，或曲折艰难，各不相同；内中情景，少有人知。而其中留下作家最初踏上文学道路的足痕，也藏着文学方面不少成材和成功的道理以及成败得失的经验教训，于文学青年必有裨益。……作家对自己的第一本书记忆最深，饱含情感，写起来也会轻松自如，并各有角度和侧重之处，内容想必丰富”，将来合成一集，“于文学青年必有教益”，“也是文学史上一份别具特色的有趣的资料。”（1981 年 10 月 10 日《书讯》）

根据这一提议，《书讯》编辑部决定从 1982 年起开辟“我的第一本书”专栏，刊登著作家、出版家有关“第一本书”“第一篇作品”的稿件。该专栏来稿众多，反响强烈，数年内几乎每期都有一篇文章刊出，深受读者尤其是文学青年喜爱。随后，编辑部从该专栏中择取部分篇章（个别篇章择自“我和图书”专栏），结成一书，作为《爱好书吧丛书》的第二集（第一集是《我和图书》），交付出版，这就是《我的第一本书》。

《我的第一本书》为小 32 开本，293 页，陈海渔设计封面，湖南人民出版社 1985 年 8 月出版。书中收录郭绍虞、叶圣陶、赵景深、臧克家、碧野、秦牧、杜鹏程、刘绍棠、叶永烈、胡万春、叶辛、陈国凯、蒋子龙等现代作家的文章 62 篇，并附有作者的近照或有关书影。内容涉及：我的第一部小说、我的第一篇散文、我的第一本童话、我的第一本诗集、我的第一本学术著作、我的第一本译书、我读的第一本书、我买的第一本书等等。作者都是当代名家、文章里手，他们在追述往事时，善于穿插文坛掌故，出版“秘闻”，购书、读书经验，版本知识等资料，丰富了文章的内容，增强了可读性。

这本小书仅仅二百多页，却汇集了许许多多的关于“第一本书”“第一篇作品”的奇闻逸事：郭绍虞的第一本书《中国体育史》，因属冷门被商务印书馆“四十元买断版权”；李霁野的第一本译书由鲁迅修改并帮助出版；臧克家的第一本诗集《烙印》，找不到愿意承印的出版商，只好由朋友凑钱“自费”出版；哈华在解放区出版的第一本书，“稿费是每千字一斤猪肉钱”；秦牧的第一本书不知如何取书名，于是由编辑命名为《秦牧杂文》；刘绍棠17岁出版第一本短篇小说集《青枝绿叶》，内容都是作者15—16岁时的作品；工人作家胡万春看到自己的“连标点符号在内共计120字”的第一篇作品，激动得“连眼泪也流出眼眶来了”；知青叶辛插队贵州时开始写作，第一篇小说用学生的练习本、朋友来信的背面当稿纸……这些生动有趣有关写作的逸闻，均出自作家本人的回忆，可信程度高，读者尤其是文学青年可以从中体味到“丑小鸭”变成“白天鹅”

的曲折与艰辛，从而获得教诲，引为借鉴。

此书卷首有《书讯报》编辑部编者撰写的《前言》，虽然不足三百字，但文采飘逸、感情充沛。文中说：“一本书从孕育于作家脑海到呈现在读者眼前，须经历多少阵痛、多少苦恼，并伴随着多少希望和欢乐。……正如一个生命从受孕伊始至分娩降世，只有母亲真正体味其间的甘苦忧乐。……本书作家中，有的年过古稀，著作等身；有的正当盛年，高奏着大江东去；有的锋芒初露，正跃马扬戈。……他们把珍惜自己的‘第一本’‘第一篇’的心声，共鸣在本书中，一同诉诸翻开本书的亲爱的朋友。”《前言》含蓄、巧妙地透露了本书的主旨，虽着墨不多，却蕴涵深厚，少许胜过多许。

《我的第一本书》出版至今已有30年，编辑此书的初衷是为文学青年提供经验教益，并为现代、当代文学史保存资料。不过，我却更加乐意把它看成一部书话集——一部专侃“第一本书”“第一篇作品”的当代书话集。

（原文载2006年4月21日《读者导报》）

我最喜欢的书

不少青年读者现在喜欢梁实秋、周作人、林语堂、钱钟书等人的作品，我认为这是欣赏趣味高雅的表现。笔者也是个青年读者，和大家一样，我也迷恋过上述作家的一些作品，但那些已经是过去的事情了。时下，我最感兴趣而且经常翻看的，是流行时尚所忽略的几本书。

《四库全书简明目录》（清代纪昀撰）。人们常说，中国的文化典籍“汗牛充栋”“浩如烟海”，但我听了还是一片茫然，看了《四库全书简明目录》之后，我对这句话才有了具体而明确的理解：知道中国的古籍千千万万，买不尽，读不完，即使专看书目，也要眼花缭乱。同时我又知道古籍有经、史、子、集四部之分，每部之下又可以分为若干小类，等等。再说，我还是个喜欢买书的人，如今的图书种类繁多，“良莠淆杂”，例如有些卜术相书的“作者”就赫然署上“诸葛亮”“刘伯温”等人的名字，掌握了《四库全书简明目录》，有利于识破书市上的“伪劣商品”，而且能够用较少的收入换来较多的文化要籍，避免盲目“投资”。

《藏书纪事诗》（清代叶昌炽撰）。古时候有“割田置书”“剪发易书”和“弃产置书”的故事；图书又有兵、虫、水、火之厄；藏书史上既有父子相传的藏书家，也有父辈藏书，儿孙毁书的事实。阅读《藏书纪事诗》，我就明白得书不易，藏书艰辛，读书更是难能可贵，并且能够从中吸取教训，认真保管和充分利用自己的图书。

《藏书纪事诗》上海古籍出版社 1989 年出版

《书林秋草》（孙犁著）。孙犁先生是个爱书如命的人，他的文章，常常流露出对书的深情厚爱，我读了容易产生共鸣，从中受到感染，进而加倍珍惜和管好自己的藏书。（必须说明：上述图书我只是选读了其中的一部分，谈不上深入的学习和研究，因此感到收效甚微。）

《书林秋草》
生活·读书·新知三联书店 1983 年出版

总而言之，我现在最喜欢看的，就是有关买书、藏书和读书等方面的书籍。

（原文载 1994 年 1 月 3 日《读者导报》）

一篇有多处错误的课文

——《欧阳修追字》读后

九年义务教育六年制小学教科书《语文》第十一册人民教育出版社2001年3月第2版

欧阳修是我国古代的文学家。相传他为朋友韩琦撰写《昼锦堂记》，文章写好送出后，发觉开头“仕宦至将相，富贵归故乡”两句话中间各少一个“而”字，于是立即派人追讨送出的文稿，及时把“而”字添了上去。《欧阳修追字》（九年义务教育六年制小学教科书《语文》第十一册，人民教育出版社2001年3月第2版）记述的就是这样的一个故事。故事反映欧阳修作文严肃认真、一丝不苟，颇具积极意义。然而，这篇仅仅五百多字的课文，在涉及“昼锦堂”和有关引文时，竟出现了三个硬伤，累计八处错误，这是使人吃惊的。

其一，“昼锦”误为“画锦”。即把《昼锦堂记》误为《画锦堂记》。“昼锦”是什么意思呢？这里面有个典故。《史记·项羽本纪》：“富贵不归故乡，如衣绣夜行，谁知之者！”荣华富贵之后如果不回到故乡，就像穿了锦绣衣裳在夜间行走，没人看见。相反，如果“富贵而归故乡”，就是“衣锦昼行”（即穿了锦绣衣裳在白天走路），古人认为那是十分荣耀的事情。由此可见，“昼锦”实则“衣锦昼行”，就是富贵还乡为人所知。“画锦”则不知其所云了。“昼”（晝）字误为“画”（畫），应当是繁体字相似而造成的。

其二，“仕宧”误为“仕官”。即把“仕宧而至将相”误为“仕官而至将相”。“仕宧”是担任官职，如《汉书·卜式传》中“自小牧羊，不习仕宧”以及《孔雀东南飞》中“仕宧于台阁”等。“仕官”是什么呢？查《辞源》《辞海》等工具书，均没有这个词语。显然是“宧”“官”字形相近，导致作者写错，或者计算机录入时出错。

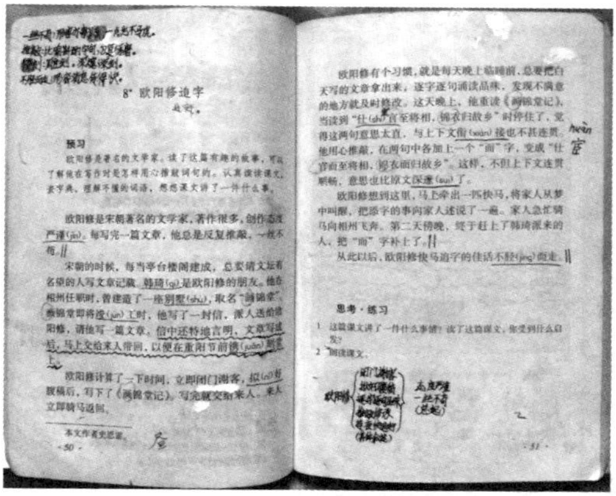
8* 欧阳修追字

预习

欧阳修是著名的文学家。读了这篇有趣的故事，可以了解他在写作时是怎样用心推敲词句的。认真读读课文，查字典，理解不懂的词语，想想课文讲了一件什么事。

欧阳修是宋朝著名的文学家，著作很多，创作态度严谨(jǐn)。每写完一篇文章，他总是反复推敲，一丝不苟。

宋朝的时候，每当亭台楼阁建成，总要请文坛有名望的人写文章记载。韩琦(qí)是欧阳修的朋友。他在相州任职时，曾建造了一座别墅(shù)，取名“画锦堂”。画锦堂即将竣(jùn)工时，他写了一封信，派人送给欧阳修，请他写一篇文章。信中还特地言明，文章写成后，马上交给来人带回，以便在重阳节前镌(juān)刻上。

欧阳修有个习惯，就是每天晚上临睡前，总要把白天写的文章拿出来，逐字逐句诵读品味，发现不满意的地方就及时修改。这天晚上，他重读《画锦堂记》，当读到“仕(shì)官至将相，锦衣归故乡”时停住了，觉得这两句意思太直，与上下文衔(xián)接也不甚连贯。他用心推敲，在两句中各加上一个“而”字，变成“仕官而至将相，锦衣而归故乡”。这样，不但上下文连贯顺畅，意思也比原文深邃(suì)了。

欧阳修想到这里，马上牵出一匹快马，将家人从梦中叫醒，把添字的事向家人述说了一遍。家人急忙骑马向相州飞奔。第二天傍晚，终于赶上了韩琦派来的人，把“而”字补上了。

从此以后，欧阳修快马追字的佳话不胫(jìng)而走。

思考·练习

1 这篇课文讲了一件什么事情？读了这篇课文，你受到什么启发？

2 朗读课文。

九年义务教育六年制小学教科书《语文》第十一册 人民教育出版社 2001 年 3 月第 2 版

其三，“富贵”

误为“锦衣”。即把“富贵而归故乡”误为“锦衣而归故乡。”我们知道：“富贵不归故乡”，是“衣锦夜行”；“富贵而归故乡”，是“衣锦昼行”，亦即“昼锦”。因此，“富贵而归故乡”，实质是对“昼锦”一词的诠释，同时还是在引用（反用）。这句话如果换成“锦衣而归故乡”，就不能算引用，也谈不上诠释，甚至会出现毛病（“锦衣”是“衣锦”之误）。何况“锦衣”是偏正词语，与上句“仕宦而至将相”的“仕宦”并不对偶；而“富贵”“仕宦”正好都是并列的结构。总之，这是由于作者未明“昼锦”的含义，引用别人的话又不核对原文，于是造成一错再错的后果。

（原文载 2003 年第 3 期《中国图书评论》）

求疵录（六则）

一、“卷”与“册”

《文学故事报》1996年10月31日《历史上的四次焚书》一文，写到南朝梁元帝萧绎，平时读书破万卷，到头来竟不免兵败亡国，于是迁怒于图书，“命舍人高善宝，把所有十四万册图书聚集一起烧掉”。

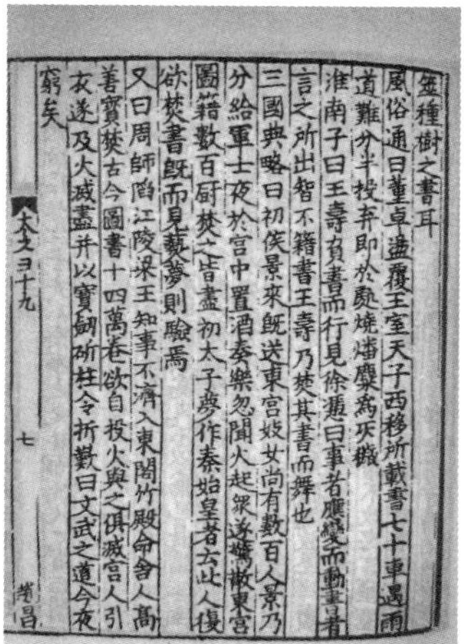
筮種樹之書耳
風俗通曰董卓盡覆王室天子西移所載書七十車遇雨
道難分半投弃即於燉燒燔爨爲灰燼
淮南子曰王壽負書而行見徐馮曰事者應變而動書者
言之所出智不藏書王壽乃焚其書而舞也
三國典略曰初侯景來既送東宮妓女尚有數百人景乃
分給軍士夜於宮中置酒奏樂忽聞火起衆遂驚散東宮
圖籍數百厨焚之皆盡初太子夢作秦始皇者云此人復
欲焚書既而見焚夢則驗焉
又曰周師陷江陵梁王知事不濟入東閣竹殿命舍人高
善寶焚古今圖書十四萬卷欲自投火與之俱滅宮人引
衣遂及火滅盡并以寶劍斫柱令折歎曰文武之道今夜
窮矣

《太平御览》引《三国典略》中“周师陷江陵……”的原文

这里的“册”字值得怀疑。其一，我国在清代以前，图书计量单位一般称为“卷”，如《汉书·艺文志》著录“《诗经》二十卷”，《隋书·经籍志》著录“《史记》一百三十卷”，《四库全书总目》著录“《荀子》二十卷”，等等。藏书数量称“册”，是民国之后才流行起来的。其二，南北朝时，书籍还处于卷轴装阶段，那时的图书，就像现在带轴的画一样，一卷一卷的。宋代之后，蝴蝶装、包背装代替了卷轴装，图书才以“册”的面目出现，但计量单位仍然是“卷”。

关于梁元帝焚书，《太平御览》卷六百一十九有这样一段文字：“周师陷江陵，梁王（梁元帝）知事不济，入东阁竹殿，命舍人高善宝焚古今图书十四万卷。”这里明确写着是焚毁图书“十四万卷”，而不是“十四万册”。因此，《历史上的四次焚书》中的“册”，应当改为“卷”才对。

（原文载 1997 年第 9 期《咬文嚼字》杂志）

二、“书犹药也……”不是刘向的格言

“书犹药也，善读之可以医愚。”

这是人们非常熟悉，争相引用的一句格言。笔者在网上搜索一下，发现引用这句格言的文章成千上万，不可胜计。格言的作者，人们普遍认为是西汉时期的刘向，出处是刘氏编集的《说苑》一书。有的说得更为具体，认为出自刘氏的《说苑》“建本”一章，然而事实并非如此。

为弄清这句话真正的出处，笔者曾经查阅了数十种收录古今中外格言警句的专著，从而发现：凡是收录这句格言，并且

认为作者是西汉刘向的，都是一些没有渊源依据、专靠辗转传抄成书的所谓“名言大观”；那些编辑态度严谨、资料来源准确并能注明出处的工具书，如商务印书馆的《中国古代名言隽语大辞典》、上海辞书出版社的《中国古代名句辞典》、湖南人民出版社的《古诗文名句录》乃至汇集譬喻方面句子的古代类书《喻林》等，均不收录“书犹药也……”这句话。此外，笔者翻阅《全汉文》中刘向现存的全部文章，没有发现这句格言。阅读刘向编集的《新序》，又翻阅刘氏编集的《说苑》，进而着重查阅《说苑》“建本”一章，均没有发现这句话。在更大的范围内进行检索（包括用电脑检索《新序》《说苑》的全部文字），照样找不到这句话出自西汉刘向的确切依据。

“书犹药也，善读之可以医愚。”绝不是西汉刘向的格言。至于这句话的作者是谁，出处何在，还有待于进一步的查考。

（原文载 2002 年 10 月 16 日《中国审计报》）

附记：“书犹药也，善读之可以医愚”出处大概是这样的：刘向《说苑·建本》有一句话：“人皆知以食愈饥，莫知以学愈愚。”这句话包含了读书医愚的意思。20 世纪 70 年代末至 80 年代初，社会正倡导读书求学的风气，有人在写文章时，为了增加说服力，就引用刘向这句格言。但他记不清这句话的原文，只记得个大概意思，他也没有养成查找词句出处的习惯，于是就把“大意”当成刘向《说苑》的“原文”来引用，以至讹传至今。这是我的推测。

2017 年 12 月 31 日补记

三、一斤等于多少？

九年义务教育六年制小学教科书《语文》第十二册（人民教育出版社 2001 年第 2 版）中《景阳冈》这篇课文，是从《水浒传》二十三回“景阳冈武松打虎”中节选出来的一个片段。课文描述武松上景阳冈前在酒家喝酒，叫店主切牛肉，说：“好的切二三斤来。”“斤”字下面，编者注释道：“原市制重量单位，一斤等于五百克。”

中国传统使用的以“斤”为单位的秤

“一斤等于五百克”，这种说法在当今并不错，但是如果在古代，情况就不同了。俗话说："半斤八两。"我国从秦代至民国期间，通行16两秤，一斤等于16两。至于具体的重量，各个朝代又有差别，通常情况下，一斤并不等于500克。根据考证，秦朝时，一斤等于253克；西汉时，一斤等于248克；东汉至西晋时，一斤等于220克；隋唐时，一斤等于661克；宋元时期，一斤等于633克；明清时期，一斤大约等于590克；民国时期，一斤等于500克……（据《汉语大词典·附录·中国历代衡制演变测算简表》）。《水浒传》反映的是北宋末年农民起义的故事，"景阳冈武松打虎"中的"斤"，当然是北宋末年那个特定历史时期的"斤"。用今天的标准即"一斤等于500克"来解释那时候的衡量单位，这显然不符合当时的实际情况。

（原文载2003年第1期《咬文嚼字》杂志学生版）

四、《三通》不只是三本书

唐国强主演的24集电视连续剧《长征》有这样的镜头：红军抵达遵义后，剧中人徐特立拿着三本线装书见到毛泽东（唐国强饰），高兴地说："你要的《三通》，我给你找来了。"旁边的人不明白他的意思，剧中的徐老解释道："《三通》就是三部书，包括唐代杜佑的《通典》、宋代郑樵的《通志》和元代马端临的《文献通考》……”

这个解释并不错。问题在于，剧中人仅用三本线装书代表《三通》，而且没有任何必要的说明，这样，很容易使一些不明底细的观众产生误解，以为《三通》只有三本书呢。

查工具书可知：《三通》是我国古代的历史学著作，其中《通典》《通志》各200卷，《文献通考》348卷，合计748卷。中华书局出版过繁体竖排本《通典》，32开本，一共5大册，5660页，平均每册1132页。照这样计算（即每卷折合28.3页），那么，《三通》大约有21000多页，可以装订成厚厚的18大册。如果印制成字大距疏的线装书，《三通》的册数就更多了。姑按5卷为一册计算吧，748卷的《三通》至少能够装订成150册，堆起来有如一座小山了。

因此，剧中人徐特立的话应该更改为：“你要的《三通》，我给你找来了，这是其中的三本。”

（原文载2012年1月16日《光明日报》）

五、《萧伯纳在上海》编者是谁?

1933年2月，英国文豪萧伯纳访问上海，时间仅半天。上海各式各样的新闻记者，各种流派的文学作家，纷纷出动，对萧伯纳的来访进行了报道和评论。《萧伯纳在上海》就是辑录这些文章而编成的一本书。

《萧伯纳在上海》完稿后，1933 年 3 月由野草书屋印行，因久“已绝版，不可复得”，1983 年 3 月，四川人民出版社根据野草书屋的版本影印 16000 册，亦早已脱销。由于鲁迅先生为《萧伯纳在上海》写过序文，此书的编译者“乐雯”又是鲁迅曾经用过的笔名，于是，某些粗心的或者没有见过原书的读者就想当然，以为此书的编者就是鲁迅，甚至出现“鲁迅先生利用剪报编成《萧伯纳在上海》一书”之类的说法。

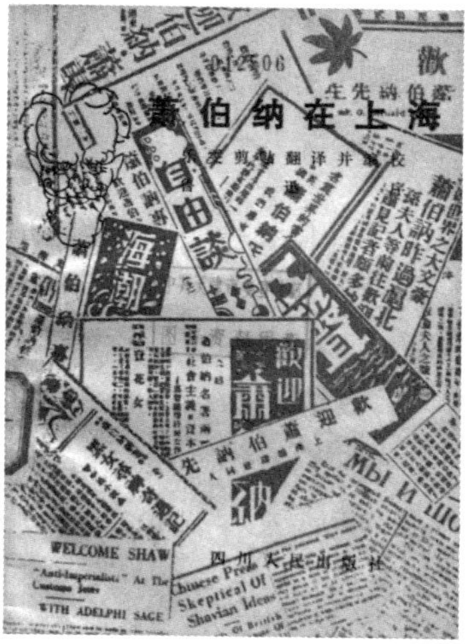

《萧伯纳在上海》
四川人民出版社 1983 年出版

与鲁迅有过交往、且熟知现代文坛掌故的唐弢先生，曾经在《晦庵书话·野草书屋》一文中记述了《萧伯纳在上海》的编辑、出版经过。他说：“这一本书（指《萧伯纳在上海》），是由乐雯剪贴翻译编校而成的。乐雯原是鲁迅的笔名，但做这工作的，其实是瞿秋白。当时瞿秋白住在上海，个人生活奇穷，鲁迅劝其编集此书，一来可以换点钱，二来亦可以保存各方面因萧的到来而自暴其本来面目的事实。”

《鲁迅全集》第四卷（人民文学出版社，1981 年第 1 版，502 页）《〈萧伯纳在上海〉序》一文也有一句相当明确的注释文字：

“《萧伯纳在上海》，乐雯（瞿秋白）编译，辑入上海中外报纸对于萧在上海停留期间的记载和评论。”

《鲁迅全集》的注释文字采用括号的形式界定了该书编译者的归属，无可怀疑，《萧伯纳在上海》的编者就是瞿秋白。当然，这一本“未曾有过先例的书籍”，其编辑、出版，也离不开鲁迅的建议的支持。

（原文载 1995 年 11 月 13 日《读者导报》）

六、唐代的“线装书”

《上下五千年》（少年儿童出版社出版）有一幅插图，画的是唐宪宗时考官们评阅牛僧孺等人试卷的情形。这幅插图对于读者理解“党朋之争”一文的内容，很有帮助。但插图里有个令人遗憾的细节，就是桌子上面放着几本线装书。

读过书史知识的人知道，雕版印刷术在唐代已经发明了，但尚未得到广泛的应用。那时生产图书的方式主要是抄写，书籍的装订形式为卷轴装。卷轴装书很像现在带轴的画，一卷一卷的。“唐人藏书皆作卷轴。”（宋欧阳修《归田录》卷二）这句话说明了卷轴装是唐代图书普遍的装订形式。宋代之后，印刷技术被广泛应用，图书的册叶制度代替了卷轴制度，但其装订形式还不是线装，而是蝴蝶装和包背装。

线装书是什么时候出现的呢？一般认为，“线装书是明代中叶出现的。”（郑如斯、肖东发《中国书史》155 页，书目文献出版社 1987 年出版）也有一些专家认为，线装书起源于

《上下五千年》 少年儿童出版社 1979 年出版

北宋末年或南宋初年，盛行于明代中叶以后。（李致忠《古书版本学概论》141 页，书目文献出版社 1990 年 8 月出版）尽管看法有差别，但线装书的出现当不会在北宋以前，这个观点，大家是一致的。因此，在反映唐代人生活的插图里配上“线装书”，并不符合书史发展的客观实际。

《上下五千年》（四）第 185 页“党朋的争吵”插图

（原文载 1997 年第 6 期《博览群书》杂志）

“牛角挂书”插图指瑕

《上下五千年》（少年儿童出版社出版）中有一篇《李密牛角挂书》的故事，大意是：李密（隋末瓦岗军首领）少年时勤奋好学，有一回，他骑了一条牛去看望朋友，出门时把“《汉书》一帙”挂在牛角上，一边赶路，一边在牛背上读书。正好宰相杨素从他旁边经过，问他读什么书，李密回答说：“读汉羽的传记。”……书中配有一幅插图，生动地反映了故事的内容，具有一定的参考价值。但这幅插图有两个错误：一是把李密手中拿的和牛角上挂的书都画成了线装的形式；二是把牛角上挂的一“帙”书画成了一“摞”书。

《上下五千年》
少年儿童出版社 1979 年出版

先说第一个错误。这个错误与书的装帧形式有关。隋朝时，

《李密牛角挂书》的插图

印刷术还没有发明，那时候，制作书籍的材料主要是纸张，生产图书的方式是抄写，图书的装帧形式为卷轴装。卷轴装书就像现在带轴的画，一卷一卷的。而线装书的出现，则是明代中期之后的事情了。由此可知，李密手中拿的和牛角上悬挂的只能是卷轴装书，不可能是线装书，因为这个故事发生在隋朝之初。

第二个错误关系到书的数量和单位。由于绘画者忽略了当时书籍的装帧形式，又未弄清楚"帙"字的含义，于是想当然地在牛角上"挂"了一"摞"线装书。

"帙"是什么意思呢？古人认为，"帙"就是书衣，即布、帛做成的用于包裹书卷的袋子（或套子）。一"帙"书就是一袋子（或套子）书，其数量一般是五卷或十卷。因此，除了李密手中捧读的，牛角上悬挂的卷轴装书应该还有四卷或九卷，而且这些书是包裹在书衣即用布、帛做成的袋子（或套子）内，在外面是看不到的。

（原文载 1999 年第 4 期《中国图书评论》杂志）

【附录】:

关于“帙”的含义,主要依据下列资料:

1.《说文解字》:“帙,书衣也。”

2.《大广益会玉篇》(梁·顾野王撰,中华书局出版)127页:“帙,小橐也,书衣也。或作袠。”又131页:“橐,小囊也。”又128页:“袠,亦作帙。”

3.《书林清话》(清·叶德辉撰)卷一《书之称函》:“古书大率以五卷或十卷为一袠。”

4.《新华字典》:“帙,包书的套子。(同袠)。”

5.《中国书史》(书目文献出版社1987年出版)92页:“为了便于书卷的保存,每五卷或十卷用帙包裹起来,或盛之以囊。帙也称书衣,一般用布、帛来做,考究者用更高级的质料做帙。”

古籍经眼

古书名小札

古人在写文章时喜欢用典，取书名时亦喜欢用典，因此，古籍中有不少包含典故的书名。这类书名常常含有寓意和寄托：或透露作品的内容，或显示作品的形式，或表达作者的意向……读了令人佩服作者的智慧和匠心。

《实宾录》

《实宾录》，今存十四卷，类书，作者北宋马永易。此书初名《异号录》，在宋代经人增补后更名为《实宾录》。

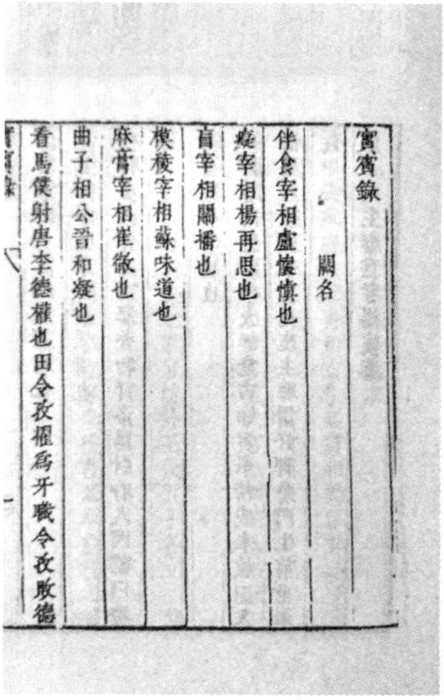
實賓錄
闕名
伴食宰相盧懷慎也
癡宰相楊再思也
肓宰相關播也
模稜宰相蘇味道也
麻膏宰相崔微也
曲子相公晉和凝也
看馬僕射唐李德權也田令孜擢爲牙職令孜敗德

《实宾录》上海古籍出版社 1988 年《说郛三种》本

“实宾”典出《庄子·逍遥游》“名者实之宾”，意思是说：“实”为主，“名”为宾，“名”是从“实”派生出来的。既然“名”为“实宾”，那么，“实宾”当然是“名”了。马永易《实宾录》记载的都是古人的异名别号，如田舍翁魏徵、斗酒学士王绩、鬼董狐干宝、模棱宰相苏味道、乱世奸雄魏太祖（曹操）等等，这些异名别号实际上就是广义的“名”，因此，书名《实宾录》虽不及《异号录》来得直截了当和通俗易懂，但却更加巧妙地透露了书中关于“名”的内容。

《木钟集》

《木钟集》十一卷，作者南宋陈埴。此书虽然采用“集”字来命名，但却不是单篇诗、文的汇编，而是一部独立完整的著作。全书通过一问一答的对话阐述作者的见解，例如书中卷二：

> “夫子贤于尧舜远矣，何以观？”（问）
>
> “当时若无孔子，今人连尧舜也不识。”（答）

先提出问题，然后进行回答，这是此书形式上的特点，所以作者从“善问者如攻坚木，善待问者如撞钟”（《礼记·学记》）中截取两个字来作书名。在书名里，“木”字表示“善问”，“钟”字表示“善待问”，合起来是“善问”和“善待问”。用现在的话来说就是“善于提问”和“善于回答”，简而言之就是“问”

和“答”。因此，“木钟集”也可以说成是“问答集”，用来作为书名，恰好显示了作品本身一问一答的形式。

《燕石集》

《燕石集》十五卷，诗、文集，作者元代宋䌹。此书在作者去世后由他的侄子宋纩编成，但书名却是作者生前自取的。

“燕石”是燕山所产的一种石头，似玉而且有花纹，价值微不足道。《后汉书·应劭传》注引《阙子》云：

> “宋之愚人得燕石梧台之东，归而藏之，以为大宝。周客闻而观之……俯而掩口，卢胡而笑曰：‘此燕石也，与瓦甓不殊。’”

在故事里，宋人把瓦砾一样的石头当成了宝贝，妥善收藏，珍爱有加，真是愚蠢可笑。后来，人们喜欢用“燕石”来比喻那些没有多少价值的东西。作者称自己的著作为“燕石”，体现了他博识和谦虚的精神。

（原文载 1999 年 12 月 7 日、14 日、28 日《南方农村报》“读与写”版）

《菉竹堂书目》的伪本

伪《菉竹堂书目》封面
丛书集成本

《菉竹堂书目》六卷，明代叶盛撰，是叶氏家藏图书的目录。此书在清代即有真、伪两种本子，伪本抄自明代杨士奇等编撰的《文渊阁书目》。

最早发现这个秘密的是清代藏书家周星诒（1833—1904）。周星诒是河南省祥符县人，喜藏书，精于目录之学，编有《传忠堂书目》四卷。他在《带经堂书目》的批语中写道："此书（指《菉竹堂书目》）世多伪本，诒藏两抄本，皆是录《文渊阁书目》删去地志所成，伍氏丛书本亦然。须以文渊目对过，不同，乃是真本。竹汀（钱大昕）先生《养新录》所记亦伪本也。"（转引自2003年6月16日《旧书信息报》吴平《〈带经堂书目〉的编纂特色》）这个发现打破了传统四部书中史部目录类书籍向无伪本的习见，无异乎空谷足音，令人大长见识。

当然，伪书《菉竹堂书目》对于《文渊阁书目》也不是一字不漏，全盘照抄，而是有所选择，有所放弃，手段颇为诡秘，若不是博闻强记、专心读书的学人，就看不出其中的“猫匿”。

其一，伪本《菉竹堂书目》袭取了《文渊阁书目》的前半部，放弃了该书的后半部。《文渊阁书目》的前半部共19类：国朝、易、书、诗、

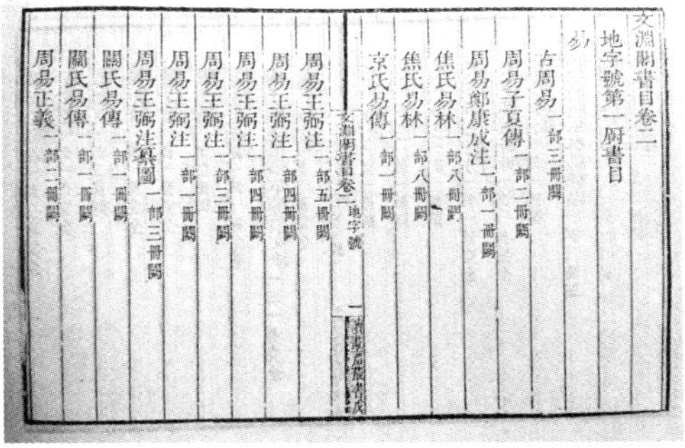
文淵閣書目卷二
地字號第一厨書目
易
古周易一部三冊闕
周易子夏傳一部二冊闕
周易鄭康成注一部一冊闕
焦氏易林一部八冊闕
焦氏易林一部八冊闕
京氏易傳一部一冊闕
周易王弼注一部五冊闕
周易王弼注一部四冊闕
周易王弼注一部四冊闕
周易王弼注一部三冊闕
周易王弼注一部一冊闕
周易王弼注纂圖一部三冊闕
關氏易傳一部一冊闕
關氏易傳一部一冊闕
周易正義一部二冊闕

《文渊阁书目》“易”类

春秋、周礼、仪礼、礼记、礼书、乐书、诸经总类、四书、性理、经济、史、史杂、子书、子杂、文集等；被放弃的后半部有18类：诗词、类书、韵书、姓氏、法贴、画谱、政书、刑书、兵法、算法、阴阳、医书、农圃、道书、佛书、古今志、旧志、新志等。粗略一看，这部伪书可谓经、史、子、集四部齐全，无可挑剔，但实际上却是缺臂少腿，不成系统。

其二，由于版本、册数不同，《文

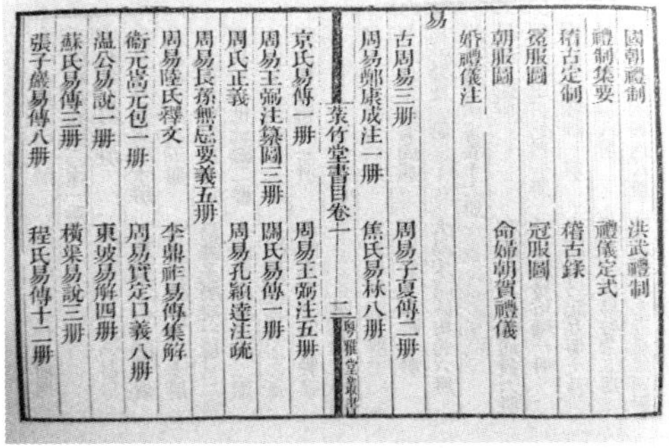
國朝禮制 洪武禮制
禮制集要 禮儀定式
稽古定制 稽古錄
冕服圖 冠服圖
朝服圖 命婦朝賀禮儀
婚禮儀注
易
古周易三冊 周易子夏傳二冊
周易鄭康成注一冊 焦氏易林八冊
菉竹堂書目卷一
京氏易傳一冊 周易王弼注五冊
周易王弼注纂圖三冊 關氏易傳一冊
周氏正義 周易孔穎達注疏
周易長孫無忌要義五冊
周易陸氏釋文 李鼎祚易傳集解
衛元嵩元包一冊 周易貫定口義八冊
溫公易說一冊 東坡易解四冊
蘇氏易傳三冊 橫渠易說三冊
張子巖易傳八冊 程氏易傳十二冊

伪《菉竹堂书目》“易”类

渊阁书目》通常一书著录数本，有的多达十几本，因此相同的书名甚多；伪本《菉竹堂书目》各书只录一本，重复的书名全部删去，显得相当“简洁”。如《文渊阁书目》卷七“子书”类：

《吕氏春秋》一部三册完全

《吕氏春秋》一部十册完全

《吕氏春秋》一部四册完全

《孔丛子》一部三册完全

《孔丛子》一部二册缺

《太元》一部三册缺

《太元》一部二册缺

《太元》一部三册缺

伪书《菉竹堂书目》（子书类）将其简略为：

《吕氏春秋》三册

《孔丛子》三册

《太元》三册

其他地方也是采用这种办法简略而成，故绝无文渊阁一书

《千顷堂书目》上海古籍出版社 1990 年出版

数目的情况。此外，作伪者抄录时还故意颠倒书名的次序，或者添上个别《文渊阁书目》没有的书名，借以掩人耳目，但结果还是被人识破了。

伪本《菉竹堂书目》的情况大抵如此，其真本又是怎样的呢？由于笔者没有这部书，不好多说，现摘录《千顷堂书目》的一段文字，让有兴趣者从中管见一二。《千顷堂书目》卷三十二“制举类”：

《四书程文》二十九卷

《易经程文》六卷

《书经程文》六卷

《诗经程文》六卷

《春秋经程文》二十二卷

《礼记程文》十卷

《论程文》十卷

《策程文》二十卷　右八种，见叶盛《菉竹堂书目》，皆国初场屋试士之文。

这段资料说明：真本《菉竹堂书目》著录图书以“卷”为单位，而伪本用的完全是“册”；真本还著录科举时代的“程文”，即通常所说的八股文，（另据《四库全书总目》提要，《菉竹堂书目》还著录叶盛“其家所刊及自著书”），伪本则没有这方面的记载。

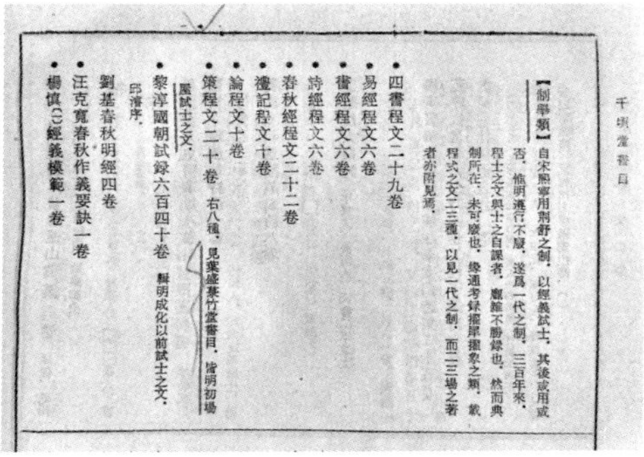
千頃堂書目

【制舉類】自宋熙寧用荆舒之制，以經義試士，其後咸用或否，惟明遵行不廢，遂爲一代之制。三百年來，程士之文與士之自課者，靡誰不勝録也，然而典制所在，未可廢也。緣通考録擢犀擢象之類，載程式之文二三種，以見一代之制，而二三場之著者亦附見焉。

四書程文二十九卷

易經程文六卷

書經程文六卷

詩經程文六卷

春秋經程文二十二卷

禮記程文十卷

論程文十卷

策程文二十卷 右八種，見葉盛菉竹堂書目，皆明初場屢試士之文。

黎淳國朝試録六百四十卷 輯明成化以前試士之文，邱濬序。

劉基春秋明經四卷

汪克寬春秋作義要訣一卷

楊慎(?)經義模範一卷

《千顷堂书目》卷三十二“制举类”

1994年1月，书目文献出版社（今北京图书馆出版社）影印出版《明代书目题跋丛刊》，这是大有裨益于学术界和广大读者的举措。可惜，由于编者的粗心，伪书《菉竹堂书目》被当成真本编入丛刊中。该丛刊印数虽少（仅1000部），但影响甚大，如不及时指出，容易误导读者，招致谬种流传，因此，笔者不惜拾人牙慧，撰此小文。同时希望出版部门影印出版《菉竹堂书目》的真本。在我看来，此举既可破《菉竹堂书目》伪本之妄，又可补《明代书目题跋丛刊》一书的欠缺，意义是明显的。

（原文载2005年8月17日《中华读书报》）

再说《菉竹堂书目》的伪本

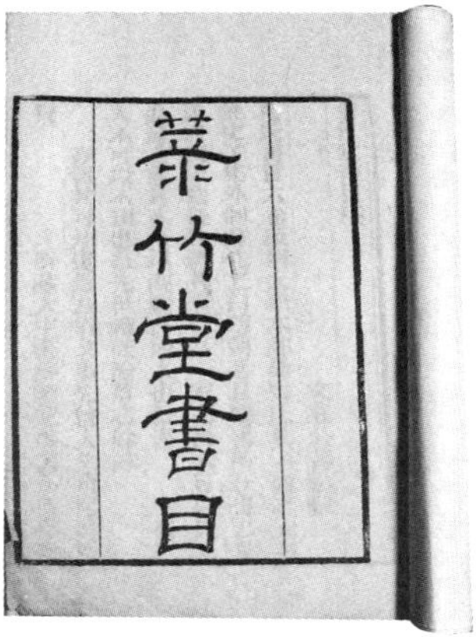

伪《菉竹堂书目》粤雅堂丛书本

笔者的《〈菉竹堂书目〉的伪本》一文发表后（见2005年8月17日《中华读书报》），反响强烈，人民网、光明网、古籍网、新闻出版热线网、上海图书馆网、北大中文论坛网等，大约上百家网站都转载了。随后，笔者时时留心《菉竹堂书目》真本是否出版，至今没有消息，却因为经常翻检、搜索，掌握了更多的关于《菉竹堂书目》伪本的材料。自感这些材料得之不易、弃之可惜，故择其要梳理于此。

一、伪《菉竹堂书目》是谁炮制的？

伪《菉竹堂书目》是谁炮制的？现有两种说法：第一种是书贾伪造。陆心源《仪顾堂题跋》卷五《粤雅堂刻伪〈菉竹堂书目〉》跋："《菉竹堂书目》六卷，粤东伍氏刊本。……校以明《文渊阁书目》，书名、分类、册数一一皆同。……证以文庄自序，固多抵牾，与《提要》（即《四库全书总目提要》）尤无一合。盖书贾抄撮《文渊阁目》，改头换面以售其欺，决非馆臣所见两淮经进之本也。"陆心源认为，伪本是书贾抄撮《文渊阁书目》，改头换面伪造出来的。

第二种是叶恭焕的友人伪造。张雷先生在《〈菉竹堂书目〉的真本和伪本》中写道:《菉竹堂书目》在成化七年（1471）编成，成化十年(1474)叶盛去世。"过了九十五年，隆庆三年（1569）叶盛五世孙叶恭焕时，'《书目》为友人借去，失之，幸有抄本，复誊以还。'恭焕发现这'复誊以还'回的书目与叶盛的自序不符，因为'不分卷，而后亦无叶氏书终篇。''总计四千一百六十一部'，大大超过自序所云。"张雷先生据此推断：这是叶恭焕的友人把真本借去，不慎丢失，不得已，"便比着《文渊阁书目》摘抄了一部假书目还他"。

上述两种说法都有道理，不过，张雷先生的结论较之"书贾作伪"的老套显得更有新意和说服力，因为书贾不会找一部没利可图的书来"作伪"。尽管他的结论也是根据有关资料推测出来的，却还缺欠更加直接和确凿的证据。

二、《明代书目题跋丛刊》中的《菉竹堂书目》是个残本

1994年书目文献出版社出版的《明代书目题跋丛刊》收录的《菉竹堂书目》不仅是个伪本，还是个残本，仅得三卷，足本六卷。因此，笔者据以撰写《〈菉竹堂书目〉的伪本》一文所说的“伪本《菉竹堂书目》袭取了《文渊阁书目》的前半部，放弃了该书的后半部”，说法不确。实际上，伪《菉竹堂书目》删除的是《文渊阁书目》末尾的“旧志”“新志”二类，此外还删去“圣制”“古今志”中的一部分，其他各类都基本照抄了。

三、指摘《菉竹堂书目》伪本的人

1. 周星诒（1833—1904）。他在《带经堂书目》的批语中说：“此书世多伪本，诒藏二抄本，皆是录《文渊阁书目》，删去地志所成，伍氏丛书本亦然。须以《文渊阁书目》对过，不同，乃是真本。”

2. 陆心源（1834—1894）。陆氏所著《仪顾堂题跋》卷五《粤雅堂刻伪〈菉竹堂书目〉》跋称：“《菉竹堂书目》六卷，粤东伍氏刻本。……盖书贾抄撮《文渊阁目》，改头换面以售其欺，决非馆臣所见两淮经进之本也。”

3. 长泽规矩也（1902—1980）。日本汉学家长泽规矩也《中国版本目录学书籍解题》：“《菉竹堂书目》六卷，旧题叶盛编。……传非叶氏手定本。静嘉堂所藏本陆心源手跋中，明确记载其实系文渊阁本之抽抄。”

4. 赵万里（1905—1980）。《续修四库全书总目提要》“录曲余谈”条有赵万里对《叶堂书目》（即《菉竹堂书目》）所加的按语：“《菉竹堂书目》，实系伪书，应改作《文渊阁书目》。”

四、伪《菉竹堂书目》蒙骗过的文人学士

1. 钱大昕（1728—1804）。钱氏发现世间流行的《菉竹堂书目》与叶盛自序的记载不合：每书仅记册数，没有卷数，末尾“亦不载叶氏书”，于是推论：“盖文庄本意，欲依《文献通考》之例，每书记其卷数，而以叶氏书为后录，既未克成，而序传文中。今所传之目，即平时薄录所藏书，粗分门类，将有事于刊正而未定之本也。”（《十驾斋养新录》卷十四“菉竹堂书目”条）

钱氏发现书目破绽甚多，疑虑重重，推测书目可能是叶盛平时记录家藏图书目录的草稿，因尚未改正刊定，故与自序的记载出现歧异，却没有往“伪”处想去。

2. 谭莹（1842—1926）。伍崇曜跋《粤雅堂丛书》本《菉竹堂书目》云：“右《菉竹堂书目》六卷，明叶盛撰。……是书久为通人所重。此册旧抄本，向藏曾勉士学博面城楼，甚珍惜之。……原无卷数，特厘为六卷刻焉。”

伍崇曜号称藏书家，原本却是商人，未必娴习古籍的校刊纂述事务。代伍氏编书并捉刀撰写跋文的是南海名士谭莹，他不仅将伪《菉竹堂书目》编入《粤雅堂丛书》中，还撰文肯定伪书是珍贵的“旧抄本”，“为通人所重”，导致谬种流传至今。

3. 邵章（1872—1953）。邵章是近现代藏书家、版本目录学家，他在《增订四库简明目录标注》中记载《菉竹堂书目》的版本称：“《菉竹堂书目》六卷……咸丰间刊粤雅堂丛书本，六卷，附碑目六卷。”他没有发现粤雅堂刻印的《菉竹堂书目》是本伪书。

4. 王国维（1877—1927）。王氏所著《录曲余谈》“曲家多限于一地”条，“引叶文庄《叶堂书目》有《永嘉辊玉传奇》，以明南曲为温州人所独擅”（据《续修四库全书总目提要》“录曲余谈”条）。所谓《叶堂书目》就是《菉竹堂书目》，这位渊博的学人已经把书目伪本当成翔实可靠的经典加以引用，没想到它是愚弄人的假货。

5. 鲁迅（1881—1936）。鲁迅先生《〈嵇康集〉著录考》《〈嵇康集〉考》两篇文章引录《文渊阁书目》和伪《菉竹堂书目》，前者作“《嵇康文集》一部一册。阙”，后者作“《嵇康文集》一册”，他没有发觉二者关于《嵇康集》的著录，内容基本是一个样的。（见人民文学出版社1981年版《鲁迅全集》第十卷）

6. 张心澂(1887—1973）。晚清民国学者，他编著的《伪书通考》煌煌一巨册，囊括从先秦至明清时期几乎全部的伪书，但却没有把伪《菉竹堂书目》收录进去。这位博洽的学者大概做梦也没有想到，目录学要籍中居然还掺杂着《菉竹堂书目》这样的伪作。

7. 祝尚书（1944—　）。祝先生所著《宋人别集叙录》，宋人别集名目下屡屡称引《文渊阁书目》和伪《菉竹堂书目》，全然不觉其累赘和重复，足见当今文人学士对《菉竹堂书目》的真伪还缺欠认识。

伪书蒙骗过的文人学士当然不止这些，上面所列，只是比较突出的几个例子。

五、真本《菉竹堂书目》是否存在?

根据《千顷堂书目》和《四库全书总目提要》的记载，清代康熙、乾隆年间，《菉竹堂书目》的真本还存在。关于真本的概况，《四库全书总目提要》是这样描述的：

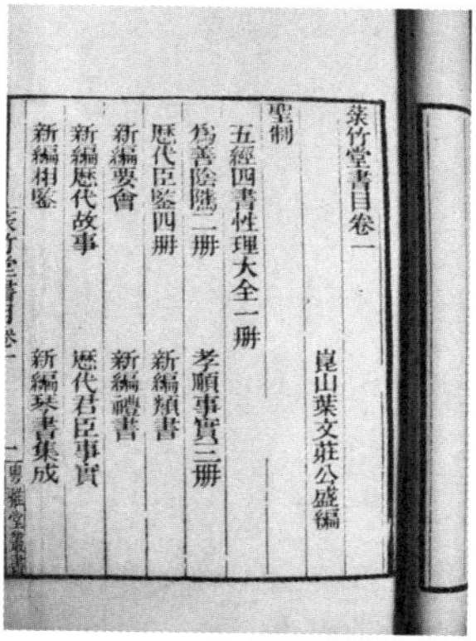
菉竹堂書目卷一
崑山葉文莊公盛編
聖制
五經四書性理大全一册
爲善陰隲二册 孝順事實二册
歷代臣鑒四册 新編類書
新編要會 新編禮書
新編歷代故事 歷代君臣事實
新編相鑒 新編琴書集成

伪《菉竹堂书目》粤雅堂丛书本

“《菉竹堂书目》六卷（两淮盐政采进本），明叶盛撰。盛有《叶文庄奏议》，已著录。此其家藏书之目。首卷曰‘制’，乃官颁各书及赐书赐敕之类；中为‘经’‘史’‘子’‘集’各一卷；末卷曰‘后录’，则其家所刊及自著书。前有成化七年自序，谓先之以‘制’，尊朝廷也；叶氏书独以为后录，是吾一家之书也。其叙列体例，大率本之马端临《经籍考》，然如集部别出举业类，亦略有所增改。所载凡为册者四千六百有奇，为卷者二万二千七百有奇。在储藏家称极富，故于旧书著录为多，独其不载撰人姓名，颇伤阙略。又别有新书目一卷附于后，中载夏言、王守仁诸人集，皆不与盛同时，盖其子孙所续入也。”

这段文字揭示了真本《菉竹堂书目》的特点：其一，此书凡六卷，第一卷曰“制”，为“官颁各书及赐书赐敕之类”；第二至第五卷曰“经”“史”“子”“集”，其中“集部别出举业类”；第六卷曰“后录”，“则其家所刊及自著书”。其二，书目不载编撰者姓名。其三，最后附录“新书目一卷”，叶盛的原本没有，是他的子孙后人续入的。

根据这些特点，比照现行有关书目的记载，几乎没有相符的。《清人书目题跋丛刊》《增订四库简明目录标注》《贩书偶记》《藏园群书经眼录》等书著录的大多是一卷的抄本。《仪顾堂题跋》《增订四库简明目录标注》所记虽然有六卷本，但已标明是粤雅堂翻印出来的伪书。时下市面流行的有清初抄本（一卷本，影印件），《粤雅堂丛书》本，《丛书集成》本（据《粤雅堂丛书》本排印），它们也是从《文渊阁书目》抄撮出来的冒牌货。

《中国古籍善本书目》记录《菉竹堂书目》有十一种，均为清抄本。其中九种是一卷本，两种是六卷本。这两种六卷本，如果不是录自《粤雅堂丛书》，那么，其为真本的可能性就特别大。

2015年6月16日

喜得农学珍籍《金薯传习录》

《金薯传习录·种薯谱合刊》
农业出版社 1981 年出版

甘薯又称番薯、金番、红薯、地瓜等，它是我们家乡常见的农作物。记得小时候，我们种植甘薯，收获甘薯，刮甘薯皮，晒甘薯丝，喝甘薯汤，吃甘薯饭，打甘薯“窑”……真是一日三餐不可无此君。如果不是有甘薯，恐怕我们就会挨饿。出于对甘薯的情感，我一见《金薯传习录》就忍不住手头发痒，迫不及待地买了回来。

《金薯传习录》系清人陈世元（乾隆年间贡生）编辑，因甘薯系陈世元的祖先陈振龙从海外传入，由福建巡抚金学曾推广种植，在当时收到了疗饥救荒的效果，人们感念金学曾的德政，故将甘薯命名为“金薯”。《金薯传习录》分为上、下两卷。上卷摘录史籍志书中关于甘薯的各种记载，汇集明清时期推广种植甘薯的禀帖和官方文告，还有海内外甘薯种植、管理、储存和食用的经验方法等，如：“地

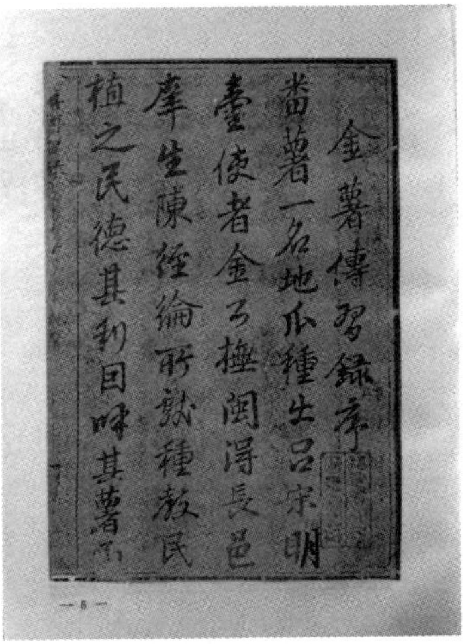
金薯傳習錄序
番薯一名地瓜種出呂宋明
臺使者金公撫閩得長邑
庠生陳經綸所献種教民
植之民德其利因呼其薯爲
— 5 —

《金薯传习录》序

宜松耕过，经起町高四五寸，春分后取薯种斜置町内，发土薄盖”，“约七分在町内，三分在町外。町内者结实，町外者滋蔓”。又如：储存甘薯，“不一其法，在人变通。存木斛中，草围中，瓷瓮中，竹笼中，俱可。但性畏寒又畏热，置避风和暖处，用草厚盖，俾通气。若盖封固，则发热坏烂”。还说到甘薯的食用：“薯可生食，可蒸食，可煮食，可煨食，可切为米晒干，可作粥饭，可磨为粉晒干，团为饼饵……”这些都是来自客观实际的生产经验和生活常识，在广大农村，这些切实有效的经验和知识很多还被广泛地应用着。

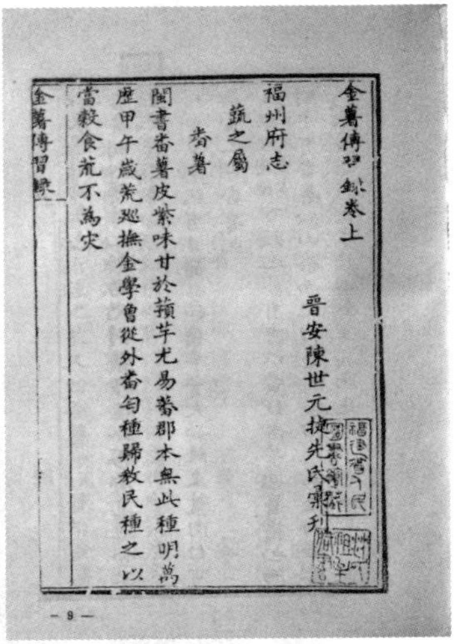
金薯傳習錄卷上
晋安陳世元捷先氏彙刊
福州府志
蔬之屬
番薯
閩書番薯皮紫味甘於蕷芋尤易蕃郡本無此種明萬
歷甲午歲荒巡撫金學曾從外番匀種歸教民種之以
當穀食荒不為災
金薯傳習錄
— 9 —

《金薯传习录》正文

此书卷一收录了明万历二十一年（1593）六月《元五世祖先献薯藤种法后献番薯禀

帖》、乾隆三十三年（1768）《青豫等省栽种番薯始末实录》等文献，记述了福建华侨陈振龙将甘薯种从海外传入国内的经过，文字简洁生动，颇具史料价值：

“（陈）振龙历年贸易吕宋（菲律宾），久驻东夷，目睹彼地土产，朱薯被野，生熟可茹。询之夷人，咸称薯有‘六益八利’，功同五谷……但此种禁入中国，未得栽培”，“（陈振龙乃）啖夷人以利，得其藤数尺并刈植藏种法归，私治畦于纱帽池舍傍隙地栽植，滋息蕃衍，其传遂广”。其中明万历二十一年（1593）六月的禀帖有“尤幸本年五月中开棹，七日抵厦”等语，说明陈振龙是在明万历二十一年（1593）五月中旬携带甘薯种回国，在船上漂泊七天后抵达厦门的。这就揭示了甘薯种从海外传入国内的确切时间和具体经过，解决了农学史上一个重大的研究课题，虽着墨不多，却尤为珍贵。

关于甘薯从国外传入还有另外的两种说法：一是明万历年间广东吴川林怀兰从越南传入，一是明万历年间广东东莞陈益从越南传入。前者有清代道光年间的《吴川县志》及“番薯林公庙”为证，后者以清代宣统年间的《东莞县志·物产·薯》所引《凤冈陈氏族谱》为证。这两种说法都有所依据，不能否定。但相对而言，证明陈振龙从吕宋传入甘薯的是一部确凿完整的农学专著，书中既有当事人陈述事件的禀帖，又有官方考察审批的文件，更有地方志书的记录，可谓资料翔实，因此更为可信。

《金薯传习录》下卷汇集了有关甘薯的诗词歌赋，包括赋、颂、五言古体、五言排律、五言律诗、七言古体、七言律诗等，凡七十五首（篇）。作者大多是没有显赫声名的封建官吏和文人，所写诗文主要着眼于甘薯的质优高产，对土壤、肥料要求低，易于大面积种植；抑或吟诵甘薯味道甘美，功同五谷，可佐饥馑；同时也讴歌了陈振龙传入甘薯的功勋和金学曾推广种植甘薯的德政。兹录署名黄名香的《咏金薯》一首以见其概：“一自珠崖到海滨，漫山遍野总相因。托根得地能繁衍，结实随时任屈伸。甘比水芝堪佐酒，功逾山药可疗贫。南邦处处传佳种，荒歉常供世上人。”此诗谈不上脍炙人口，然用大雅之体抒写至俗之物，又朗朗上口，自然率真，别有一番情趣。

根据考证，《金薯传习录》自乾隆年间编辑成书，之后至少刻印过三次，每次刻印的数量也不少。可是到了新中国成立之初此书的全本只剩下两部：一部藏于福建省图书馆，另一部藏于南京图书馆。其存世稀少的原因大概有以下几种：一是甘薯作为一种易于种植的农作物，一经掌握便可口传心授，无须进行理论指导；二是种植甘薯的都是不识字的老百姓，他们看不懂《金薯传习录》，没有阅读保存此书的必要；三是封建时代“尊孔读经，科举至上”，鄙视生产科学知识，《金薯传习录》

学得再好也不能中举当官，更不能光宗耀祖。因此，《金薯传习录》也就得不到人们的重视和爱护，甚至面临着失传的危险。

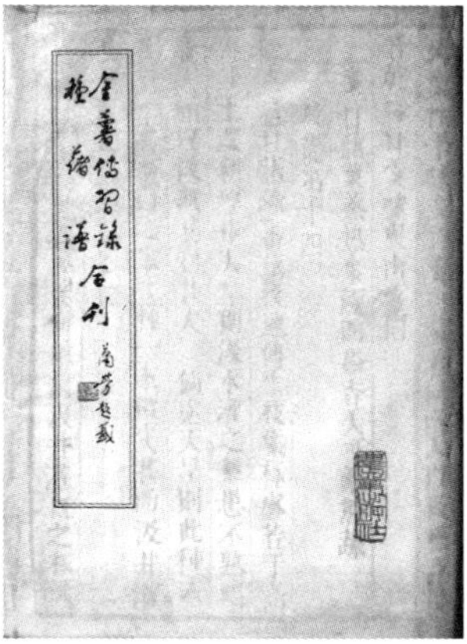

《金薯传习录》护封

1981年，农业出版社为了保存和推广祖国农学的善本珍籍，决定有计划、有步骤地编印《中国农学珍本丛刊》，并依照原书的式样影印出版，《金薯传习录》（据福建省图书馆藏本影印）即为其中之一种。笔者购存的《金薯传习录》为精装32开本，与朝鲜古农书《种薯谱》合订一册，1982年第1版第1次印刷，印数2800册。对于一个有着十几亿人口和庞大收藏群体的国家来说，2800册不过是九牛之一毛，因此笔者的收藏虽然只是个影印本，但亦颇为自珍。

（原文载2016年3月10日《中国商报·收藏拍卖导报》。刊出时，题目改为《处处传佳种 常供世上人》）

图文并茂的《野菜谱》

野菜譜
高郵王磐鴻漸甫著
新安　　校
白皷釘　一名蒲公英四時皆有惟極寒天小而可用采之熟食
白皷釘白皷釘豐年賽社皷不停凶年罷社皷絕聲社公惱白皷釘化為草

《野菜谱》正文

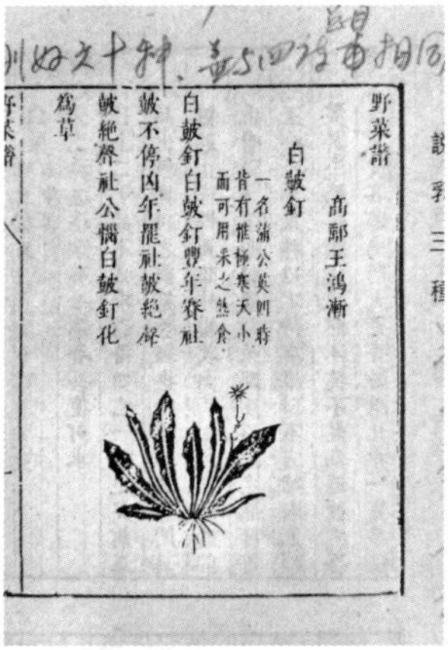
野菜譜
高郵王鴻漸
白皷釘　一名蒲公英四時皆有惟極寒天小而可用采之熟食
白皷釘白皷釘豐年賽社皷不停凶年罷社皷絕聲社公惱白皷釘化為草

《说郛三种》中的《野菜谱》

我国是自然灾害多发的国家。据有关资料统计，自西周（约公元前 11 世纪）至清朝末年（1911）的 3100 多年间，我国共发生水、旱、雹、蝗、地震等灾害 5100 多次。可谓是无年无灾，无年不荒。灾情严重时，庄稼颗粒无收，灾民只得用草根、野菜、树皮等苟延性命，甚至发生过“人相食”的惨剧。为帮助灾民疗饥度荒，防止食物中毒，古代一些志士仁人便根据自己的实践并结合前人经验，编成《救荒辟谷方》《救荒本草》《野菜谱》等之类的植物学著作。

《野菜谱》一卷。作者王磐（1470—1530），字鸿渐，号西楼，高邮（今江苏省高邮市）人。他生活在明代正德、嘉靖年间。古书记载他“身富好学，襟期潇洒，工题赠，善谐谑”，“律诗亦流丽”，有《西楼集》《西楼乐府》等著作，可知他是个博学多才的诗人。清代钱谦益《列朝诗集小传》还记载他作诗嘲讽文学家李梦阳(1473—1530)的逸闻：

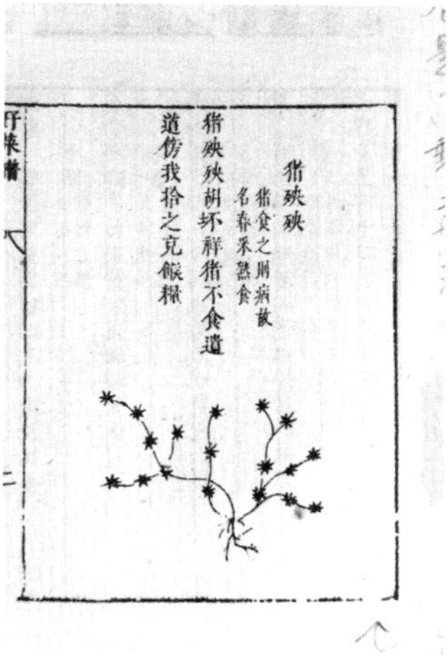

《说郛三种》中的《野菜谱》

“相传嘉靖初，李空同（即李梦阳）就医京口，遇人故自矜重。元夕饮，杨文襄（即杨一清）、西楼（指王磐）短衣下坐，空同傲不为礼。西楼分赋，得‘老人灯’，应口而成云：‘形骸憔悴不堪描，还自心头火未消。自分不知年老大，也随儿女闹元宵。’空同（当时大约六十多岁）心知其嘲，默然而罢。”

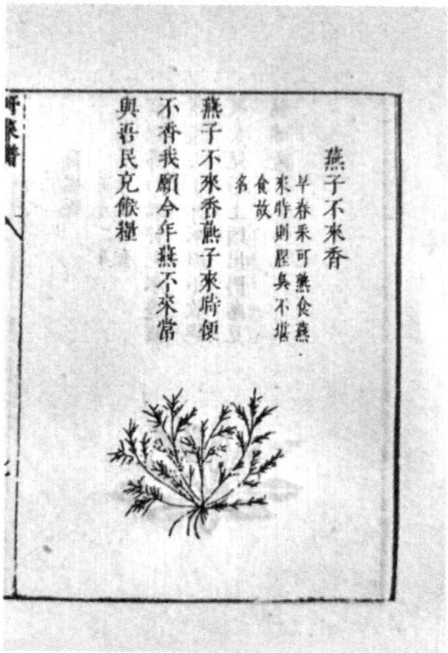

《说郛三种》中的《野菜谱》

这首诗写得比较刻薄，其才堪赏，其行可鄙。文人之间相互嘲笑、攻讦，并且落于笔墨，这种行为当不可取。

上述逸闻《四库全书总目》“野菜谱”的提要也有记录，但却把“李梦阳”误作“李东阳”。经查李东阳生于明正统丁卯（1447），卒于明正德丙子（1516），至嘉靖初王磐吟诵“老人灯”诗时（1522年之后），李东阳已经作古多年了。

王磐《野菜谱》共六十页，记录可佐饥馑的野菜凡六十种。正文各篇均以野菜的名称为标题。“题下有注，注后系以诗歌，又各绘图于其下。其诗歌多寓规戒，似谣似谚，颇古质可诵。”（《四库全书总目》卷一〇二）这些话概括了《野菜谱》一书图、文相结合的形式以及诗歌质朴古雅的特征，显得中肯而公允。兹录二则以见大概：

一、猪殃殃：猪食之则病，故名。春采熟食。

猪殃殃，胡不祥？猪不食，弃道旁。采之采之充吾肠。

二、燕子不来香：早春采可食，燕来时则腥不堪食，故名。

燕子不来香，燕子来时便不香，我愿今年燕不来，常与吾民充糇粮。

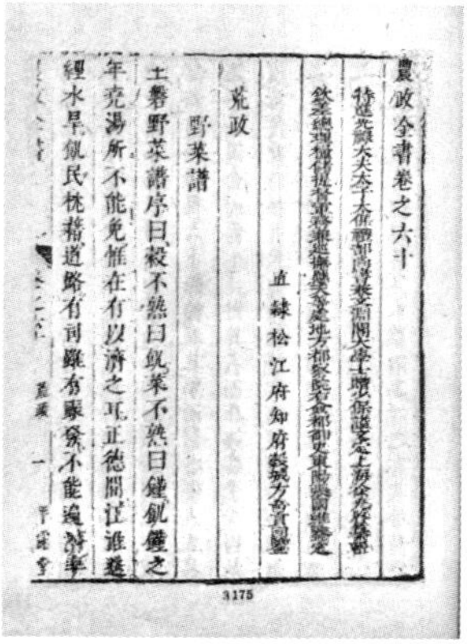
農政全書卷之六十

直隸松江府知府穀城方岳貢同鑒

荒政

野菜譜

王磐野菜譜序曰穀不熟曰飢菜不熟曰饉飢饉之年堯湯所不能免惟在有以濟之耳正德間江淮迭經水旱飢民枕藉道路有司雖有賑發不能遍

3175

《野菜谱》农政全书本
台湾新文丰出版有限公司
1975 年出版

其中“猪殃殃”“燕子不来香”等，是野菜的名称；“猪食之则病，故名。春采熟食”等，是题下的注释；“猪殃殃，胡不祥？……”等，则是注释后面的诗歌。这些诗歌因写得朗朗上口，“似谣似谚”“古质可诵”，在编写《四库全书总目》时，还得到了很高的赞誉和评价。

《野菜谱》成书后，在明代就编入陶宗仪的《说郛》、汪士贤的《山居杂志》和徐光启的《农政全书》。此外，社会上还有寥寥可数的明、清刻本流行。不过，这些书的木刻本，一般的读者很难见到。比较易得的是 1975 年台湾新文丰股份有限公司影印的《农政全书》，1988 年上海古籍出版社影印陶宗仪的《说郛》（《说郛三种》之一），收在这些书里的《野菜谱》虽然字迹模糊、版图不清，其

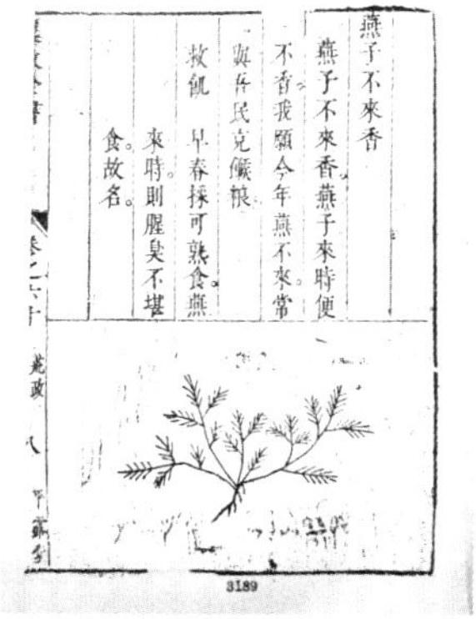
燕子不來香

燕子不來香燕子來時便不香我願今年燕不來常與吾民充饑糧

救飢 早春採可熟食燕來時則腥臭不堪食。故名。

3189

《野菜谱》农政全书本
台湾新文丰出版有限公司
1975 年出版

中《说郛》本还缺欠序文，但正文、图画都是完整的，读者从这些书中可以领略到明代植物学著作图文并茂的风貌。

（原文载2015年7月23日《中国商报·收藏拍卖导报》。刊出时，题目改为《野菜谱 救饥荒》）

教人打算盘的古书

《算法纂要》是教人打算盘的古书。此书作者程大位（1533—1606），字汝思，号宾渠，安徽休宁人，明代著名的数学家。少年时，程大位对数学就有浓厚的兴趣；长大后，他一边经商，一边研究数学，六十岁时完成《算法统宗》（全称《直指算法统宗》）十七卷。后来，他考虑到《算法统宗》卷帙浩繁，内容庞杂，不便初学，于是，“删其繁芜，揭其要领”，取其切要部分另外编为《算法纂要》一书。

《算法纂要校释》 安徽教育出版社 1986 年出版

《算法纂要》书名页

《算法纂要》共四卷，书中囊括了《算法统宗》中与珠算密切相关的内容，诸如：珠算的基本原理，整数、小数（分数）的珠算乘、除法，土地面积的丈量和计算等，最后是“一笔锦”和“一掌金”（珠算的笔算法和指算法）。

与《算法统宗》比较，《算法纂要》从形式到内容都大为缩减，显得“约而赅，简而尽”，颇便初学。

正如现在的数学课本一样，《算法纂要》在介绍一般的珠算原理时，总是结合着具体的例题，逐步进行诠释，以便掌握运用，因此，书中保留了大量的古代算术题（珠算练习题）。这些算术题，用今天的目光来看，可谓是既简单而又有趣味。例如：

1．“今有米五百五十五石五斗五升，每石九钱二分五厘，问共该银若干？”（答案：513.88375 两）

2．“今有银二百六十五两三钱二分，作二人分之，问每人若干？”（答案：132.66 两）

3．“今有圆田，径五十六步，周一百六十八步，问积若干？”①（答案：2352 平方步）

上述题目，例 1 是小数乘法，例 2 是小数除法，例 3 是圆形面积计算（此处的 $\pi=3$，即所谓“径一周三”），都是十分浅显的题目。当然也有难度较大的，例如：

①“径”即圆形的直径，“周”即圆形的周长，“积”即圆形的面积。

“今有物不知总，只云：三数剩二个，五数剩三个，七数剩二个，问共若干？”（即：1个数除以3余2，除以5余3，除以7余2，求适合这些条件的最小的数是多少？答案：23个。）

这实际就是数学史上著名的“韩信点兵”问题（少年儿童出版社出版的《十万个为什么》数学卷也有其解法），此外，书中还有“鸡兔同笼”“金蝉脱壳”“僧分馒头”等题目。像这样用文言文表述的数学题，我们平时是难得一见的，虽然不必通过它来练习珠算，但偶尔读读，也能增长见识，满足好奇心。

《算法纂要》在传授珠算知识的同时，还强调学习数学的重要。卷一引用“先贤格言”写道：“世间六艺任纷纷，算乃人之根本。知书不知算法，如临暗室昏昏。”作者重视自然科学知识，提出算术是立身处世的根本，大胆挑战封建社会“尊孔读经，八股至上”的世俗观念，这种精神非常可贵。

《算法纂要校释》中的“宾渠小像”

《算法纂要》在明代就已经刻印

成书，据说由于序言中有“北虏（指满族人）充斥于边陲”之语，“入清后，为避讳免祸，无人再敢翻刻。公私书目，皆未记载，遂使湮没无闻，几乎失传”，直到 20 世纪 50 年代，此书的明刻本才被发现。（魏庚人《算法纂要校释·序》）

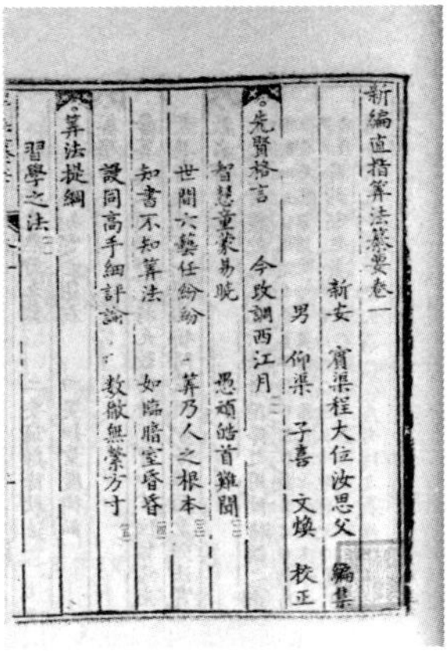
新編直指筭法纂要卷一
新安 賓渠程大位汝思父 編集
男 仰渠 子嘉 文煥 校正
○先賢格言 今效調西江月
智慧童蒙易曉 愚頑皓首難聞
世間六藝任紛紛 筭乃人之根本
知書不知筭法 如臨暗室昏昏
謾同高手細評論 數徹無窮方寸
○筭法提綱
習學之法

《算法纂要》正文

1986 年，在程大位逝世 380 周年之际，安徽教育出版社出版了李培业先生校释的万历二十六年（1598）明刻本《算法纂要》。李培业，青海乐都人，曾任陕西经贸学院教授，当代著名的数学史、珠算史家。他的《算法纂要校释》，探幽溯源，功力独到。而且此书的原文系明版影印，校释文字用铅字竖排，既便于阅读理解，又保存了明代算书的格式风貌。至此，湮没无闻三个世纪的珠算古书《算法纂要》，终于有了一个完善的、可供广大读者及有关专家研读使用的新版本。

（原文载 2004 年 4 月 16 日《读者导报》。2015 年 6 月 18 日《中国商报·收藏拍卖导报》刊出时题目改为《算盘打得好 全凭这本书》）

开阔视野的一本书

——谈谈《四库全书简明目录》

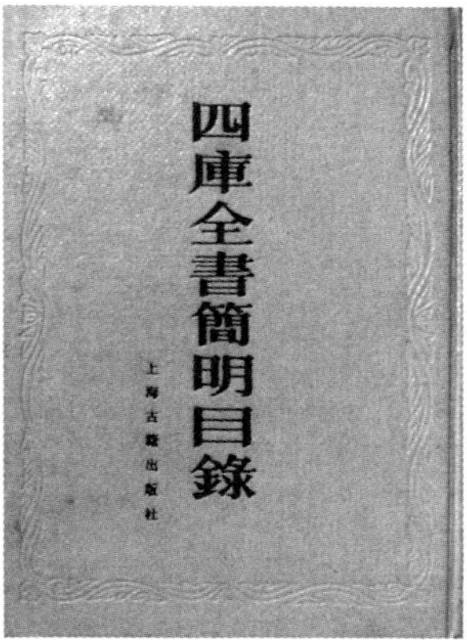

《四库全书简明目录》上海古籍出版社 1985 年出版

近代著名学者康有为说过："乡曲之陋，皆由不知目录之故。"这句话道出了乡下读书人学识浅陋的原因，很有见地。我长期生活在文化比较落后的农村，孤陋寡闻，中国古代文化典籍除了"三言二拍""四大名著"外，几乎一无所知，正好属于康有为先生批评的"乡曲"。后来读了目录学著作《四库全书简明目录》(清代纪昀撰，上海古籍出版社 1985 年出版)，这才感到知识增加了，视野开阔了。

一、在图书分类方面。从前我只知道图书可分为政治、经济、文化、文学、历史、哲学、科技等若干类，读了《四库全书简明目录》，我才知道中国古籍有经、史、子、集四部之分。经部主要著录儒家的经典著作，史部主要著录历史、地理类著作，子部著录诸子百家以及科技类著作，集部著录历代作者的单篇诗、文集等，每部之下又分为若干小类。与现代图书分类法比较，四部分类法既有局限性，又有其合理的一面。

二、在古籍书名方面。《四库全书简明目录》著录了数以千计的古籍书名，这些书名有百分九十以上是我前所未见的。它们有的源于人名，如孟浩然的《孟浩然集》；有的源于古人的字、号，如陶潜的《陶渊明集》，苏轼的《东坡全集》；有的源于谥号，如范仲淹的《范文正集》；有的源于官名，如陈子昂的《陈拾遗集》；有的源于地名，如张九龄的《曲江集》；有的源于典故，如戴埴的《鼠璞》，陈埴的《木钟集》；有表示谦虚的，如许的《献丑集》……真是别出心裁，形形色色，令人叹为观止。

三、在古籍数量方面。人们常说，中国的传统文化典籍汗牛充栋、浩如烟海，但我原来对这种说法感到不得要领。《四库全书简明目录》著录了从先秦至清初的重要典籍三千多种，近八万卷，每种图书均列明书名、卷数、作者以及内容提要。通过这些记载，我知道中国古代的书籍真是成千上万，不可胜计，用“汗牛充栋”“浩如烟海”来形容，是一点儿也不过分的，从此既见树木，又见森林，视野得到了开阔。

当然，由于《四库全书简明目录》是“钦定”的，不免受到封建正统观念的制约，比如，书中不著录章回小说和戏曲作品，人们津津乐道的《三国》《水浒》《红楼》《西厢》等等文学名著均成为“不登大雅之堂”的“下里巴人”，便是显著的例子。尽管如此，它仍然是一部有助于开阔视野、增长知识的目录学著作，我仍然喜欢《四库全书简明目录》这本书。

（原文载 1996 年 6 月 17 日《南方农村报》“读与写”版，“我喜爱的书”征文）

“虚”与“实”的对话

——关于《老子》的一则联想

金陵刻经处出版的《道德经注》

《老子》是成书于两千多年前的一部伟大的哲学著作。这部作品揭示了客观事物中的大小、长短、美丑、强弱、祸福、生死等等互相对立、互相依存的矛盾关系。并且提出宇宙世界是由“虚无”和“实有”两种因素构成的大胆设想，尤其强调“虚无”对人类社会生存和发展的重要意义。时至今日，《老子》的哲学思想仍然闪耀着理性的光辉、智慧的锋芒。

实：没有泥土，就不能搅拌泥团。没有泥团，就不能制作瓮、甑、罐、碗等器皿。如果没有瓮、甑、罐、碗之类的器皿，谷物何处盛放？美酒佳肴怎么装置？

虚：抟击陶泥做器皿，那是为了器皿中间的“空虚”，这才有了它们的实际意义。如果没有瓮、甑、罐、碗的“空虚”，

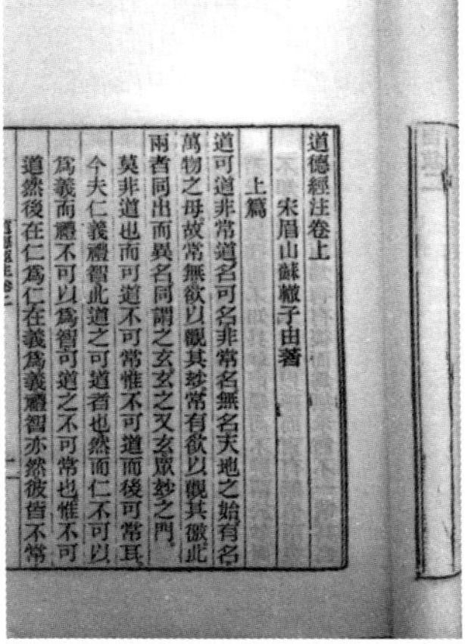
道德經注卷上
宋眉山蘇轍子由著
上篇
道可道非常道名可名非常名無名天地之始有名
萬物之母故常無欲以觀其妙常有欲以觀其徼此
兩者同出而異名同謂之玄玄之又玄衆妙之門
莫非道也而可道不可常惟不可道而後可常耳
今夫仁義禮智此道之可道者也然而仁不可以
爲義而禮不可以爲智可道之不可常也惟不可
道然後在仁爲仁在義爲義禮智亦然彼皆不常

《道德经注》北宋苏辙著

美酒往哪里倒？佳肴何处放置？

实：没有树木，就没有材料。没有材料，就无法制造车子和船只，人们将永远依赖两条脚腿来走路，更谈不上舟楫的便利。人类将永远困顿于原来的住地，不能横渡江河湖海，达到遥远的彼岸。

虚：三十条辐[①]，集中到一个毂[②]，有了毂中间的圆孔，车轮才能够转动，这才有了车子的作用。乘船渡河，人们占据的是船只中间的“空虚”。如果只是一根一根的“实木”，它怎么能够乘人载物横渡江河湖海呢？

实：没有泥土做成的砖头和瓦片，用什么东西来堆砌墙壁和覆盖屋顶？没有楼房和屋子的庇护，人类将永远裸露在烈风暴雨底下，不能免受风餐露宿、日晒雨淋的困苦；当然也谈不上乐业与安居，幸福和快乐！

虚：搬运砖头筑墙壁，如果不开设门窗，风从何而来？人从

① 辐：车轮的辐条，相当于今日自行车车轮的钢丝。
② 毂：车轮中心插轴的圆孔。

何处出入？费神劳力造房屋，如果没有房屋中间的“空虚”，床、柜、桌、椅等等家具怎么安置？鸡、鸭、豕、犬等禽畜如何走动？人类怎能进入屋里居住？这样一来，劳力费神又有什么意义呢？

恃不宰雖有大德而物莫之知也故曰玄德
三十輻共一轂當其無有車之用埏埴以爲器當其
無有器之用鑿戶牖以爲室當其無有室之用故有
之以爲利無之以爲用
竭知盡物以爲器而器之用常在無有中非有則
無無以致其用非無則有無以施其利是以聖人
常無以觀其妙常有以觀其徼知兩者之爲一而
不可分則至矣
五色令人目盲五音令人耳聾五味令人口爽馳騁
畋獵令人心發狂難得之貨令人行妨是以聖人爲

《道德经注》中“三十辐共一毂”的原文和注解

实：没有脚板底下的地球，人类社会就彻底失去依托，世间万物就会像空气中的尘埃一样，在漫无边际的宇宙中飘浮。我们的人类就谈不上生存、生长和生活，也谈不上发展和壮大，更谈不上今日的理想和未来的文明……一句话：还是脚踏“实”地为好。

虚：没有宇宙空间的空冥无限，庞大的太阳系（包括地球）就无处安置。如果太阳系充斥的完全是看得见、摸得着的“实体”，那么，阳光从何而来？空气如何流通？季节如何变换？日月星辰如何公转和自转？……毫无疑问，离开“空间”和“虚无”，人类社会，宇宙万物，一切都无从谈起。

实：……

虚：我绝对不是喜欢争辩，因为世人看到的都是“实有”

的用处，把生活的“空间”都给挤占了，这才把“虚无”提出来，与你探讨其价值。孰是孰非，姑且不论。相信你会尊重我的见解，做出明智的抉择。

【附录】：

《老子》十一章：“三十辐共一毂，当其无，有车之用。埏埴以为器，当其无，有器之用。凿户牖以为室，当其无，有室之用。故有之以为利，无之以为用。”

（原文载 2005 年 9 月 14 日《中国审计报》）

作文的话题（五则）

长与短

原文：柳开少好任气，大言凌物。应举时，以文章投主司于廉前，凡千轴，载以独轮车。引试日，衣襕自拥车以入，欲以此骇众取名。时张景能文有名，唯袖一书，廉前献之。主司大称赏，擢景优待。时人为之语曰：“柳开千轴，不如张景一书。”（出北宋沈括《梦溪笔谈》卷九）

《元刊梦溪笔谈》
文物出版社 1975 年版

原文大意：柳开是北宋时期的文学家，他年轻时常常意气用事，恃才傲物。一次参加科举考试，见到作文的题目后，他不假思索，头也不抬，“刷刷刷”地写下去，结果居然写了一千轴（科举时代考作文通常是一整天，故有写完一千轴的时间。轴，指装成卷轴形的书、画、文章。这里轴为量词）。他把一轴一轴的文章高高地累起来，用独轮车载着，洋洋得意地献给主考官，想借此惊俗动众，以便博取高第。同时有一位名叫张景的考生，文章不过写了一纸，他就把这一纸文章藏在衣袖内，悄悄地前去交卷。主考官阅后大为赞赏，当场评为优等。事后人们议论说："柳开千轴，不如张景一书。"

简评："文以载道"，"有话则长，无话则短"，这是作文的基本原则。一篇应试文章写了一千轴，这恐怕是科举史上空前绝后的"巨著"了。如此卖力气为啥呢？无非是为了惊世骇俗，猎取声誉。这就违背了作文的基本原则，难怪主考官不买账了。

快与慢

原文：孙何与李庶几同在科场，皆有时名。庶几文思敏速，何尤苦思迟。会言事者上言举子轻薄，为文不求义理，唯以敏速相夸。因言庶几与举子于饼肆中作赋，以一饼熟成一韵者为胜。太宗闻之大怒。是岁殿试，庶几最先进卷子，遽叱出之。由是何为第一。（出北宋欧

阳修《归田录》卷一）

原文大意：孙何、李庶几同在科场（科举考试的场所），两人都写得一手好文章，在考生中很有声誉。不同之处是：李庶几文思敏捷，健笔如飞；孙何思路迟缓，半晌也难得成文。因此，李庶几总是自鸣得意，孙何也自愧弗如，眼看状元的桂冠就要落在李庶几的头上。恰逢有谏官上书给皇帝，批评当今的读书人举止轻薄，写文章不顾义理，只求快捷。接着还提到李庶几的情况，说他与几位考生在饼店里面比赛作文，约定在一只饼煎熟前写完文章者为优胜。宋太宗听了十分反感。这年举行殿试，李庶几第一个交卷，宋太宗接过后，一字不看就列为末等。于是孙何的文章被评为第一名。

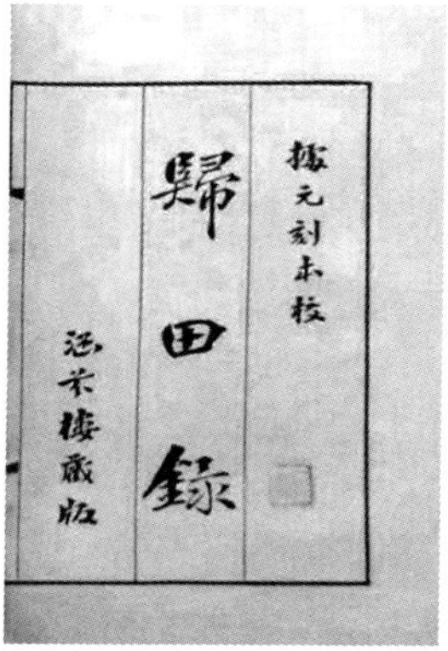

《归田录》
商务印书馆 1919 年版

简评：司马迁说过："聪明敏捷，人之美才"，这是一句至理名言。人们羡慕、赞美倚马可待的七步之才，就是因为他们"聪明敏捷"。然而，真理跨过一步就成谬误，如果写文章只讲速度，不顾质量内涵，那显然是行不通的。李庶几未明此理，不落第才怪呢。

深与浅

原文：宋景文修《唐史》，好以艰深之辞，文浅易之说。欧公思所以讽之。一日大书其壁曰：“宵寐非祯，扎闼洪休。”宋见之曰：“非夜梦不祥，题门大吉耶？何必求异如此。”欧公曰：“李靖传云：‘震霆无暇掩聪’，亦是类也。”宋惭而退。（出清代潘永因《宋稗类钞》卷五）

原文大意：宋祁是北宋时期的历史学家，他编修《唐史》，喜欢用艰深的文辞表述浅白的意思，读起来佶屈聱牙、不好理解。欧阳修觉得这是一种不良的写作倾向，一直在寻思劝诫他的办法。一天，欧阳修在自家的

《宋稗类钞》
书目文献出版社 1985 年出版

墙壁上写了几个大字："宵寐非祯，扎闼洪休。"刚好宋祁来了，他看见后不以为然地说："这无非是说'夜梦不祥，题门大吉'，为什么要写得如此费解？"欧阳修笑着回答说："你编写的那部《唐史》，其中李靖传云：'震霆无暇掩聪'（即迅雷不及掩耳），不就是这个样子吗？"宋祁是个很有修养的人，听了这番话，意识到自己的确犯有这样的毛病，他不好意思与欧阳修争辩，非常惭愧地走开了。

简评：写文章应当力求"深入浅出"，用浅显易懂的文字表达深刻的内容和道理。这一点，清代学者俞樾的见解十分精辟，他说："盖诗人用意之妙，在乎深入而显出。入之不深，则有浅易之病；出之不显，则有艰涩之患。"语虽寥寥，却透彻地指出了"深"与"浅"的辩证关系，即文章的内容、见解要"深"，文字表述要"浅"。这样的文章，才能便于理解，于读者有益。与"深入浅出"相反的就是"浅入深出"，即用艰涩古奥的文字表达浅薄无聊的内容，如"震霆无暇掩聪"即是显著的例子。此类文字，别说普通的老百姓，就是号称学富五车的文人雅士，也是看不惯、不认可的。

雅与俗

原文：王性之铚，博洽士也，偿语吾：宋景文公作《唐史》，尚才语[1]，遂多易前人之言，非不佳也。至若张汉阳(即张柬之)传，前史载武后(武则天)问狄仁杰："朕欲得一好汉。"顾是语虽匆文，宁不见当时吐属有英气邪！景文则易之曰："安得一奇士用之？"此固雅驯矣，然失其所谓英气者！(出北宋蔡绦《铁围山丛谈》卷三)

原文大意：北宋时期的王铚，字性之，是个知识广博的学者。他曾经对我说过这样的一件事：宋景文(宋祁)编修《唐史》，喜欢使用典雅生僻的词语来显示自己的才学，因而常常改易前人所说的话。如张柬之传，前史载武后(武则天)问狄仁杰说："朕欲得一好汉任使。"这话虽然粗俗些，

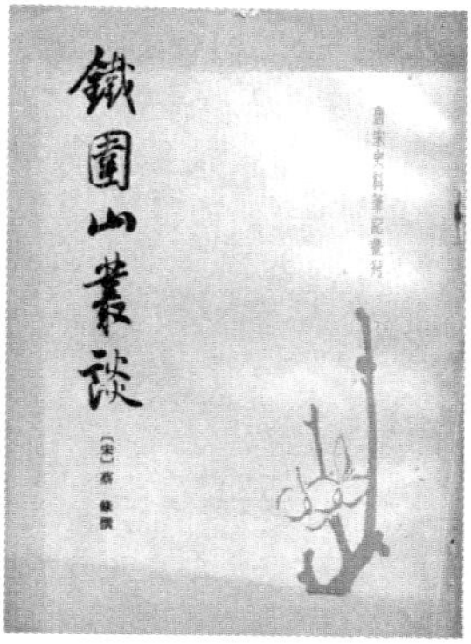

《铁围山丛谈》 中华书局 1983 年出版

---

① 才语：典雅生僻的词语。

但言语间流露出一股豪爽的气概。宋祁修史时将武后的话更改为：“安得一奇士用之？”这话虽然很文雅，但谈吐间那股豪迈的气概，却荡然无存。

简评：鲁迅先生针对文学界所谓“阳春白雪”“曲高和寡”的倾向说过这样的话：“倘若说，作品愈高，知音愈少。那么，推论起来，谁也不懂的东西，就是世界上的绝作了”。写文章一味追求高雅，高雅到谁也看不懂，固然不对。高雅到歪曲或者失却事物的本意，更加不妥。例如“好汉”，是指敢作敢为的男子汉，“奇士”，是指德行或者才智出众的人，二者的含义不同。把“好汉”更改为“奇士”，看起来很雅驯，但却失去原文的意义和韵味，这样的“雅”，还不如原汁原味的“俗”。

华与实

原文：贞观初，太宗谓监修国史房玄龄曰：“比见前、后汉史，载录扬雄《甘泉》《羽猎》，司马相如《子虚》《上林》，班固《两都》等赋，此既文体浮华，无益劝诫，何假书之史策？其有上书论事，词理切直，可裨于政理

者，朕从与不从，皆须备载。”（出唐代吴兢《贞观政要》卷七）

原文大意：贞观初年，唐太宗对监修国史的房玄龄说：“曾见前、后汉史书，载录扬雄《甘泉赋》《羽猎赋》，司马相如《子虚赋》《上林赋》，班固《两都赋》等，此类文章，不仅文体浮华，而且于劝诫无益，凭什么要收入史册？此后如有上书商讨国是，只要写得‘词理切直’，于政教有裨益，这样的文章，不管我是否接受，国史均可登载。”

《贞观政要》
上海古籍出版社
1978 年出版

简评：一般认为，写文章要求语言质朴、内容充实，反对用华丽的词句掩饰空虚的内容。如《甘泉》《羽猎》《子虚》《上林》等赋，大量堆砌浮华艳丽的辞藻，看似冠冕堂皇，实则空洞无物。尽管曾经赢得很高的声誉，对军机国事、民生大计却无益处，只可充当文人案头的雅玩。它遭到唐太宗的斥责，也就理所当然了。

2018 年 12 月 30 日

陈瑸和他的《清端集》

《陈清端公文集》清代同治七年（1868）广州富文斋刻本

陈瑸字文焕，号眉川，清代海康大埔社东湖村（今广东省雷州附城南田村）人。他少年立志苦学，康熙三十三年（1694）中进士，康熙三十九年（1700）始任福建古田知县，后历任台湾知县、刑部主事、福建巡抚等职。卒于1718年，享年63岁，谥号“清端”。清代乾隆年间，正在江西省南康府担任太守的陈肃庵[①]“荟萃先生遗稿，汇为一编，并编集付梓”，这就是《清端集》（此书全称《陈清端公文集》，《四库全书总目》著录时简称《清端集》，为保持一致，这里全部用简称）。

《清端集》共八卷，其中文七卷，计五十篇，包括奏疏、条

---

① 陈肃庵：即陈子恭，陈瑸的孙子。

陈、告示、序、记和文等，大部分是陈瑸任职期间的公文；末附诗歌一卷，共九十八首，体裁有五言古、七言古、五言律、七言律、五言绝、七言绝等，属于文学创作的范畴。文集的内容涉及修筑堤岸、兴建祠院（办学）、整顿学风、审理案件、整饬吏治、问民疾苦、求雨除旱等。这些作品，体现了作者热爱国家、关心民瘼的情怀以及对生产和教育事业的重视，具有很强的时代感和现实意义。

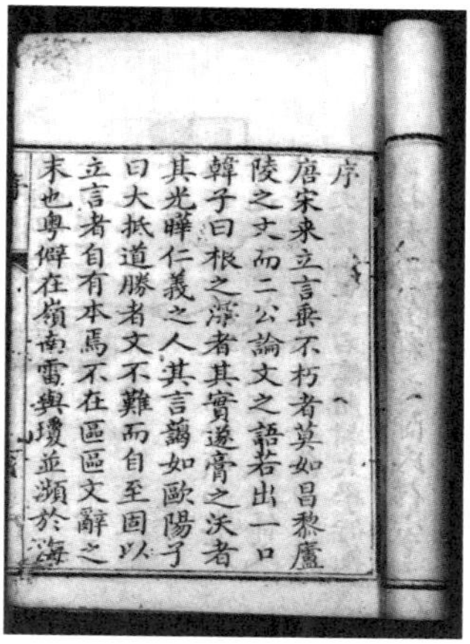
序
唐宋來立言垂不朽者莫如昌黎廬
陵之文而二公論文之語若出一口
韓子曰根之深者其實遂膏之沃者
其光曄仁義之人其言藹如歐陽子
曰大抵道勝者文不難而自至固以
立言者自有本焉不在區區文辭之
末也粤僻在嶺南雷與瓊並瀕於海

清代同治七年广州富文斋刻本《陈清端公文集》序

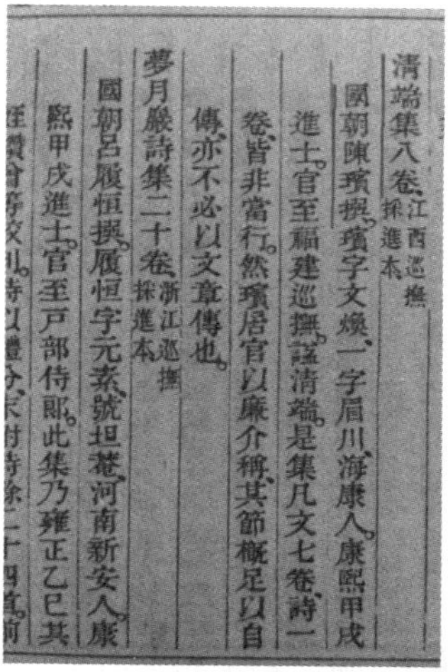
清端集八卷 江西巡撫採進本
國朝陳瑸撰瑸字文煥一字眉川海康人康熙甲戌
進士官至福建巡撫謚清端是集凡文七卷詩一
卷皆非當行然瑸居官以廉介稱其節概足以自
傳亦不必以文章傳也
夢月巖詩集二十卷 浙江巡撫採進本
國朝呂履恒撰履恒字元素號坦菴河南新安人康
熙甲戌進士官至戶部侍郎此集乃雍正乙巳其

《四库全书总目》集部《清端集》提要

《清端集》刻印之前，清代学者周煌、孙人龙和顾镇还分别为此书撰写序文。序文介绍《清端集》编集和出版的经过，表达对陈瑸人品气节的思慕和景仰，并且指出：《清端集》一书具有“兴利除弊、恤民饬吏、崇教起化”的功能，“其间敷奏之体要①，指陈之剀切②，播告③之勤恳，与夫论学论文，靡不洞达晓畅”，读了“可以得居官之要道，经世之远谟”，与某些“务彩色、夸声音者，相去不可以道里计。”充分肯定了《清端集》的思想内容和行文特色。

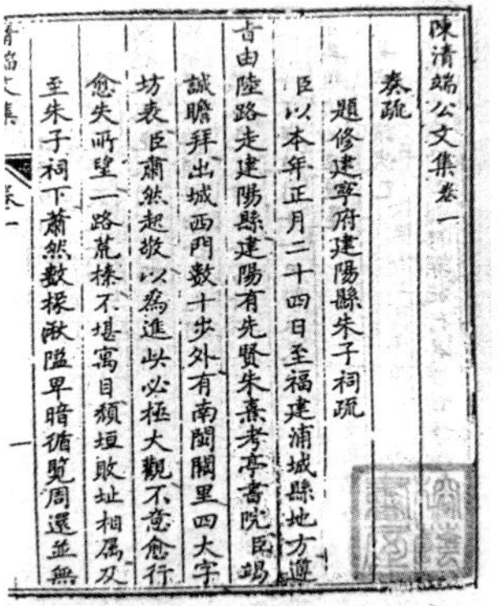
陳清端公文集卷一
奏疏
題修建寧府建陽縣朱子祠疏
臣以本年正月二十四日至福建浦城縣地方遵
旨由陸路走建陽縣建陽有先賢朱熹考亭書院臣竭
誠瞻拜出城西門數十步外有南閩闕里四大字
坊表臣肅然起敬以為進此必極大觀不意愈行
愈失所望一路荒榛不堪寓目頹垣敗址相屬及
至朱子祠下蕭然數椽湫隘卑暗循覽周還並無

兼山堂刻本《陈清端公文集》卷一

《清端集》成书后，《四库全书总目》及《清史稿·艺文志》等书均予以著录（按：《四库全书总目》著录的雷籍人士著作，仅此一例），说明陈瑸的著作在清朝一代已备受关注，并且被列为国家的文化典籍。其中《四库全书总目》提要（卷一八四）写道：

“《清端集》八卷，国朝陈瑸撰。瑸字文焕，一字眉川，海康人，康熙甲戌进士，官至福建巡抚，谥‘清端’。

---

① 敷奏：陈述、奏进。体要：切实而简要。
② 指陈：指明、陈述。剀切：符合事理、切实。
③ 播告：布告。

是集凡文七卷，诗一卷，皆非当行，然瑸居官以廉介称，其节概足以自传，亦不必以文章传也。”

提要对陈瑸的居官、人品气节给予充分的肯定和恰如其分的评价，令人折服。但又认为陈瑸的诗、文“皆非当行”，也就是说陈瑸的诗、文没有重印、流传于后的必要，这说明编纂者对《清端集》一书的重要价值缺乏认识，不免流露出历史的局限性。在今天看来，《清端集》一书的教育意义及史料价值十分明显。

首先，《清端集》有如一部反腐倡廉的好教材。人们知道，陈瑸是与明朝的海瑞、邱浚齐名的清官。在近二十年的宦海生涯中，陈瑸廉洁奉公，勤政爱民，丝毫不苟，有“苦行老僧”的称号。同时，陈瑸又是一位由进士出身的读书人，他知识渊博，学问纯正，所写的诗、文，总是直抒胸臆，没有造作，充分表达了他克己奉公、廉介自持的品质。例如文集卷七《新建台湾朱子祠记》一文写道：“……是役（指兴建朱熹祠庙的工程）也，无动公币，无役民夫，一切需费悉出予任内养廉余羡。”不借兴建祠庙之机动用公款、朘削民膏，反将可以归己的“养廉余羡”用于祠庙建设项目，这样“傻气”官员，古时能有几个！又如文集卷八《偶遣》诗：“平生赋性不犹人，纵到为官依旧贫。不过今生

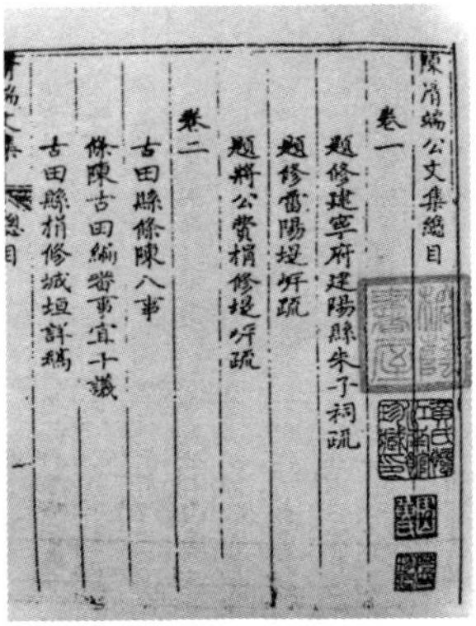
陳清端公文集總目

卷一

題修建寧府建陽縣朱子祠疏

題修雷陽堤圩疏

題撥公費捐修堤圩疏

卷二

古田縣條陳八事

條陳古田編審事宜十議

古田縣捐修城垣詳稿

兼山堂刻本《陈清端公文集》目录

为丐子，还强世世失人身。”寥寥数语，表明了作者宁可贫穷沦为乞丐，也不愿意失节成为千古罪人的决心。此外，《清端集》中还收录了很多整饬吏治、革除“官庄”、废除苛捐杂税、禁止酷刑滥派的措施，这些措施，表明作者对官场黑暗、吏治腐败的痛恨，正是当今反腐倡廉的好教材。

其二，《清端集》中有关雷州半岛（粤西）的资料特别珍贵。陈瑸是广东雷州人，他一生大部分时间都在家乡渡过，即使出仕在外，也不忘桑梓，因此，他的笔下常常有对家乡景物的描写和记载。如《清端集》卷八的《雷阳八景》诗，描绘了位于雷州半岛的擎雷山、雷（螺）岗岭、西湖等地的秀丽景色。而诗歌《诉灾》，则采用纪实间夸张的手法，描述海潮吞噬雷州半岛的良田、乡村的可怕情景：

水灾见惯被东洋，不似今遭太可伤。
万顷青苗归赤地，三村残月梦黄粱。
处堂春燕巢林木，野老吞声哭异乡。

明府殷勤尤下问，孑遗何计度春荒！

海潮涨时，“万顷青苗归赤地”；潮水退后，连堂上的燕子也无家可归了——这便是古代雷州半岛的灾荒实况。

由于对海潮灾害的体验尤深，因此，陈瑸一生多次倡议修筑雷州东洋围堤，就在他去世的前两年，还念念不忘修筑堤岸。他上书朝廷：

“雷州城东，有洋田万顷，……因逼近海潮，设有堤岸包围。……只因岁久失修，各号岸闸，崩塌过半，致海潮溢入，损坏民田，岁收失望。被灾小民，无从呼吁。地方有司，以工费浩繁，不便干请。伏睹皇仁如天，率土遍覆，凡在濒江、附海堤岸，通令修筑，保固民田。独臣乡雷郡，附海堤岸，崩坏如故，难免向隅。臣生天末，幸叨恩遇，敢昧死奏闻……”（《清端集》卷一《题修雷阳堤岸疏》）

这份请求拨款修复海堤的奏章，措辞诚恳、文字质朴，生动地反映了古代雷州半岛的生产环境和经济关系，读来倍感亲切，弥足珍贵。

其三，最有价值的还是《清端集》中关于台湾历史问题的文献。陈瑸自担任福建古田知县后，曾数次赴台任职。在台湾，他采取一系列发展生产和稳定社会的措施，如轻徭薄赋，革除“官庄”，奖励垦荒，兴办社学，实行文教等，取得了显著的绩效。陈瑸开发、治理台湾的建议和措施，大都保存在《清端集》一书中，主要篇目有：《条陈台湾县事宜》《条陈经理海疆北路事宜》《台厦道革除官庄详稿》《台邑问民疾苦示》《台厦禁酷刑滥派示》《重修台湾孔子庙碑记》等，这些文章，见证了我国古代在台湾设置行政区域并实施行政管理的事实。文集中的一些句子，如“海外弹丸（指台湾岛），民、番杂处，居土食毛，无一非朝廷赤子”，指出岛内的少数民族（番）和汉族一样，都是“朝廷赤子”（即都是祖国大家庭中的一个成员）；“台之于闽，犹琼之于粤也”，说明当时台湾岛的行政关系隶属于福建，就如当时的海南岛隶属于广东一样（都是中国领土不可分割的一部分）……这些记载文字，虽然非常简短，但确切地表述了台湾与祖国的血肉关系，同样是研究台湾问题不可忽略的历史文献。

除了上述几点，《清端集》中反映陈瑸从事编辑、出版活动的资料也要给予重视。文集卷六《重刻海忠介公〈备忘集〉叙》载：陈瑸担任福建巡抚职务时，在官署的书院中发现明代清官海瑞的文集，他担心文集湮没不传，于是，“急持归，……与旧本相参校，补所未备，……因订其鱼鲁，次其篇目而授之梓。”

这说明陈瑸曾经整理、刻印海瑞的文集。又如文集卷六《台厦试牍序》载：康熙庚寅（1710）、辛卯（1711）岁，台湾科举考试，陈瑸阅卷时看见四庠[①]弟子的文章“美不胜收。……只恐（人们）不自知其为宝而委之泥涂，俾渔人舟子皆得玩而弃之”，于是，“梓其尤雅者若干篇示诸生，题曰《海外人文》。”（诸如此类，恕不罗列）作者在繁忙的政务之余，热心搜集、编辑先贤和时人的作品，并且刻印成书，广为流传，这就是作者重视文化出版事业的具体表现。

当然，《清端集》也掺杂着一些带有迷信宿命观念的文章，如《台厦亢阳修省示》《上帝庙求雨文》《妈祖宫求雨文》等篇即是。由于作者受到“天人感应”思想的影响和当时科学技术知识的限制，每遇亢阳久旱，便认为是官吏失德、触怒天神所致，于是设坛祭天求雨：

“入夏以来，雨泽衍期。今去立秋甚迩，旱暵如故，此真小民灾患切身之日也。政有阙欤？官失职欤？讼不得平、刑过其中欤？鳏寡废疾不得养欤？有一于此，皆

① 四庠：古代的地方学校称为“庠”。台湾当时设一府三县，“四庠”大概是指一府三县的学校。

足致旱。……敢乞神恩，立收灾火，普降雨泽，俾民得耕种及时，秋收攸赖。”（《清端集》卷七《妈祖宫求雨文》）

身为封建地方官员的陈瑸，在灾难降临之际，不怨天尤人，而是心存百姓，衷心检讨政事得失，这种精神十分可贵。但企图通过拜神求雨的方式解除旱灾，这就流露出作者的封建宿命论和唯心史观，正是我们今天需要摒弃的对象。

《清端集》在清代乾隆年间刻印成书，距今已有二百多年了，中间几经增补、翻印，形成几个版本，流传到现在的刻本主要有：一是清乾隆三十年（1765）的兼山堂刻本，共八卷（也就是撰写此文所依据的）；二是清道光六年（1826）的沛上东署不负斋刻本，共十卷；三是清同治七年（1868）的广州富文斋刻本，共十卷；四是清光绪二十三年（1897）的刻本，共八卷。此外，笔者也见过一个残本，仅存卷七和卷八（一册）。这个本子刻印颇精，成书的年代也较早，可惜残缺太多。

（《湛江文史》第28期，2003年出版。2016年12月8日《中国商报·收藏拍卖导报》刊出时题目改为《宦海生涯二十年》）

读《陈清端公文集》札记（三则）

《陈清端公文集》（《四库全书总目》著录时简称《清端集》）八卷，清海康（今广东省雷州市）陈瑸撰，陈子恭编。此书收入作者的文章五十篇，诗歌九十八首，是广东省粤西地区珍贵的地方史料；又为《四库全书总目》《清史稿·艺文志》等书所著录，影响很大。书中有多篇文章系作者于台湾任职时撰写，客观上见证了我国古代在台湾设置行政区域实施行政管理的事实，是研究台湾问题不可忽略的重要文献。《陈清端公文集》绝版已久，存世甚稀，故识者寥寥。2003 年 9 月，笔者寻找到此书乾隆三十年（1765）兼山堂刻本（复印），研读中发现该刻本除了字迹漫漶之外，鲁鱼亥豕的错误，偶亦有之。

一、"钦不临穸"应为"敛不临穸"

《陈清端公文集》卷七有《祭耿夫子文》的文章，该文追忆了房师[①]耿惇[②]赏识作者“于诸生未遇之日”的知遇之恩。耿惇去世后，作者由于公务缠身，未能参加葬礼，深感愧对老师，因而写下这篇感情真挚的祭文，其中出现“钦不临穸”一语，原文是：

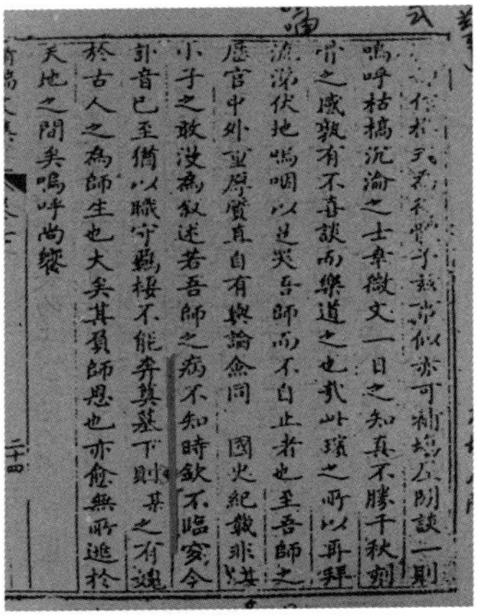
嗚呼枯槁沉淪之士卑微文一日之知真不勝千秋劍
背之感孰有不奮談而樂道之也哉此瑱之所以再拜
流涕伏地嗚咽以迭哭吾師而不自止者也至吾師之
歷官中外聖賢直自有與論僉同 國史紀載非瑱
小子之敢洩為敘述若吾師之病不知時欽不臨窆今
訃音已至猶以職守羈棲不能奔奠墓下則某之有媿
於古人之為師生也大矣其負師恩也亦愈無所逃於
天地之間矣嗚呼尚饗

《陈清端公文集》卷七
《祭耿夫子文》

“……若吾师之病不知时，钦不临穸，今讣音已至，犹以职守羁栖，不能奔奠墓下，则某之有愧于古人之为师生也大矣！”（《陈清端公文集》卷七《祭耿夫子文》）

文中“钦不临穸”，意义不明。经查辞书，知道“钦”的含义主要有二：一是指敬重，如钦佩、钦仰；二是指与皇帝有关的，如钦定，钦锡等。“穸”就是墓穴。“若吾师之病不知时，钦不

① 房师：明清乡、会试中试者对分房阅卷的房官的尊称。
② 耿惇：河南绝城人（今属河南省虞城县），曾任平远县令，陈瑸乡试时阅卷的房官。

临穸”，这话的前半句还可理会，后半句却是令人费解。好在港城一间图书资料室有《陈清端公文集》残本一册（存卷七、卷八，版别未明），经核对，“钦不临穸”为“敛（殓）不临穸”，“钦”乃“敛（殓）”字之误，这显然是兼山堂刻本弄错的。至此方知，作者在恩师耿惇去世、入殓时，未能亲临墓穴，为恩师送终，感到中心有愧，这正是“敛（殓）不临穸……”等语的含义。

二、“杨怿”应是“李怿”

俗语说：文如其人，这话不假。陈瑸秉性忠厚，品质端方，文章也写得“方板迂重”①，这是作者个人的风格使然，并非过错。可当时科场看重的却是“清脱流利”②的文章，为此，陈瑸的考卷曾数次遭受冷落，本人亦久困科场。幸得房官耿惇独具慧眼，大力推荐，才中

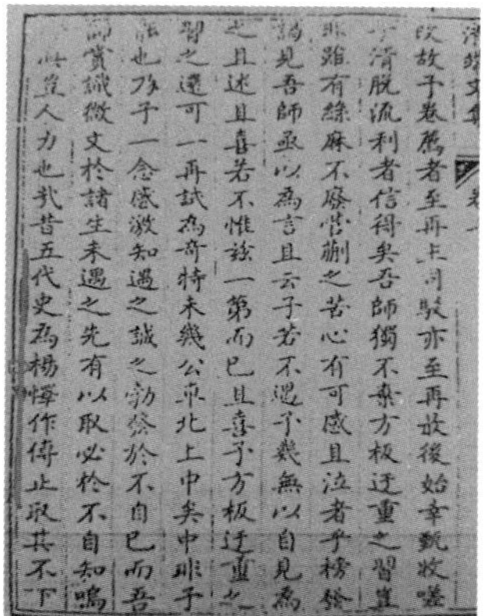
清端文集
欣故予卷屢者至再三同駁亦至再故後始幸甄收嗟
清脫流利者信科矣吾師獨不棄方板迂重之習豈
非雖有綠麻不廢菅蒯之苦心有可感且泣者乎榜發
謁見吾師亟以為言且云予若不遇予幾無以自見為
之且述且喜若不惟鼓一第而已且喜予方板迂重之
習之還可一再試為奇特未幾公亦北上中矣中非予
望也乃予一念感激知遇之誠之勃發於不自已而吾
師賞識微文於諸生未遇之先有以取必於不自知嗚
呼豈人力也哉昔五代史為楊憚作傳止取其不下

《陈清端公文集》卷七
《祭耿夫子文》

---

① 方板迂重：指文章写得端方持重，但缺乏灵巧。
② 清脱流利：清脱，清新别致，不落俗套；流利，文章通畅而清楚。

了举人，获得北上参加院试、殿试的资格。耿惇去世后，陈瑸在祭文中深情地回顾了这件事，同时引用古书中的典故，说明文章应该不拘一格，借以肯定恩师耿惇的做法。文中有这样的一段话：

> “昔《五代史》为杨怿作传，止取其不下礼部作格式为得体。予此事似亦可补场屋闲谈一则。”（《陈清端公文集》卷七《祭耿夫子文》）

为弄清“杨怿”“不下礼部作格式”的含义，笔者查阅新、旧《五代史》，但均未看见“杨怿”的名字。怀疑刻写有误，又到港城那间图书资料室找来《陈清端公文集》残本校对，里面写着的也是“杨怿”。于是，我又回家查阅新、旧《五代史》，先找“杨悻”“杨惮”等姓氏相同、名字相近的人名，没有结果；再查“扬怿”“李怿”等姓氏相近、名字相同的名称，果然在《旧五代史·李怿[①]传》中查得如下文字：

---

① 李怿：五代十国时后晋大臣，曾任翰林学士、礼部尚书等职。

“时常侍张文宝知贡举[①]，中书奏落第进士数人，仍请诏翰林学士院作一诗一赋，下礼部，为举人格样[②]。学士窦梦征等请（李）怿为之，（李）怿笑而答曰：‘李怿识字有数，顷岁因人偶得及第，敢与后生髦俊为之标格[③]！假令今却称进士，就春官[④]求试，落第必矣。格赋格诗[⑤]，不敢应诏。’君子多（称赞）其识大体。”（《旧五代史》卷九十二）

这段文字的内容正好与《陈清端公文集·祭耿夫子文》中“止取其不下礼部作格式为得体”一语相吻合。再查《新五代史·李怿传》，亦有同样的记载。由此可知，《陈清端公文集》中“昔《五代史》为杨怿作传”的“杨怿”，无疑是“李怿”之误，这个错误大概是后人传写、刻印不慎造成的。所谓“不下礼部作格式”，就是新、旧《五代史》中记载的李怿拒绝为应试举人撰写“格赋格诗”这件事。阅卷房官耿惇不泥拘于当

① 贡举：指科举考试。
② 格样：标准式样，模样。
③ 标格：犹规范，格式。
④ 春官：礼部的别称，掌管科举、学校等。
⑤ 格赋格诗：在科举中作为标准规格，可供考生学习、模仿的诗、文。

时“清脱流利”的流行格调，极力推荐陈瑸“方板迂重”的文章，其胆量、卓识，堪与《五代史》中记载的李怿相媲美。

三、“閑阃雷州”应为“开阃雷州”

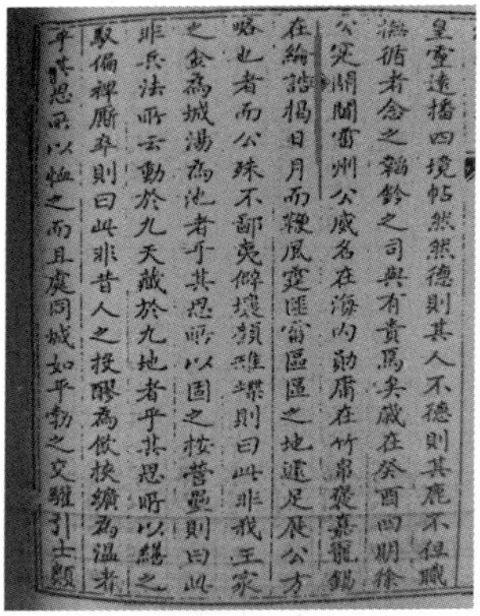
皇靈遠播四境帖然然德則其人不德則其庶不但職
斯循者念之韜鈐之司與有責焉矣歲在癸酉四明徐
公寔閒閫雷州公威名在海内勛庸在竹帛褒嘉寵錫
在綸誥揭日月而稷風霆匪雷區區之地遽足展公方
略也者而公殊不鄙夷僻壤類維螺則曰此非我王家
之金為城湯為池者乎其思所以固之桉營壘則曰此
非兵法所云動於九天藏於九地者乎其思所以繕之
馭偏裨廝卒則曰此非昔人之投醪為飲挾纊為溫者
乎其思所以恤之而且處同城如平勃之交雖引士類

《陈清端公文集》卷七
《寿雷阳徐副总戎序》

《寿雷阳徐副总戎序》是陈瑸写给雷州副总兵徐寔的祝寿文章。徐寔是浙江人，康熙三十二年（1693）到雷州任职。莅任之后，他“不鄙夷僻壤”，积极开展地方防务，又关心士卒百姓，声誉很好。第二年，徐副总戎即将过生日，陈瑸代表地方士民给他写祝寿文章，里面有这样的文字：

> 岁在癸酉，四明徐公寔閑阃雷州。公威在海内，勋庸在竹帛，褒嘉宠赐在纶诰[1]……匪雷区区之地遽足展公方略也者。（《陈清端公文集》卷六《寿雷阳徐副总戎序》）

---

① 纶诰：古代君王的诏书。

文章中“閑阃雷州”的“閑阃”二字，不知何意。查《辞海》《辞源》《汉语大词典》等，均不见这个词语。再查“阃”字，有门槛、将帅、军事等含义，还指“统兵在外的将帅或机构”，如宋吴自牧《梦粱录》：“开阃于杭，仪仗异于帅守”。这里出现“开阃”二字，《陈清端公文集》是人工手写，然后上板雕印成书，由于繁体的“开”（開）字与“閑”字形似，我猜想很可能是在抄写、刻印时，把“开阃”误成“閑阃”。

查阅《汉语大词典》，果然有“开阃”一词，意思是指将领开置府署，掌管一方的军务。例证有宋周密《齐东野语》：“赵忠肃公方，开阃荆襄日久，军民知其威声”，等等。在《寿雷阳徐副总戎序》一文中，徐寔的职务为副总戎，即副总兵，是个武职。如果把上述文字中的“閑阃”改为“开阃”，那句话就变成：“岁在癸酉，四明徐公寔开阃雷州……”。换成现代语，就是说徐寔在康熙三十二年（1693）到雷州担任副总兵，掌管地方军务。这就与徐寔的身份、职务相符合，文章亦意义明确，前后贯通。因此，《寿雷阳徐副总戎序》中的“閑阃雷州”当为“开阃雷州”才妥。

（原文载 2005 年 3 月 25 日《读者导报》）

新编《遂溪县志》失实一例

清代光绪二十四年重修陈御史墓的部分碑文

《遂溪县志》记载了当地一位著名的历史人物，此人名叫陈贞豫，是明代永乐三年（1405）举人，他曾经担任北京监察御史及都察院交趾道巡按御史。他为官廉洁正直，执法无私，关心民瘼。洪熙元年（1425）在巡访途中不幸被盗贼杀害。他的事迹在当地流传甚广，新编《遂溪县志·人物志》（遂溪县地方志编纂委员会编，中华书局2003年4月第1版）是这样记载他的：

“陈贞豫（1396—1425），男，字奋扬，附城陈村人。贞豫自幼天资聪颖，及长，精于诗文，所学文章过目皆能背诵，且能通晓其义。明洪武十八年（1385），刚满16岁的贞豫参加童试，首次进入科场，便中了个秀才。二十八年（1395）参加乡试，中了第二十四名举人，并被主考官推荐入京城国子监太学深造。至明永乐三年（1405），他参加殿试，高中乙酉科进士。由于他学业有成，才华出众，博得当朝皇帝成祖的赏识，擢他为北京监察御史。”（节录）

这段文字说陈贞豫在明朝洪武十八年（1385）中秀才，洪武二十八年（1395）中举人，永乐三年（1405）中进士，后被皇帝赏识，直至担任北京监察御史……乍看起来是事实清楚，无可挑剔。但是，如果对照历史资料，就会发现，所谓永乐三年（1405）考中“乙酉科进士”不符合史实，因为这一年朝廷没有举行进士考试呢。

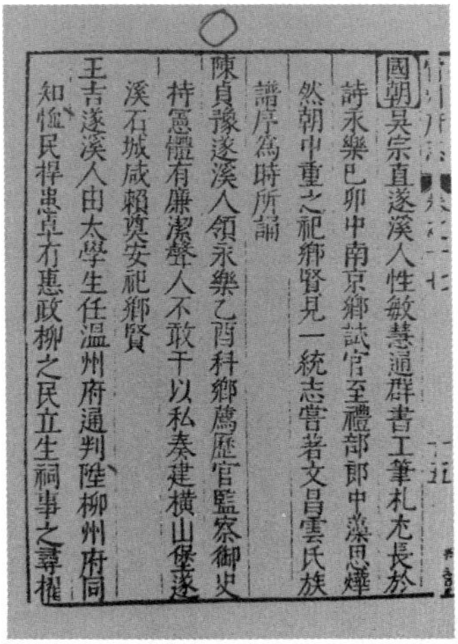
國朝吳宗直遂溪人性敏慧通群書工筆札尤長於
詩永樂己卯中南京鄉試官至禮部郎中藻思燁
然朝中重之祀鄉賢見一統志嘗著文昌雲氏族
譜序爲時所誦
陳貞豫遂溪人領永樂乙酉科鄉薦歷官監察御史
持憲體有廉潔聲人不敢干以私奏建橫山堡遂
溪石城咸賴奠安祀鄉賢
王吉遂溪人由太學生任溫州府通判陞柳州府同
知恤民捍患卓有惠政柳之民立生祠事之壽櫂

明万历《雷州府志》正文

一、明万历《雷州府志》是广东雷州（今属广东省湛江市）现存最早的一部府志，此书“乡贤志”中陈贞豫的传记是这样的：

“陈贞豫，遂溪人，领永乐乙酉科乡荐，历官监察御史。持宪体有廉洁声，人不敢干以私。奏建横山堡，遂溪、石城咸赖奠安。祀乡贤。”

在万历《雷州府志》中，陈贞豫的“学历”是“领永乐乙酉科乡荐”，简而言之是“领乡荐”。这里解释一下：明清二代，在各省的省城举行乡试，每三年一次，即逢子、卯、午、酉年开考，考中的称为“举人”，亦称领乡荐。由此可见，陈贞豫“领永乐乙酉科乡荐”，就是陈贞豫在永乐乙酉年（1405）参加乡试，考中举人。

二、清嘉庆《雷州府志》、道光《遂溪县志》人物传中记载陈贞豫的“学历”，与万历《雷州府志》完全相同。其中道光《遂溪县志·列传》写道：

陈贞豫，字奋扬，温良乡人。领永乐乙酉科乡荐，历官监察御史。（节录）

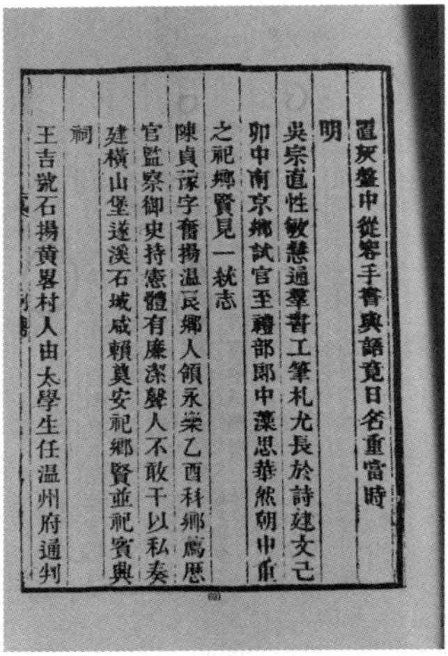
置灰盤中從容手書與語竟日名重當時
明
吳宗直性敏慧通羣書工筆札尤長於詩建文己
卯中南京鄉試官至禮部郎中藻思華然朝中重
之祀鄉賢見一統志
陳貞豫字奮揚溫良鄉人領永樂乙酉科鄉薦歷
官監察御史持憲體有廉潔聲人不敢干以私奏
建橫山堡遂溪石城咸賴奠安祀鄉賢並祀賓興
祠
王吉號石揚黃畧村人由太學生任溫州府通判

《遂溪县志》正文

除了上面引录的资料，明清时期的《雷州府志》《遂溪县志》里面的《选举志》《仕籍志》等部分，在谈及陈贞豫时，无一例外地称他是明代永乐年间的“举人”。

三、广东省遂溪县温良村（陈村原名温良村）的《陈氏族谱》记述陈贞豫的“学历”更加明确：

> “陈贞豫，字奋扬，明永乐乙酉科乡试中试二十四名举人，充国子监肄业。”（节录）

《族谱》是编写给农村中的老百姓看的，没有弄辞藻、拿官腔，而是坦率地告诉大家：陈贞豫考中的不是进士，更不是探花、状元，而是“永乐乙酉科举人”，在榜中排在第24名。这就比官方《府志》《县志》中文绉绉的“领永乐乙酉科乡荐”通俗易懂得多了。

四、也许有人说，古代的《府志》《县志》等，也不是什么事物都能记录完备的，古代漏记的事项，现在也可以补充回来。这话极有道理，但在补充之前，首先要弄清楚到底是不是“漏记”。

经查《明清进士题名碑录索引》（上海古籍出版社1980年2月第1版），明代永乐朝二十二年间，共举行八次进士考试，即永乐二年的甲申科、永乐四年的丙戌科、永乐九年的辛卯科……

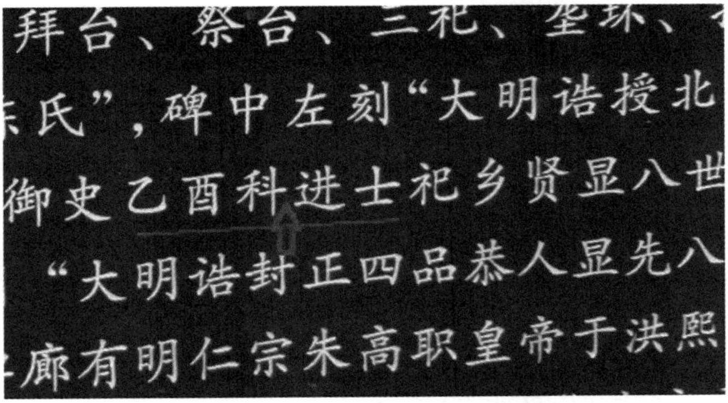

湛江市文物保护单位的碑记引录陈御史墓碑文，其中“乙酉科乡进士”漏掉了“乡”字

最后是永乐二十二年的甲辰科，永乐三年（乙酉年）没有举行进士考试，故不存在所谓的永乐三年“乙酉科进士”；《明清进士题名碑录索引》也搜索不到陈贞豫的名字，不属于“漏记”。

综上所述，陈贞豫正确的“学历”是“领永乐乙酉科乡荐”，通俗地说也就是明永乐三年（1405）乙酉科举人。之后他又肄业于京城国子监。

陈贞豫什么时候被误为“进士”的呢？广东省遂溪县政协文史资料研究委员会 1985 年出版的《遂溪文史》（第一辑），就把陈贞豫称为“进士”。该期有一篇文章写道：

“陈贞豫在乡试中由于成绩优良，被主考官看中，推

荐到京城国子监继续深造。在明永乐三年（即公元 1405 年），他参加京试，高中乙酉科进士。”（节录）

这应该是陈贞豫永乐三年“乙酉科进士”的最早出处，其目的大概是要迎合某些人的虚荣而故意“拔高”。此后，这个没有根据的臆说就被各种文章甚至新编的《遂溪县志》《湛江市志》所袭用。

（原文载 2012 年 10 月 22 日《藏书报》）

2015 年 1 月 19 日修改

附记：建于明代、清光绪二十四年（1898）重修的陈贞豫墓，碑记中写道：“大明诰授北京监察御史继升都察院交趾道巡按御史乙酉科乡进士祀乡贤显八世祖考讳贞豫谥靖肃二公陈府君墓”，有关人员引用时，不慎漏掉“乡进士”的“乡”字，由“乙酉科乡进士”变成“乙酉科进士”，于是产生了这一错误。按：“乡进士”是举人的俗称，所谓“乙酉科乡进士”就是乙酉科举人。

2017 年 4 月 6 日补记

《三字经》的一处错误

"若梁灏，八十二，对大廷，魁多士。"

这是《三字经》中的一句话，意思是说，北宋梁灏八十二岁时参加廷试，与众多的士人角逐，结果鳌头独占，中了状元。这件事本身颇具传奇色彩，加上《三字经》是旧时的蒙学课本，读者众多，因此，梁灏八十二岁中状元的说法，更是家喻户晓，几乎成为史实。

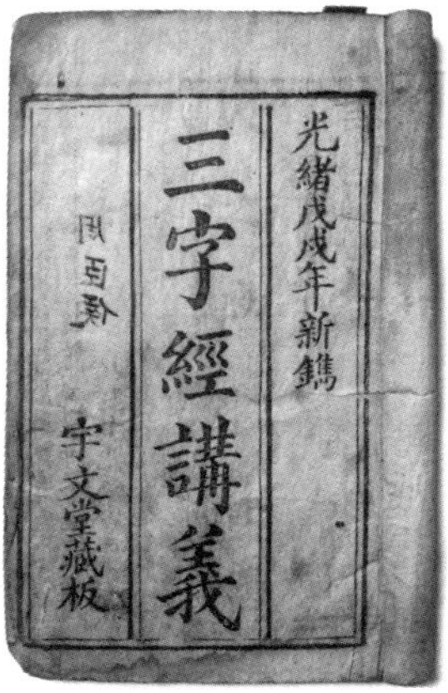

清光绪戊戌年（1898）刻印的《三字经讲义》

除了《三字经》，认为梁灏八十二岁中状元的，还有这样的一段文字：

"梁灏八十二岁，雍熙二年状元及第。其谢启云：'白首穷经，少伏生之八岁；青云得路，多太公之二年。'后终秘书监，卒年九十余。"（见北宋陈正敏《遁斋闲览》）

与《三字经》比较，《遁斋闲览》成书的年代更早（《三字经》相传是南宋王应麟撰），且有“谢启”加以证明，因此，也就更容易取信于人——尽管该书属于笔记小说。不过，文中所谓梁灏“八十二岁状元及第”“卒年九十余”等语，同属子虚乌有，于史实有悖。

《三字经》：“若梁灏，八十二，对大廷，魁多士。”

最先发现问题并且进行纠谬的，是南宋的历史学家洪迈，他查证了当时的国史资料后指出：“梁（灏）公字太素，雍熙二年，廷试甲科，景德元年，以翰林学士知开封府，暴疾卒，年四十二。”洪迈认为，如果梁灏真的活了九十多岁，那么，史书绝不会有“梁方当委遇，中途夭谢”“梁之秀颖，中道而摧”之类的评语。（见洪迈《容斋随笔》卷十四“梁状元年八十二”条）其后，清代学者俞正燮在《癸巳存稿》中对“梁灏八十二岁状元及第”也表示否定，道理很明显：如果雍熙二年（985）八十二岁，那么，景德元年（1004）梁灏去世时，就不是九十多岁，而是一百零一岁。

中华书局整理出版的《二十四史》，一向以校勘精审著称，其中《宋史·梁灏传》的传主“暴病卒……年九十二”一语，点校者依据史书《东都事略》梁灏卒时“年四十二”的记载，又吸收洪迈、俞正燮等人的研究成果，最后得出结论：“九”乃“四”字之误。这就是说，梁灏终年四十二岁。据此推算，梁灏的生卒年限为北宋的乾德元年至北宋景德元年，即公元963年至1004年。雍熙二年（985）中状元时，梁灏只有二十三岁。

（原文载2003年4月《语文知识》杂志）

线装书趣

木版线装书的诱惑

《云溪友议》
中国书店 1994 年出版

我喜欢买书、藏书，家里的书论数量已有几千册，大部分是普通的精装本和平装本（或称洋装书），价格便宜，插架、取阅都方便。我也收集了一些装帧高雅、传统色彩浓厚的书籍——木刻本线装书。

第一次购买木刻本是 1996 年 9 月，其时我有幸到北京参观，一下车就直奔琉璃厂文化街。正值金秋北京古旧书市，书山书海，令我大开眼界。我急匆匆地选购了好几种书，记得有上海古籍出版社影印的《友鸥堂集》《愚菴小集》线装本。结算时填写地址、姓名，因有“广东”二字，招致工作人员的惊诧：“咦？广东人也喜欢这个（指线装书）？”

那时候我还没有收集木刻本的意识，只觉得身在“边远僻陋”地区，进京一次不容易，要多买几本线装书回去做纪念。于是又到琉璃厂街中国书店的来薰阁、松筠阁、古籍书店、读者服务部等处找书，选购了中国书店出版的《云溪友议》《棠阴比事》《二十四孝》等线装书，其中《云溪友议》《棠阴比事》还是木版刷印本。前者 1994 年出版，定价十八元；后者定价十二元，无出版日期。我还想购买线装的《韩诗外传》《读书敏求记校证》等，见书价很高，每种至少要四五十元，就作罢了。多年后方知这些书都是旧版新刷，印数少，很珍贵，才暗自悔恨，直怪当初目光短浅、手头吝啬。

《百喻经》 金陵刻经处 2009 年出版

木版书热起来后，我又购买了中国书店的《袁氏艺文志》，一函一册；还买了鲁迅捐刻的《百喻经》新刷本，线装一册……这些木版书我很喜爱，闲暇时阅读几页，还察看版面线条、文字笔画的特征，既是赏心乐事又增长了版本鉴别的知识。

购买旧刻本，缘于结识了一位喜欢收藏的朋友（姓许，名育才，福建三明人，供职于广东省湛江市工商部门）。这位朋友收入虽不高，但有文化，举凡线装古籍、连环画、玉器、银洋、铜币、铜镜、古剑等等，他都收藏。他说他的书都是明清刻本，石印书、民国书都不想要。他认为新出版的书收藏价值不高，劝我玩“古董”书。受其鼓动，我跃跃欲试，跟他到旧物街上游转。下手前彼此交换看法：宋、元刊本早已绝迹，不要指望，明版书可能还有，最常见的是清刻本。

其时我认为书是越古价值越高，就埋首于一堆无头无尾无牌记的故纸中。哪本书破、黑、脏，哪本书虫蛀厉害，就猜想可能是明版书。几番来回，我花了不少钱，挑回一大箱灰不溜秋的“木刻本”。于是蹲在家里，睁大眼睛，在大大小小的方块字中寻找“玄”“烨”“胤”“禛”“弘”“历”“宁”等字。偶尔逮住一个完整的“玄”字，就一阵激动；继续寻找，不幸在另一处遇见一个缺笔的“玄”……眼睛盯花了，书叶翻遍了，结果残酷无情，没有一册能定为明版，几乎都是清末或民初的坊间劣本，没有多大的价值。我好心痛，这才意识到线装古书并不好玩，僻陋地区的旧书店、旧书地摊并没有多少宝贝可淘。

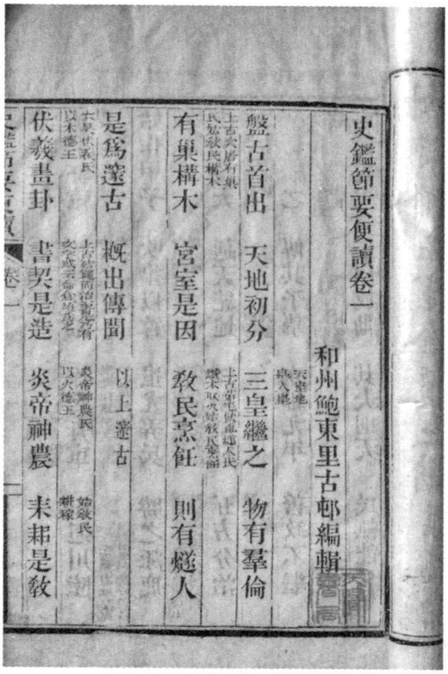
史鑑節要便讀卷一
和州鮑東里古郵編輯
盤古首出 天地初分 三皇繼之 物有羣倫
有巢構木 宮室是因 教民烹飪 則有燧人
是爲遂古 概出傳聞 以上遂古
伏羲畫卦 書契是造 炎帝神農 耒耜是教

同治刻本《史鉴节要便读》卷一

网络普及，改变了传统购物的模式，我不再固守当地的

《论语》正文

书店和地摊，顺应潮流，不失时机地把猎书渠道转向外界。我在外地购买的第一本木刻古书是《史鉴节要便读》，其规格与今天16开本相似，两本合订一册。此书首尾完整，牌记醒目：“同治甲戌江苏书局重刊”，属于官刻系统中的“局本”。第一枪就中了一本“官刻”，真是始料不及，我满心欢喜，着实摩挲、欣赏了一番。

第二本是《广释名》，购于沪上一间较有名气的网店。书为清道光年间《粤雅堂丛书》零种，其规格类似今天小32开本，白纸，一册全。封皮、内页均有残损，曾想修补一遍，又怕技艺欠佳，弄巧反拙，作罢了。

第三本是《鼠疫汇编》，为我国现存最早的防治鼠疫专著，清末石城（今属广东湛江）医家罗汝兰撰写。因属家乡（粤西）的地方文献，遂刻意搜求，终于在福建一书友处觅得。书为巾箱本，封皮、牌记俱失，序文、目录、正文完好。经查证资料，确定为清光绪辛丑年（1901）蓉园重刻本。为方便翻阅，我还参照资料补加刻书牌记，并扣上封皮，重新装订，经过一番忙碌，此书即成完帙。

最后介绍大字木刻本《论语》。此书二册全，规格类似今天的16开本，字大清晰，品相极佳。2010年，我因眼睛患疾，视力锐减，看小号字很辛苦，遂留心购买字体较大的线装本，此书得于河北省一家书店。书没有版权牌记，版心下端仅有“明庄”二字，怀疑是“李光明庄”刻印。“李光明庄”是晚清南京的刻书坊，刻印书籍行销海内外，颇负盛名。我找来“李光明庄”版《论语》的相片，经相互对照，李氏《论语》版心下方刻有“李光明庄”四字（多处），本人的《论语》版心下方仅见“明庄”二字（一处），其他完全相同。考虑到旧时刷印书籍的版片可以视同财产转展相鬻，我推测这“明庄”二字应当是书版易主之后，继印者铲除原版主标记（李光明庄）未尽而留下的痕迹。

（原文载2014年8月14日《中国商报·收藏拍卖导报》，

题目原作《木版线装书　诱惑逃不出》）

“猎书”小记（一）

余性喜书，尤钟情于书店、书摊，自少及长，购书不少。网络兴起，余又成为张网“狩猎”的书迷，所获更多。古人云：“太上立德，其次立功，其次立言。”买书聚书属于什么？当然不属此三者。然文艺导师鲁迅先生亦不免此癖，除了大量买书，他还侃书话、记书账、写购书日记等。应当说，聚书买书，是高雅的嗜好，我等碌碌小辈，又何须忌讳？“狩猎”归来，整理书册，偶有感触，故作此记。

一、郭注《尔雅》

《尔雅》（第一册）
湖南书局同治刻本

购买古书，切忌贪求便宜。曾购得清代同治间湖南书局郭注《尔雅》第一册，心想，既购得刻有牌记的头一册，所欠后面的二册就不难找，更不会贵了。谁知“狩猎”将近一年期，后面二册还是没有露脸，只好用其他刻本来替代。遗憾的是，两种刻本的

《尔雅》，版面尺寸不一，放在一起，长短高低，参差不齐。更可恨的是，后购的二册书，中间还被撕去近十叶，徒添烦恼懊丧。钱是花了数百元，可郭注《尔雅》结果还是残缺不全。

二、“明刻本”《增注唐贤三体诗法》

早就想有一部明代刻印的古书，但这样的书稍为像样的动辄上万元，非我辈寒儒所敢奢求。后来发现日本刻印的古书价钱较低，于是决定在日本刻本上“做文章”。我着重查找日本16世纪中叶至17世纪初年的古籍，终于得到一部宽永年间的《增注唐贤三体诗法》。此书为三卷三册全，宋代周弼选编，元代释圆至笺注，内容介绍写作近体诗的知识和技巧。其卷末有“于时宽永七年庚午仲春书林文左右卫门板”的刻书牌子。“宽永七年”就是公元1630年，亦即中国明代的崇祯三年（1630）。《三体诗法》虽不属于正儿八经的明刻本，但毕竟是1644年

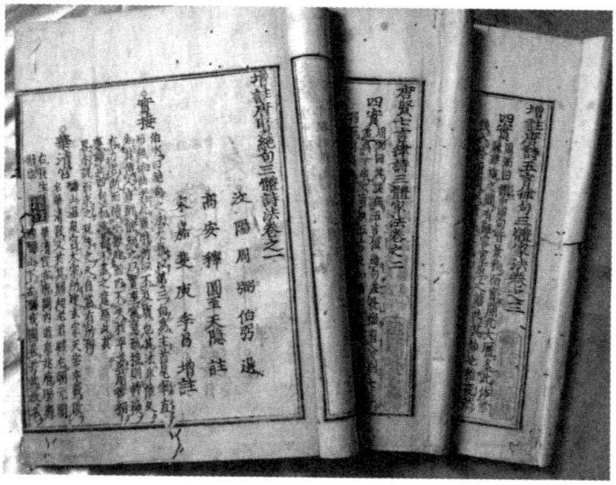

《唐贤三体诗法》日本宽永七年刻本

以前的东西。如果撇开地域的概念，单论版刻的时间，这也是一部完整的而且有确切刷印标记的“明代”刻本。

三、《古文真宝》中的《陋室铭》

网上淘书，偶然发现一部和刻本《古文真宝》，见里面收录了唐代刘禹锡的《陋室铭》，联想到十几年前发生的铭文作者纷争，顿觉此书不同寻常，就订购回来。

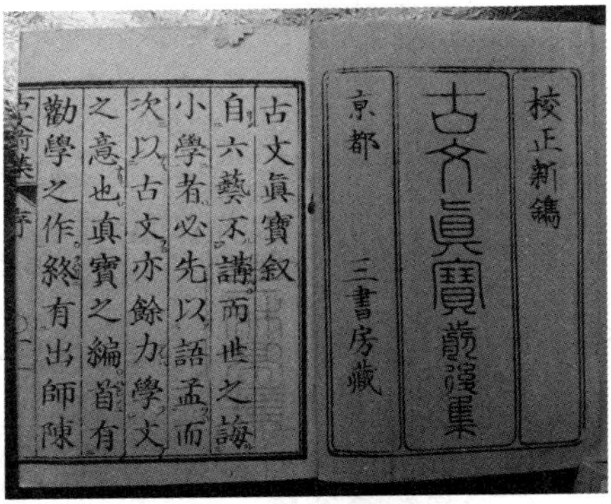

《古文真宝》

和刻汉籍《古文真宝》，全称《魁本大字诸儒笺解古文真宝》，宋代黄坚编集，收录唐、宋以前的诗、文二百八十余篇。此书后集有署名刘禹锡的《陋室铭》，铭文八十一字，与现行本无异。关于《陋室铭》，前些年学术界异说纷呈。有人认为此文不见于刘禹锡的《刘梦得文集》和《刘宾客集》。《古文观止》《全唐文》虽然收录，但二书都是清人编纂的，隔时太远。况且前书又是坊间俗本，后书收录文章不注出处。加之《新唐书》有“（崔沔）

尝作《陋室铭》以见志”的记录，于是断定《陋室铭》作者不是刘禹锡，而是唐代的崔沔。此论虽然缺少必要的证据，却颇能炫世惑俗。宋人编集《古文真宝》的出现，说明《古文观止》《全唐文》等书收录《陋室铭》是承传有序；铭文作者署名刘禹锡，更是自古而然，不是后人臆造。

四、扫叶山房《医学源流论》

网络书店，极为复杂。据我多年的经验：信誉好的卖家，不乏劣货；信誉差的网店，亦有好书。曾见扫叶山房《医学源流论》，清代刻印，二卷二册全。此书索价甚低，仅两百余元，悬挂多年却无人问津。究其原因，大概是书店信誉太差，买方担心遭遇骗局。好在有了中介保护，如此廉价的刻本，并非想要就有，机会岂可错过？确实过于离谱，也可要求卖方退货，于是决定付款。结果，寄来的书，首尾完整，四角挺直，

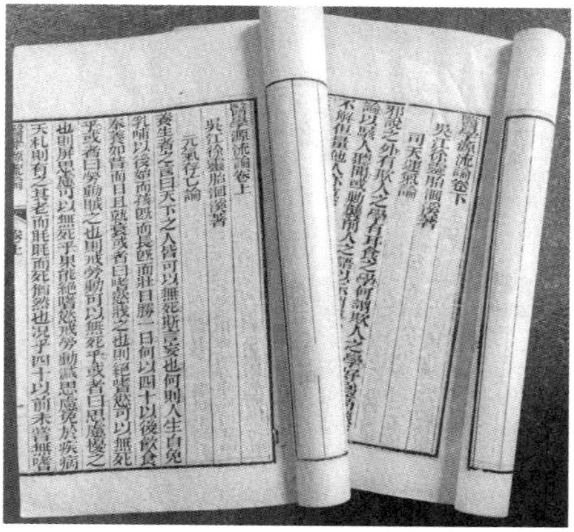

《医学源流论》扫叶山房刻本

无缺损，无水渍，亦无虫蚀……品相足有八九成。保存如此完好的古书，网游多年，并不多见。回想起来，当初若泥拘于区区的“信誉评价”，袖手旁观，裹足不前，要得到如此出人意料的好书，是断然不可的。

五、《角山楼增补类腋·人部》

类书《角山楼增补类腋》，清代姚培谦撰，赵克宜增补，包括《天部》《地部》《人部》《物部》四部分，合计六十七卷，其中《人部》十五卷。曾在网上购得《人部》四本，不料是个残册，

《角山楼增补类腋·人部》清代咸丰刻本

只存卷一至卷十，缺欠卷十一至卷十五。收到后颇不甘心。

过了两年，我上网找书，恰巧见网友拍卖《类腋》的残卷，其中《人部》二册，正是我缺欠的卷十一至卷十五，不禁窃喜。我不动声色，等拍卖时间将要结束，才把这两本书竞买回来。因没人争夺，得手颇为顺利。

交易结束，我付了款，嘱咐对方及时寄来，十五卷的《角山楼增补类腋·人部》就这样配齐了。我将两次购买的六本《人部》放在一起对照，版面尺寸、文字风格、墨色纸张完全一致，不禁开怀。古书残册配套不容易，有鉴于此，于是提笔书写几句。

（原文载2015年1月23日《图书馆报》“书人书事”版，又刊于《天涯读书周刊》第226期）

“猎书”小记（二）

一、金陵书局《诗经集传》

《诗经集传》八卷，线装四册，宋代朱熹集注，清代光绪二十二年（1896）金陵书局印行，是官府刻书中的“局本”。

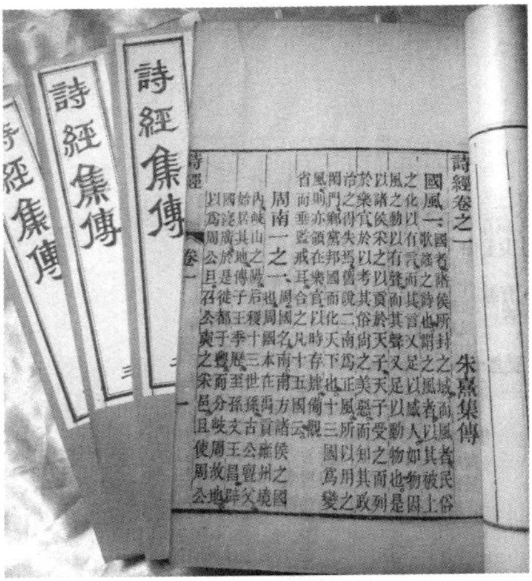

《诗经集传》清代光绪金陵书局刻本

《诗经》为儒家经典“五经”之一，因属科举考试的必读书，明清以来，传本无数。时下坊间刻本价钱比较低廉，但开本小，纸质差，天头地脚短窄，文字小而拙劣，叫人不敢恭维。笔者所购为清代同治间初刻、光绪二十二年（1896）重印。虽不是墨黑如漆的初印本，但开本宏阔，版面疏朗，文字大如铜钱，展卷时，官刻“局本”气派之恢宏可一扫坊间俗刻的寒碜与局促，养目而且舒心。

二、凤鸣书院《小学集解》

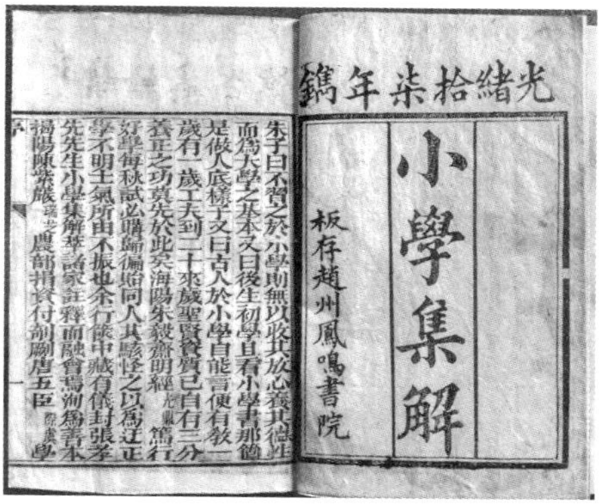

《小学集解》清代光绪凤鸣书院刻本

《小学集解》，线装四册全，清代张伯行纂注，云南赵州凤鸣书院光绪十七年（1891）刻本。此书开本较大，文字美观清晰，内容完好无缺。可惜品相极差，除书角卷曲外，还有多处污糟和破损，乍看去几如一团乱麻。好在纸张结实坚韧，是出了名的云南皮纸。收到时，我将书叶一一折出，污秽处洗净，卷曲处抚直，破损处补好，外加衬页和封皮。经过一个月的抚弄，此书基本完好，品相达到八九成新。能修补、恢复到这样的程度，多亏原本是坚韧结实的云南皮纸。若是腐纸恶札，凭我那点“野狐禅”式的技艺，纵想修复亦无从措手。

三、经余堂《元亨疗马集大全》

清代以前，版画插图未为国人重视，传统藏书家推崇的是

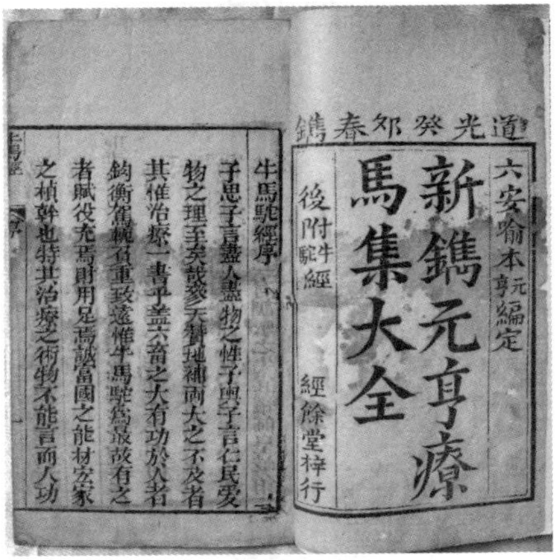

《新镌元亨疗马集大全》
清代道光癸卯经余堂刻本

真经正史。民国期间，郑振铎（西谛）独辟蹊径，斥资收集木版插图古籍，并悉心研究，出版《中国版画史》《中国历史参考图谱》等专著，自此，木刻版画艺术得到前所未有的尊崇。笔者收集图书已有数十年，收集线装旧书亦不下十年，极想得到一部带有版画的木刻本古籍，但因囊中羞涩，一直未得如意。近来看见清代道光癸卯（1843）经余堂《新镌元亨疗马集大全》，书中版图甚多，价钱又不甚高，就买了一套。此书八卷四册全，明代喻本元、喻本亨编定，内容主要为马病的症状及疗法，末附牛、驼经各一种。经清点，全书共计二百二十余叶，插图多至一百三十余幅，平均一叶多就有图画一幅，几乎成为木刻版图的渊薮。唯图画局限于马、牛、驼病症状的描绘，未能展现更加深广的社会场面，是为遗憾。

四、益友堂《奎壁礼记》

《奎壁礼记》，十卷十册全，元代陈澔集说，清代光绪丙申（1896）周村益友堂刻本。此书从拍卖店得来，品相极佳，完好无缺。书中清帝“御名”从康熙玄烨到光绪载湉，一个也不缺笔，叫人疑心这是利用明代的版片来印的书。可牌记赫然写着“光绪丙申新镌”，书中也无字迹漶漫、版片断裂的痕迹，故不属“明版清印”。比较合理的解释是：清朝帝祚传到光绪，已是强弩之末，“东风”无力，接近“寿终”，朝廷“避讳”的禁令已经无人重视，于是刻书时就出现不避清讳的情况。这些年明版书越来越珍稀，我想，如果把《奎壁礼记》的牌记撕掉，冒充明版书高价出卖，说不定能瞒过一些鉴定版本时迷信“避讳”的所谓藏家呢。不过，如此毁坏文物古籍的蠢事，即使多给几千元，要我下手，我也于心不忍的。

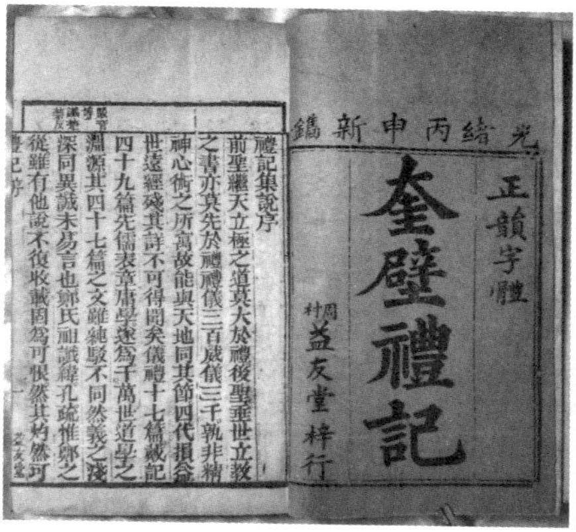

《礼记》清代光绪周村益友堂刻本

（原文载 2015 年 5 月 15 日《图书馆报》“图林漫步”版）

“猎书”小记（三）

——影印善本古籍三则

《古诗源》（线装一函四册）

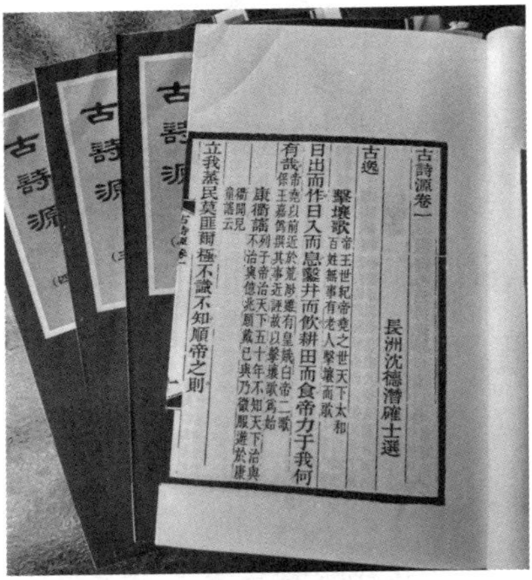

《古诗源》
广东人民出版社 1975 年出版

1970 年代影印的古籍线装书，其底本、用纸、版面、规格、文字、墨色乃至装订、包装等都极为考究。这类书，以中华书局和上海人民出版社的最具代表性。因属精工细作，印数少，档次高，故备受收藏者推重，价格可比明清时期的善本。

此书据清代光绪十七年（1891）湖南思贤书局刻本原大影印，广东人民出版社 1975 年 3 月出版，全书线装四册，定价七元八角。笔者是广东人，“文革”期间广东人民出版社印制的线装书仅此一种，出于地域情感，就上网买了一套，作为纪念。

《古诗源》开本宏大，格调清雅，文字娟秀，墨色均匀，乌黑如漆，是古籍影印版本中的佼佼者。可惜其纸张是现代机器生产的白纸，质地坚实平滑，捧在手里，感觉沉甸甸的，不如传统的毛边、玉扣、宣纸等等来得轻便和舒适，这是不足。

《百城烟水》（线装一函五册）

《百城烟水》中国书店 1979 年出版

此书挂名北京古籍出版社出版，实则中国书店 1979 年 3 月影印，这一点，中国书店的《图书目录》（1978—1986）已有说明。其底本为清康熙年间影翠轩原刻本，内容记载苏州一府八县的风景名胜，如山水、寺院、园亭等，并系以前人题咏及编者（徐崧、张大纯）的诗作，以资登临吟诵。书名《百城烟水》，语出《华严经》“福城东际，童子南询，百城烟水渺无垠”句。实际所记，仅府城一座，县城八座，没有“百城”之多。据《中国古籍善本书目》记载，此书仅存康熙影翠轩原刻本数部，分藏于北京、上海、苏州等地图书馆，此外未见续刻。1990 年代以来国内拍卖会及孔夫子旧书网，均未见刻本交易的记录。目前市面流行的都是中国书店的影印本。

《百城烟水》
中国书店 1979 年出版

是书行格疏朗，线条纤毫毕现，秀雅的文字略带稚拙，古籍善本的风貌在现代印刷技术条件下得到了充分的展现。如果不是缺欠木版书的凸凹不平感，难免不当它是康熙年间影翠轩的原刻本。

《野菜博录》（线装一函三册）

《野菜博录》，明鲍山著，介绍野菜四百三十五种，每种野菜配图一幅，明代天启间刻行。此书刊本传世极稀，查《中国古籍善本书目》《增订四库简明目录标注》等目录，此书明刻本仅见两部，分藏于天津图书馆、南京图书馆，此外就是抄本和民国间的影印本。

《野菜博录》中国书店 1996 年出版

1996 年 3 月，中国书店据民国乙亥（1935）夏四月陶风楼影印明刊本再度影印若干部，新华书店很快售罄。数年前，笔者在旧书网上购得此书两套，每套一百余元。旋即让出一套，每套三百余元。留下一套自用，算是“白捡”回来的。噫！穷措大成日以书为伴，别无他能，心知此书插画甚多，十分精美，他日涨价势在必行，于是以较低的价钱吃进，以较高的价钱转出，赚点蝇头小费。此等“贱使”，大款豪富自是不屑，然亦可缓解手头窘困，换取一二书册，在一定的程度上满足我对书籍的渴求。这些年物价腾贵，旧书涨价更加惊人，若专靠个人微薄的工资，即使是《野菜博录》这样的现代影印本，恐怕也是可望而不可求，何况其他？

（原文载 2015 年 7 月 24 日《图书馆报》“图林漫步”版）

“猎书”小记（四）

——《增补类腋·人部》完璧记

大凡喜欢读书、藏书的人，家里或多或少都有一些不成套的书。这类书，或者有上册，没下册；或者有第一册、第二册，缺第三册、第四册；或者有前集，欠续编……以往信息落后，买书渠道狭窄，这些残缺不全的书，往往数年或数十年甚至一辈子也

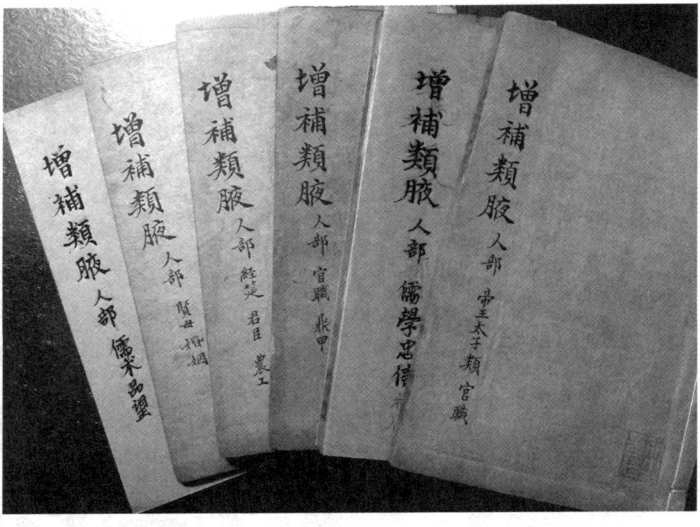

《角山楼增补类腋·人部》，清代咸丰刻本

配不齐，以致成为终身遗憾。时下购书渠道拓宽，除了新华书店，还有众多的旧书店、旧书摊，网络书店更是八面开花，触角伸展到千家万户。什么稀奇古怪的图书，只要能想出名堂，“点击”一下，就能搜索出来。在网络平台里，买书属于举手之劳，把残缺不全的书搭配成套，更是拿手的好戏。近年笔者就通过网络书店配齐《鲁迅全集》（十六卷本）、《中国历史地图集》（八卷本）、《元曲释词》(四卷本)、《藏园群书经眼录》（五卷本）、《汉语大词典》（十二卷本）、《国语正义》（二卷本）等等，了却了多年的心愿。这些新中国成立以来出版的图书，搭配起来相对容易。但是，如果要搭配明、清时期的木刻本古籍，而且要求版本相同、规格一致，那就不是轻而易举的事情了。

《角山楼增补类腋·人部》
清代咸丰刻本

《角山楼增补类腋》，清代姚培谦撰，赵克宜增补，包括《天部》八卷，《地部》二十四卷，《人部》十五卷，《物部》二十卷，总计六十七卷。《贩书偶记》记载此书有咸丰刻本，是清代比较重要的类书。2013 年初，我看见有人在网上拍卖《人部》

当中的四册，品相很好，起拍价为一百余元。当时看的主要是相片，感觉品相这样好的木刻本，四册才一百余元，是便宜的，就“点击”一下，心想这价钱是拿不下来的。谁知这一“点”，“起拍价”就成为“落槌价”。感觉蹊跷，急忙查看拍卖的介绍，原来这书是个残本，只存卷一至卷十，缺欠卷十一至卷十五，而且又是个文字很小的巾箱本，顿时暗暗叫苦。幸好价钱不多，又不想违约，付款算了。此后我时时查看网络，看有没有《角山楼增补类腋·人部》卷十一至卷十五出现，一年过去，毫无踪影，渐渐就把这事给忘记了。

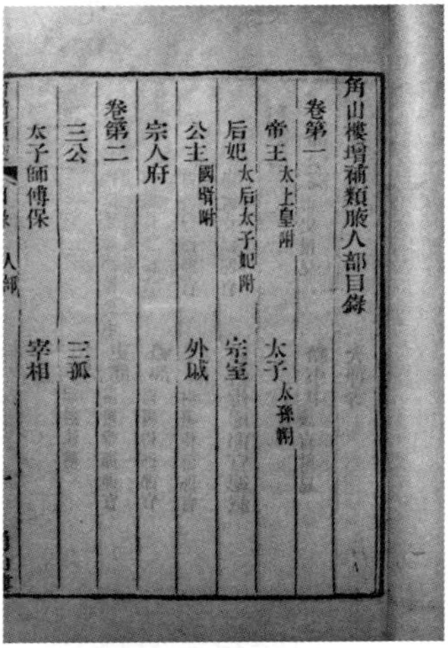

《角山楼增补类腋·人部》
清代咸丰刻本

这些年因为想买点线装书，颇为关心书市行情，感觉近来木刻本越来越贵，完整成套的书，涨幅更猛，价格的飙升叫人无法承受。于是，我就把多年来有意无意收到的线装书残册翻出来，登记一下，计有：清代乾隆官刻《孟子》，缺卷一至卷三；清代同治官刻《尔雅》，缺卷四至卷十一；清代同治刻《史鉴节要便读》，缺卷一至卷三；清代咸丰刻《角山楼增补类腋·人部》，缺卷十一至卷十五；清代光绪刻《晏子春秋》，缺卷五至卷七……我把这些“缺本”记录在笔记簿上，方便时就上网查查，或许能碰碰运气，补足一二种。不想在 2015 年 6 月中旬的一天，我百无聊赖地键入“类腋”二字时，屏幕上突然显现十余本《类腋》的残册，其中《天部》一本，《地部》三本，《人部》四本，《物部》三本。这四本《人部》中，有两本正是我缺欠的卷十一至卷十五，不禁窃喜。我不动声色，等拍卖时间将要结束，才把这两本书竞拍回来。好在没人争夺，得手颇为顺利。由于兴奋、激动，我顺手“点击”回《地部》残本三册，另外的《天部》《物部》，因有网友竞价，就放弃了。

拍卖结束，我付了款，嘱咐对方妥善包装寄来。总计十五卷六册的《角山楼增补类腋·人部》就这样搭配齐全，成为“完璧”。我将前后两次购置的《人部》放在一块对照，版面尺寸、文字风格、墨色纸张完全一致，不禁感到开怀。不料却因此增加了一种新的残本：《角山楼增补类腋·地部》——缺欠卷七至卷十三（《地部》共二十四卷）。真是旧债未了，新债又添。这些残本何时才能配齐呢？看来也许是遥遥无期，也许会像《类腋·人部》一样，“绝处逢生”。结果如何，姑且走着瞧吧。

（原文载 2015 年 8 月 7 日《图书馆报》“图林漫步”版）

“猎书”小记（五）

一、和刻本《刘向新序纂注》

《刘向新序纂注》日本文政五年刻本

《刘向新序纂注》十卷，日本长沼武井骥（字千里）纂注，东京书林嵩山房藏版，日本文政五年（1822）刊行。此书以明代嘉靖刻本为底本，“参阅众本，搜索诸家”，“列举同异”，对《新序》中的字、词、句全面地释疑解难。其纂注《新序》主要采用三种方式。其一是诠释词义。如“孝友”二字，下引《尔雅》：“善父母曰孝，善兄弟曰友”；人名“卫灵公”三字，下注：“灵公名元，襄公庶子”。其次是指明出处。如“下愚不移”句，下注出处：“《论语》：‘唯上智下愚不移’”；“唯鹊有巢，唯鸠居之”句，下注出处：“《诗·召南·小雅·鹊巢》”。其三是列举同异。如“楚王问君臣”句，下注：“《楚策》作‘荆宣王’”；“天报之以福”句，下注：“《列女传》作‘阳报之（以福）’”。诸如此类，不一而足。作者武井骥是日本人，他精通汉学，娴熟经史百家，各种逸文旧典、疑难问题随手拈来，溯源追根，详尽解说，其深厚的中国传统文化功底令人膺服。

《刘向新序纂注》牌记

此书卷末有日本文政五年（1822）松平定常后序，称：“千里学无方，好读百家之书，居恒谓自《左》（《左传》）、《国》（《国语》）至《荀》（《荀子》）、《韩》（《韩非子》）、《淮南》（《淮南子》）、《法言》（《扬子法言》）等，古人皆有注解，而于刘向独无之。至近时邦人注其《说苑》而未及《新序》，岂非遗憾乎？博引旁综，积思累校，作《新序纂注》

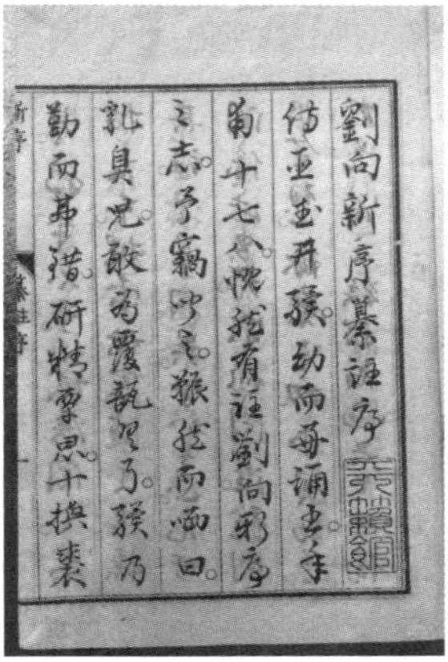

《刘向新序纂注》序文

若干卷。”

读此可知，作者武井驥乃酷嗜中华文化的汉学专家，他目睹《新序》一书自汉代以来，近两千年间未曾有过注释，深感遗憾，遂“博引旁综，积思累校”，于公元1822年（日本文政五年，中国道光二年）完成研究《新序》的拓荒性著作——《刘向新序纂注》。这比我国同类著作如《新序校释》（石光英著）、《新序校注》（张国铨著）的编成出版，早了一百多年的时间。

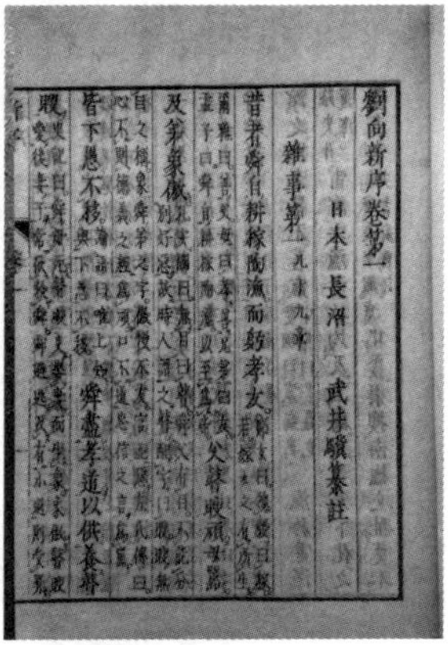

《刘向新序纂注》正文

《刘向新序纂注》线装四册，白麻纸（即日本皮纸）印制。其书版框高20.5厘米，宽14厘米，半框9行，行19字。单边，白口，单鱼尾。版心上方镌“新序”二字，中间刻卷数，下方是页码。其版面一如中国古书之格式，加之纸张白皙，墨色甚佳，保存完好，更是注释《新序》的开山之作，字里行间虽然带有恼人的“苍蝇脚”（即片假字），但笔者亦颇为珍重。

（原文载2017年3月24日《图书馆报》“漫步”版）

二、光绪崇德堂刻本《鼠疫汇编》

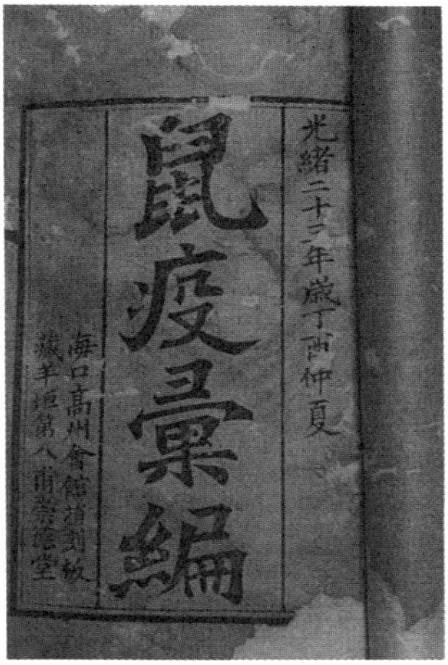

《鼠疫汇编》
清代光绪二十三年崇德堂刻本

《鼠疫汇编》，清末石城（今广东湛江廉江市）医家罗汝兰编著。此书是作者依据吴宣崇（广东吴川人）的《治鼠疫法》并结合个人的临床经验编著而成，是我国现存最早的防治鼠疫专著。作者罗汝兰为清代光绪十二年（1886）岁贡生，曾分发琼州训导。他目睹石城、高州等地的鼠疫，“乡复一乡，年复一年，为祸烈矣，为患久矣”，遂“遍阅方书”，探求医治，却“无对症者”。后偶阅《医林改错》，领悟到：“鼠疫一症，初起于红肿，结核如瘰疬，或忽起于不自知，或突起于所共见”，正是“热毒成瘀”所致，就提出用清热化瘀的“解毒活血汤”医治鼠疫，并撰成《鼠疫汇编》加以推介。因作者提出的治法疗效显著，为时所需，各地纷纷效仿，《鼠疫汇编》因此广为流传，先后出现翰元楼、崇德堂、翰宝楼、明经阁、郁文堂、杨宅等刻本，还有各种的石印本和铅排本。医治鼠疫的特效药链霉素出现后，鼠疫的发生及流行基本得到控制，此书被医界忽略，渐至湮没。

加上《珍本医书集成》《全国中医图书联合目录》等书的失收和误导（前者收入《鼠疫约编》，不收《鼠疫汇编》；后者著录《鼠疫汇编》时误为《鼠疫约编》），此书一度被视为“亡佚”。21世纪初“非典”流行，为了借鉴传统中医药防治烈性传染病的经验，沉睡在图书馆里的《鼠疫汇编》被找出并再度得到医界的重视。

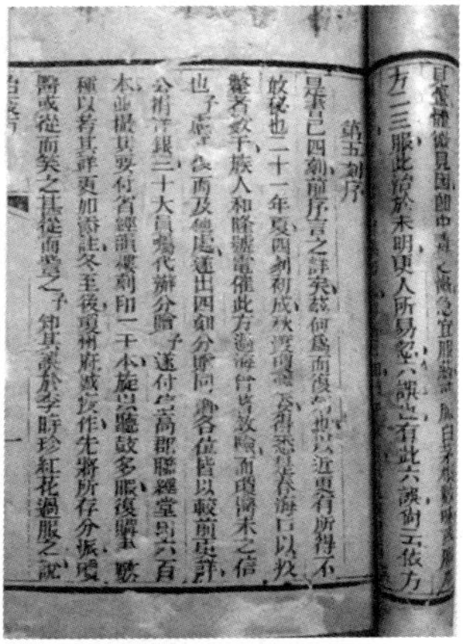

崇德堂刻本《鼠疫汇编》第五刻序

这本《鼠疫汇编》是清光绪二十三年（1897）崇德堂刻本，购于孔夫子旧书网。卖方介绍此书时在相片上做手脚，隐瞒了真相，收到时，我才知道虫蛀严重，大部分书叶已经千疮百孔，算是买了“废纸”。其时孔夫子旧书网还没有实行中介保护，要求退货，卖方耍无赖，硬是不肯，不得已，只好“牙齿流血吞下肚”，自认“失手”交了学费。

好在此书是我家乡粤西（作者罗汝兰为广东湛江廉江市雅塘镇陀村人）的地方文献，笔者多年来致力搜求此书，已收集到光绪二十五年（1899）明经阁刻本、光绪二十七年（1901）蓉园重雕本等，而光绪二十三年（1897）崇德堂刻本家里除此之外尚没有第二本。我想，如果花时间将其修复，这样既可延续此书的寿命，又能“变废为宝”，增加《鼠疫汇编》一个新的藏本。于是就在2016年国庆长假期间修补此书。虫眼稀疏的，就一个一个地粘贴；虫孔密集的，就用大块纸张整叶托裱……家里没有铡刀，补好后我带着书到打字店去切割书边。这店老板大概一辈子也没有见过古旧书，以为古书也像他商店里的A4、B5纸，想要就有呢。看见生意少，他一脸的不屑，抓过书来没有细看挥刀就“砍”，结果，该切的地方没有切，不该切的反倒给切去，转眼间“长方形”被“砍”成了“梯形”，叫人哭笑不得。正是刚刚摆脱蠹鱼的“利口”，又遭遇斧斤的“毒牙”，看看店老板那满不在乎的神态，我的鼻子都给气歪了。

2017年4月10日修改

（原文载2017年5月5日《图书馆报》“漫步”版）

“猎书”小记（六）

——光绪思贤讲舍刻《晏子春秋》

《晏子春秋》
清代光绪壬辰年思贤讲舍刻本

晏子本名晏婴，是我国古代充满智慧和正义的历史人物，他生活在春秋时期的齐国，是著名的政治家、思想家和外交家。出使楚国时，面临对方诱使他“钻狗洞”的作弄，他从容应对：“使狗国者，从狗门入，今使楚国，不当从此门入。”遭遇“齐人善盗”的无端侮辱，他严正地辩解，说：“橘生于淮南则为橘，生于淮北则为枳。今民生长于齐不盗，入楚则盗，得无楚之水使民善盗耶？”这些故事彰显了身为外交家的晏子果敢机智、能言善辩、不辱使命的形象，《晏子春秋》因此也声名卓著、广为流传。明、清尤其是近、现代以来，各种刻本、印本层出不穷，不可胜计。笔者因为喜爱晏子的故事，早已备有此书的《诸子集成》本（张纯一撰）、《新编诸子集成》本（吴则虞撰）、银雀山汉墓竹简本（骈宇骞校释）、浙江书局本（上册，存卷一至卷四）、湖南思贤讲舍本（下册，存卷四至卷七）。由于前三者是普通的精装或平装本，后二者为木刻线装残册，故笔者一直感到不满意。2016 年 11 月，我在旧书市场遇到一部清代光绪壬辰年（1892）思贤讲舍刻的《晏子春秋》，线装二册，索价一千六百元。因为中间

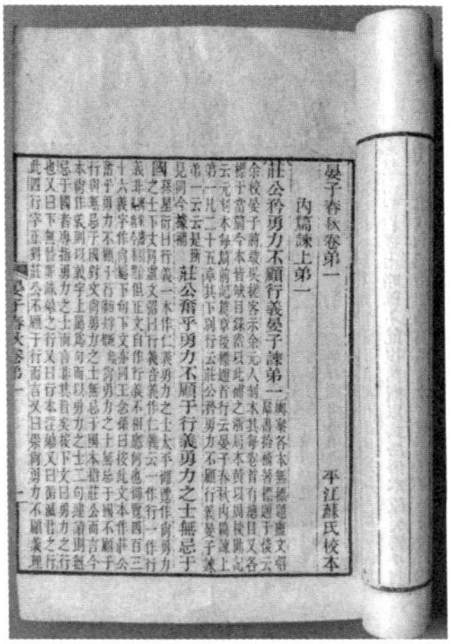

《晏子春秋》正文

已有虫蛀，议价时卖方略有折减。考虑到这些年旧书市场出现的《晏子春秋》主要有明代凌氏刻朱墨套印本、清代乾隆经训堂刻本、清代嘉庆全椒吴氏刻本、清代光绪浙江书局刻本、清代光绪崇文书局刻本，此外还有民国《四部丛刊》本、民国《四部备要》本、民国《古书丛刊》本、民国《子汇》本等，前四者为木版刷印，后四者为影印或者铅排。凌氏朱墨套印本、经训堂本、全椒吴氏本甚是珍罕，价钱甚高；浙江书局本、崇文书局本较为易得，可刻刊又不理想。版刻较佳、偶尔还能见到的就是光绪思贤讲舍的苏舆校本。“此刻以孙（孙星衍）本为主，用诸校本参佐之，

择善而从，谊取其安。”（苏舆校本《晏子春秋·例略》）新中国成立后吴则虞先生所著、中华书局出版的《晏子春秋集释》，正文沿用的就是这个苏舆校本，该刻本之珍善，于此可知。

是书牌记正面为篆体大字“晏子春秋七卷”，背面篆体小字“光绪壬辰年孟秋思贤讲舍刊”。版框高18厘米，宽13.5厘米，半框11行，行24字，左右双边，上下黑口，单鱼尾。中间刻书名、卷数，下刻叶数。其正文为仿宋体大字，注释双行同体小字，较之浙江局、崇文局几乎清一色的宋体或粗黑体大字，更显精巧活络，又富于参差错落的韵致。并且卖主索要的价钱也不比浙江书局、崇文书局本更高，于是，我在对方略微让价之后，毫不犹豫地拿下这部光绪年间湖南思贤讲舍的苏舆校注本《晏子春秋》。

2017年4月2日

（原文载2017年6月9日《图书馆报》“漫步”版）

“猎书”小记（七）

——日本文政刻本《贞观政要》

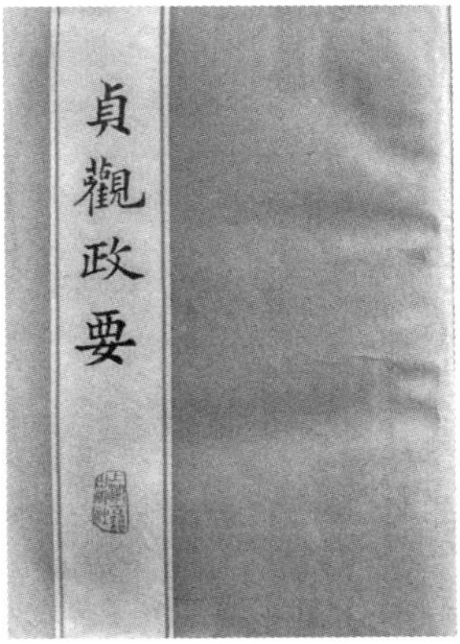
《贞观政要》上海古籍出版社 1978 年出版

唐代吴兢的《贞观政要》是记载唐太宗君臣“嘉言善行，良法美政”的史书。笔者早年读过此书的繁体竖排本（上海古籍出版社 1978 年 9 月第 1 版），里面涉及人生世态和政治事务的隽言警句，甚有魅力，读后印象深刻。诸如：“贫不学俭，富不学奢”，“爱而知其恶，憎而知其善”，“鱼失水则死，水失鱼尤为水也”，“君尤舟也，民尤水也。水所以载舟，亦所以覆舟”，“用得正人，为善者皆劝；误用恶人，不善者竞进”，“君视臣如手足，臣视君如腹心；群视臣如粪土，臣视君如寇仇”，“明君使人如器，皆取士于当时，不借材于异代。岂得待梦傅说、逢吕尚，然后为政乎？”……这些充满智慧和辩证哲理的短语，或来自民间俚谚，或源于古时经典，或出自唐太宗君臣之口，至今依然闪烁着真理的光芒，值得学习和借鉴。

这本繁体竖排的《贞观政要》由上海师范大学古籍整理组标点，底本是影印的元代戈直注本。整理时保留了戈直的注释，删去了柳芳、欧阳修等二十二人的评论，突出了重点。其《出版说明》称："《贞观政要》流传的版本不多，这次我们以上海涵芬楼影印元代戈直注明成化刊本加以标点，并以《旧唐书》《新唐书》《资治通鉴》等书对校，个别地方做了校正。"上海师范大学点校《贞观政要》，只用涵芬楼影印的《四部丛刊》本，足见此书刻本之稀缺。又据《藏园群书经眼录》《增订四库简明目录标注》《中国古籍善本书目》等书记载，《贞观政

《贞观政要》日本文政六年南纪学习馆刻本

要》流传的刻本主要有：宋刻小字本、元刻本、明代洪武三年（1370）勤有堂刻本、明代洪武初南雍刻本、明代成化三年（1467）内府刻本、明代成化十二年（1476）崇府刻本、清代初朱载震刻大字本、清嘉庆扫叶山房刻本……这些古椠或佚或存，时隐时现，多为仅存硕果，稀世之珍。时下流通较多的是日本刻本和涵芬楼《四部丛刊》本。日本刻本有江户（1603—1867）中期翻明代成化元年（1465）刻本、文政元年（1818）刻本，文政五年（1822）刻本、文政六年（1823）刻本。以文政六年（1823）南纪学习馆所刻最为易见，笔者购存的就是这个本子。

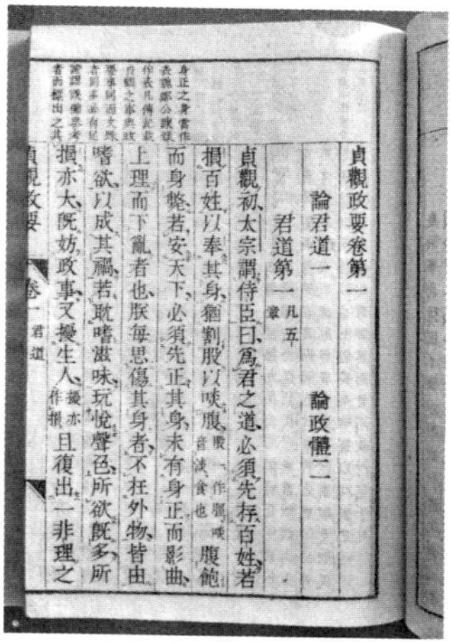

《贞观政要》正文

是书皮纸印制，二节楼版，线装十册，为《增订四库简明目录标注》所著录。其版框高23厘米，宽13.5厘米。“下楼”框高19.5厘米，宽同前，半叶9行，行20字，单边，白口，双鱼尾。版心上刻“贞观政要”，中刻卷数及叶数。卷首有日本文政五年（1822）南纪学习馆督学山本惟孝序，依次是明宪宗序、吴澄题词、郭思贞序、戈直序、集论诸儒姓氏、吴兢序……卷末为文政五年(1822)南纪学习馆讲官山本元恒后序。版权页右书“文政六年癸未正月发兑”，接着是写样人和刻工的地址、姓名：“笔耕，大阪峰岸正吉。雕工，京都井上次兵卫”。考察书中的序言、正文、注释、诸儒集论等因素，此书实际是戈直注本的翻版。像众多的和刻本古籍一样，文政版《贞观政要》也存在文字呆板，开本“矮胖”，字间带片假名等不合国人“胃口”特征，但因此书的明清刻本极度稀缺，几乎绝迹于旧书市场，文政版本的出现，在一定程度上满足了国内藏家对该书刻本的急切需求，实为幸事。

写到这里，附加几句。笔者文政版《贞观政要》购于河南省钧雪堂，收到后发现第十卷缺欠第三叶。经过联系，卖家恰好还有此书残册第十卷，于是拆下第三叶寄来。笔者所藏，得成“完璧”。

（原文载 2017 年 7 月 7 日《图书馆报》“漫步”版）

“猎书”小记（八）

——思贤讲舍本《晏子春秋》完璧记

笔者曾在一篇短文中说过：大凡喜欢读书、买书的人，家里或多或少都有一些残缺不全的图书。这类书，或者有上卷，没下卷；或者有第一册、第二册，缺第三册、第四册；或者有前集，欠续编……如此之类，不一而足。要把此类残缺不全的书搭配成套，新版本容易，老版本较难；普通版本容易，线装木刻本则难上加难。笔者在书山书海翻爬打滚几十年，经手、经眼的木刻本断简残册不计其数，然而，其中能够搭配成套的，可谓是寥若晨星。

《晏子春秋》清代光绪壬辰年思贤讲舍刻本

湖南思贤讲舍本《晏子春秋》七卷，平江苏舆集校，清代光绪壬辰年（1892）孟秋刻印。此书“以孙（孙星衍）本为主，用诸校本参佐之，择善而从，谊取其安”（苏舆校本《晏子春秋·例略》），是学界、藏家珍重的善本之一。笔者由于仰慕晏子的智慧，很想弄一部木刻的《晏子春秋》来看看。2014 年 7 月，笔者在湖南长沙长怀书社见到此书的下册（思贤讲舍刻本，存卷四至卷七），标价三百元，就与店主联系，要求酌减。店主向先生得到消息给我打电话，同意折价转让。向先生是湖南大学古典文学专业的教师，对古代文献、古籍收藏有精深的见解和研究，谈“生意”时还跟我交流《晏子春秋》相关版本的优劣，态度谦逊友善，给我印象良好。

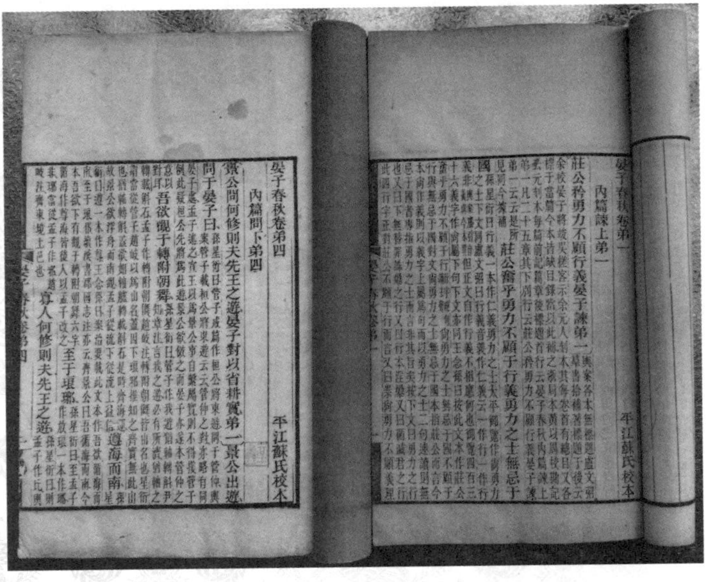

思贤讲舍刻本《晏子春秋》内页左为白纸本，右为竹纸本

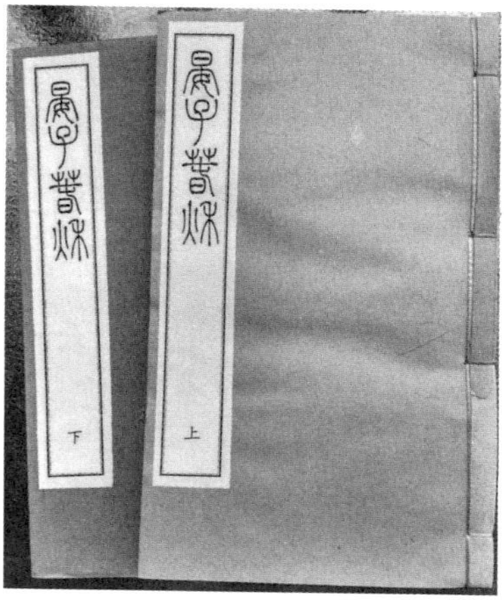

思贤讲舍刻本《晏子春秋》自制封皮、题签

《晏子春秋》下册很快就寄来了。线装，白纸，大开本，墨色黑浓，是比较初印的刻本。书前数叶有些破损，想修补一下，可是找不到同样的纸张，一时不知如何处理。我把顾虑跟向先生说了，他的意见是："善本书不用修补。"想想也是，这书纸张很薄，如果用其他纸修补，一来颜色有异，二来厚薄不同，硬是粘上去，效果不好。于是我只用牛皮纸加固封皮，并贴上写有书名的标签。

思贤讲舍刻本《晏子春秋》，一般分装两册。有了此书的下册，我得陇望蜀，又想得到上册。我隔三岔五地上网查找，如此坚持两年多，其间目击过此书的浙江书局本、崇文书局本、新化三味书局本、四部丛刊本、古书丛刊本、石印本……却没有我需要的思贤讲舍刻本。2017 年 9 月，我在电脑上键入"晏子春秋"四字，屏幕上突然出现一行字："清代官刻本、大开本、初刻初印《晏子春秋》卷首一厚册"！这条略带噱头的信息令我兴奋非常。仔细看去，正是光绪年间湖南思贤讲舍的《晏

思贤讲舍刻本《晏子春秋》自制函套

子春秋》上册，即我缺欠的卷一至卷三，而且也是大开本。可惜尺寸规格不同，比我的下册小了一些，又是竹纸。二者虽有差异，但却是同一版本，若搭配成套亦无伤大雅。此书起拍价五百八十元，我想：即使以底价竞得，加上佣金、邮费，至少也要六百多元。作为不成套的残册，还是贵了。于是，我不动声色，静观其变。两天后，拍卖“流产”。接着，卖家又以五百八十元的底价上拍，如此再三，但均以流拍告终。卖家沉不住气了，将底价减至三百八十元。我估算一下：这个价加上佣金、邮费，共要四百多元，还是贵！于是，我“外甥打灯笼——照旧（舅）”，不予理睬。十几天后，卖家兜不着主顾，不免气馁，把底价削减为二百九十元。我揣摩时机已到，不能等了。如果价钱再低，竞拍者会蜂拥而至，争抢起来，眼睛发红，丧失理智，后果更糟。因我已拥有此书下册，尽占优势。这个价钱，对他人是高价买次品，于我是“捡漏”占便宜，相信没人跟我“抬杠”。主意拿定，就在拍卖即将结束时，我果断地点击“出价”按钮。过了三十分钟，查询拍卖纪录，果然不出预料：此书仅我一人参拍，没有“搅局”的竞价者。

十天后书寄过来，我用相同的纸张（从古书里拆下竹纸）补好破损书叶，扣上跟下册一样的书皮，粘上书名的标签，这部清代光绪十八年（1892）思贤讲舍本《晏子春秋》终于配套成功，成为“完璧”。我亦收获了由于古籍“破镜重圆”而带来的欣喜和激动！

2017 年 11 月 29 日

《古文真宝》中的《陋室铭》

《古文真宝》前后集，日本天明刻本

日本在古代曾经是中国文化的热心学习者、研究者，从平安时代（8 世纪末至 12 世纪末）的遣唐使和留学生开始，至明治时期（19 世纪 60 年代至 1910 年代初），日本引进及翻刻了大量的汉籍。日本热心研究汉籍，不管其主观意向如何，客观上却起着传播和保护中国文化典籍的作用。由于长期的引进和翻刻，一些在中国本土濒临绝迹甚至早已失传的古书，在日本却有流传（如《群书治要》等），通过相互交流得以回归，从而填补了相关资料的欠缺，解决了很多悬而未决的疑难，推动了学术文化的研究。

和刻汉籍《古文真宝》，全称《魁本大字诸儒笺解古文真宝》，宋代黄坚编集（书中没有写明编者的年代，本文采用目前最流行的“宋代黄坚”说）。全书分前、后二集，其中前集三卷，后集二卷，收录唐、宋以前的诗歌、文章共计二百八十余篇，体裁包括：五言古、七言古、长短句、歌、行、曲、辞、赋、说、序、箴、铭、文、碑、论等，选取的都是人们乐于传诵的名篇，并且有诸儒如黄山谷（黄庭坚）、朱文公（朱熹）、吕东莱（吕祖谦）、迂斋（楼昉）、

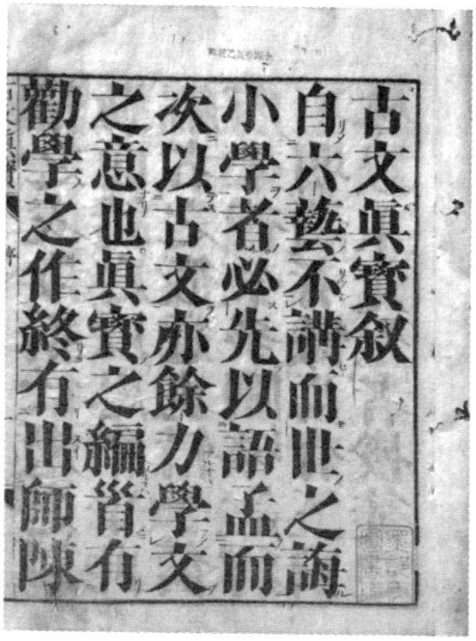
古文眞寶叙
自六藝不講而世之論
小學者必先以語孟而
次以古文亦餘力學文
之意也眞寶之編皆有
勸學之作終有出師陳

《古文真宝》

《古文真宝》日本明治刊巾箱本

谢叠山（谢枋得）等人的笺解，类似《唐诗三百首》和《古文观止》，是一部主要流行于民间的通俗文学选本。

《古文真宝》在宋代的情况难以查考，元、明二代多次刊行，流传广泛，影响深远，曾经传入皇宫，得到明孝宗和明神宗的赏识，“御笔”为之题跋、作序，事见清代乾隆年间编撰的《天禄琳琅书目》。入清以后，此书未见刊行，《四库全书总目》亦无记载，自此三百年间国内无人知晓，几近失传。直到1978年全国普查古籍善本，才发现此书的一部元刻本（残本）、两部明刻本，都成为硕果仅存的“国宝”文物，记录在1998年出版的《中国古籍善本书目》（集部）。此书虽一度在中国本土湮没无闻，但在日本、朝鲜，却备受推崇，据说还被当作古典文学的“教科书”，屡屡翻印，广为流传，以致留下了大量的刻本。笔者近来就得到日本的元禄刻本、天明刻本、文化刻本、天保刻本、安政刻本，还有明治年间的巾箱本。（元禄、天明、文化、天保、安政、明治等，都是日本的年号）

和刻本《古文真宝》后集收录了署名“刘禹锡”的《陋室铭》（国内仅存的元刻残本《古文真宝》亦收此文，详见姜赞洙的研究文章《绍兴发现的现存最早的〈古文真宝〉》），铭文八十一字，与现行本无异。关于《陋室铭》，前些年舆论界异说纷呈。有人认为此文不见于刘禹锡的《刘梦得文集》和《刘宾客集》。

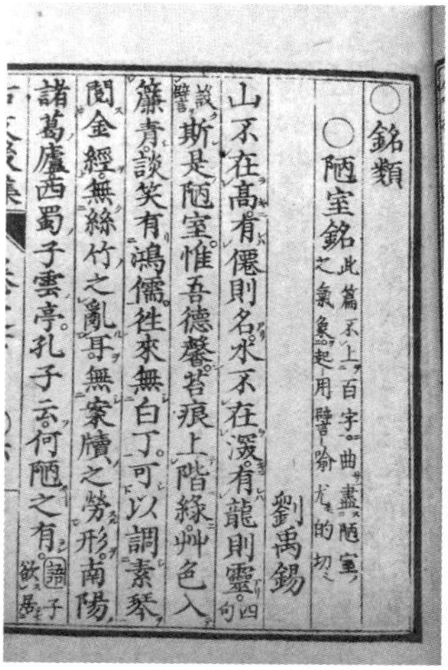

○銘類
○陋室銘 此篇不上百字曲盡陋室之氣象起用譬喻尤的切
劉禹錫
山不在高有僊則名水不在深有龍則靈 四句譬喻
斯是陋室惟吾德馨苔痕上階緑艸色入簾青談笑有鴻儒往來無白丁可以調素琴閲金經無絲竹之亂耳無案牘之勞形南陽諸葛廬西蜀子雲亭孔子云何陋之有 辨子欲居

《古文真宝》中的《陋室铭》

《古文观止》《全唐文》虽然收录，但二书都是清人编纂的，隔时太远。况且前书又是坊间俗本，后书收录文章不注出处。加之《新唐书·崔沔传》有一条材料，说“（崔沔）俭约自持，禄禀随散宗族，不治居宅，尝作《陋室铭》以见志”，于是断定《陋室铭》作者不是刘禹锡，而是唐代的崔沔（参见中华书局《文史知识》1996 年 6 月第六期《〈陋室铭〉作者辨析》一文）。此论虽然缺少必要的证据，却颇能炫人耳目。和刻本《古文真宝》的回归，让我们能充分领略更早编成的、主要流行于民间的传统范文读本。书中署名“刘禹锡”的《陋室铭》，为前些年开始的铭文作者纷争补充了全新典范的书证材料，有了这份材料，有关铭文作者的种种“新探”及“异说”，理当不攻而自溃。

（原文载 2015 年 1 月 16 日《中国商报·收藏拍卖导报》。刊出时，题目改为《和刻汉籍 墙内开花墙外香》。又刊于 2017 年第 9 期《书屋》杂志）

搜求"明刻本"的故事

数年前受到朋友的鼓动，我喜欢上木板线装古书的收藏，于是买了几种清刻本。有官版，更多是坊刻；有完本，更多是残册；有套书，更多是零本。我仔细观摩其纸张、墨色、版面、字体、刀法等，从此着迷，不忍释手。"领教"了清刻本，我得陇望蜀，又想弄一套明刻本来看看。但明刻本绝非当今中小学生复习考试

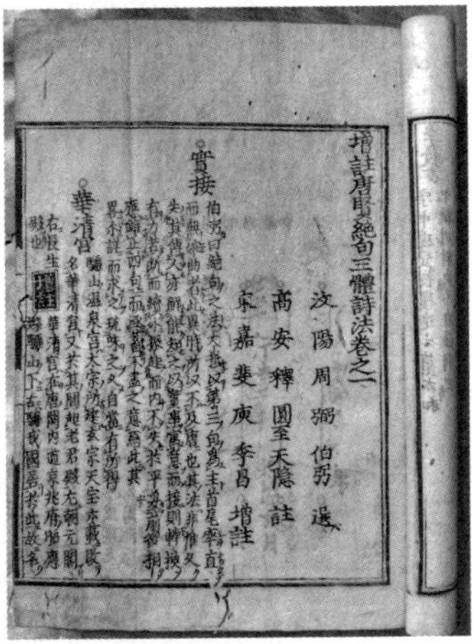

《增注唐贤三体诗法》
日本宽永七年刻本

的参考资料，想买就有。查看《鲁迅全集》可知，早在民国初年，鲁迅先生就把"明刻本"列为"骨董书""宝贝书"，声称"非大力者不能致之"。近年的学人、藏家，也不时发出"插架虽过万轴，明版却无一帙"的慨叹。甚至有将冷摊得来的残卷烂册，考证为"明版书"，在报章杂志上"晒"出来，津津乐道，向世人炫耀。更有人专门计算时间的"账目"：明末清初离宋代大约三百五十年，那时行情是"一叶宋版一两黄金"；如今

距明末清初超过三百五十年，收集明刻本的难度，已不亚于明末清初收购宋版书……凡此种种告诉我们：明版书依靠挖擦标记冒充宋元刻本才能卖出好价钱的年代，距离今天已经非常遥远了。

当然，也不是说明刻本早已绝迹，片楮不存。实际上，标为“明版书”的残简烂册，市场上正多着呢，但虚虚实实、真真假假，叫人不敢相信。退一步说，即使确凿可信，由于这类书没头没尾，更无牌记，其收藏、研究的价值也要大打折扣。

完整像样的明刻本看来是不敢指望了。但搜书、聚书这些年，不拥有一部明版书，或者说，不拥有一部 1644 年以前的东西，毕竟于心不甘。怎么办呢？我突然发现日本刻印的古书价钱还比较低，于是，决定在和刻本上“做文章”，弄一部虽不正宗但却很完整的“明刻本”。我用尽心计，着重查找日本 16 世纪中叶至 17 世纪初期的古籍，终于得到一部宽永年间的《增注唐贤三体诗法》。此书三卷三册全，宋代周

《增注唐贤三体诗法》
日本宽永七年刻本

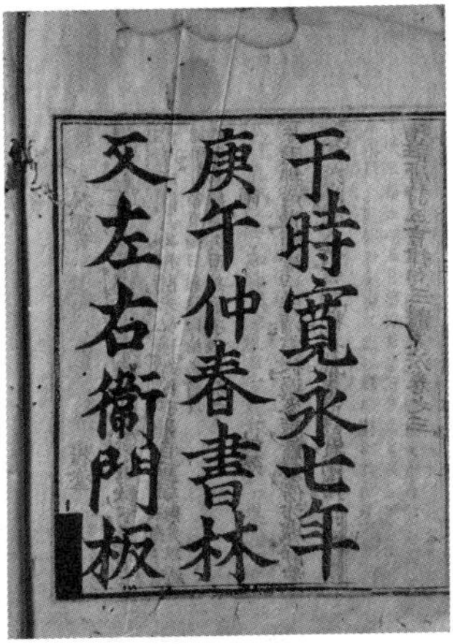

《增注唐贤三体诗法》
日本宽永七年刻本

弼选编，元代释圆至笺注，元代裴庾增注。此书“元以后在我国失传，但在日本有翻印”（见陈斐《〈三体唐诗〉版本考》），书中选录唐代七绝、七律、五律共计四百六十多首，并且以这些诗歌作为例子，介绍写作近体诗的知识和技巧，类似古代读书人的“兔园册子”。此书天头开阔，行格疏朗，字法古拙，版心狭小，颇具元刻本的风范，应当是从元版覆刻而来。其卷首有元代至大年间裴庾序，次为方回序，卷末为大书“于时宽永七年庚午仲春书林文左右卫门板”的刻书牌子。“宽永七年”就是公元1630年，亦即中国明代的崇祯三年。这部《增注唐贤三体诗法》虽不属于正儿八经的明刻本，但毕竟是1644年以前的东西，如果撇开地域的概念，单论版刻的时间，它同样是一部完整的而且有确切刷印标记的“明刻本”古籍。

2014年12月27日

（原文载2015年7月3日《图书馆报》，又刊于2017年第9期《书屋》杂志）

“讼案”颇仍的郭象注《庄子》

郭象注《庄子》新化三味书室刻本

2015 年 11 月 18 日，我收到外地书友寄来湖南新化三味书室刻郭象注《庄子》，此书一函六册，清代光绪二十三年（1897）据明世德堂本翻印，书品至今保存完好，近于完美无缺。翻检后，我心里涌起一阵淡淡的快意：经过这些年的打滚、摸索，我判别、挑选旧书的经验，从无到有，积少成多，如今是越来越老到、越来越精明了。

“因缘”

关于《庄子》一书，我印象很深。20 世纪 80 年代初，我刚毕业离开校园，就借阅了陈鼓应的《庄子今注今译》。之前我读过杨宽的《战国史》，得知《庄子》主张“无为而治”“顺任自然”，但具体的哲学思想，我一无所知。这次我逐字逐句地阅读原文、注释和译文，终于领会《庄子》“无为而治”“顺任自然”的奥秘。

郭象注《庄子》
新化三味书室刻本

《庄子》说：

“匠石之齐，至于曲辕，见栎社树。其大蔽数千牛，絜之百围，其高临山，十仞而后有枝，其可以为舟者旁十数。观者如市，匠伯不顾，遂行不辍。弟子厌观之，走及匠石，曰：‘自吾执斧斤以随夫子，未尝见材如此其美也。先生不肯视，行不辍，何邪？’曰：‘已矣，勿言之矣！散木也，以为舟则沉，以为棺椁则速腐，以为器则速毁，以为门户则液樠，以为柱则蠹。是不材之木也，无所可用，故能若是之寿。’”（《庄子·人间世》）

《庄子》又说：

> “山木自寇也，膏火自煎也。桂可食，故伐之，漆可用，故割之。人皆知有用之用，而莫知无用之用也。”（《庄子·人间世》）

《庄子》的“歪说”，颠覆了千百年来习以为常的“有用”和“无用”，叫人耳目一新。我自小嗜书喜静，处事能力不强，不免招致“百无一用”讥议，我感到迷惘、困苦。庄子通过他的书，为我打开一片全新的天地，我似乎得到推心置腹的知己，于是，沉迷其中，爱不忍释，还买了笔记本，一边阅读，一边抄录原文，并摘录相关注释。大约经过两个月，我阅读、抄写完《庄子》的《内篇》和《外篇》，“杂篇”抄读到《则阳》章，因借期已过，不得已把书还了。1989年，我在广州古籍书店见到《庄子今注今译》，回想当年抄录的《庄子》还缺欠《则阳》后面的篇章，再抄下去又是苦差事，就花钱买

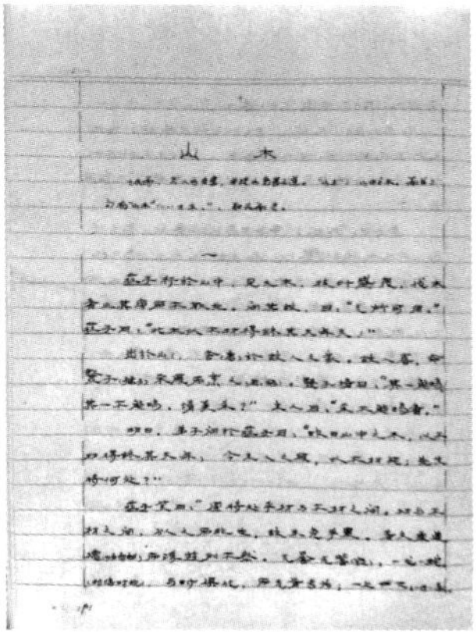

《庄子》抄写本

下这本书，还写了《一本没有抄完的书》的短文发表在上海的《读者导报》——这是我与《庄子》曾经有过的“因缘”。

“讼案”

《庄子》一书，历代注家甚多，现存最早的注本，当属晋代郭象注的《庄子》。但这个“郭注”历来“讼案”不停。一般认为，它是郭象从向秀的注释剽窃而来。如南朝宋刘义庆《世说新语·文学》称：“向秀于旧注外为解义，妙折奇致，大畅玄风，唯《秋水》《至乐》二篇未竟而秀卒。秀子幼，义遂零落……郭象者，为人薄行，有隽才，见秀义不传于世，遂窃以为己注。乃自注《秋水》《至乐》二篇，又易《马蹄》一篇，其余或定点文句而已。”唐代房玄龄所撰《晋书》，亦采录是说。但也有人表示质疑，清初藏书家钱曾认为：所谓郭象“窃向秀解《庄子》为己注，乃自注《秋水》《至乐》二篇，又易《马蹄》一篇”，是“时代辽远，传闻异词”所致，“予览陆氏《释文》引向注者非一处，疑秀尚有别本行世”，“《晋书》云云（即《晋书》记载郭象

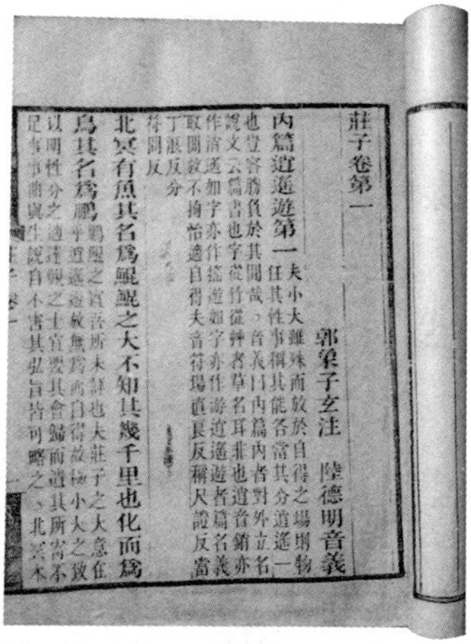

郭象注《庄子》

剽窃），恐未必信然也”（《读书敏求记》“郭象注庄子”条）。由于向秀的注本早已失传，是非真伪，难以对证。因此，这个“讼案”长期以来没有一个明确的结论。清人编纂《四库全书总目提要》曾详细地考察了这个问题，编纂者经过比勘唐代陆德明《经典释文》、晋代张湛《列子注》中所引向、郭二家有关《庄子》的注文，发现向、郭二注虽有所出入，但很多都是“大同小异”，因而指出：“是所谓（郭象）窃据向书，点定文句者，殆非无证”（《四库全书总目提要》卷一四六）。提要虽然没有得出郭象剽窃的结论，但认为前人的揭发是有根据的，绝非空穴来风，不得因时过境迁材料散佚而随意否定，其价值取向十分明显。

竞拍

由于看书、上网过度等原因，我眼睛遭受严重的伤害，手术后视力锐减，于是特别钟爱字体硕大的木刻本古籍。《庄子》是我喜欢的书，曾经给我巨大的震撼，留下深刻的印象，故我极想弄一部木刻的《庄子》来看看。我留心各个时期的交易记录：此书明代刻本大多在两万元以上，清代乾隆以前的刻本一万元以上，光绪年间的刻本三千元左右。掌握了这一行情，我耐心地等待“猎物”的出现。2015 年 11 月初，《庄子》在拍卖会上露面了。此书一函六册，牌记为：“光绪二十三年新化三味书室据明世德堂本校刊”。竹纸，黑口，单鱼尾，左右双边。经查三味书室是清代光绪年间湖南新化陈玉成、陈石擎兄弟创办的书坊，室名寓意“立身行己，要有诗书味；和睦宗族，要有家常味；处世接物，要有人情味”。陈氏兄弟经营书坊甚为卖力，刊行书籍质优量大，堪比官家。此番拍出的《庄子》即为“三味”系列之一种。我见拍品天地开阔，纸墨甚佳，品相完好，当即决定把它拿下。我不动声色，等竞拍价格达到两千五百元时，才“举牌”参与。陆续又有数人加码，竞价很快上升到两千八百元。这时候，拍卖“现场”冷落下来：抱着“拾漏”心态者，企图低价“吃进”者，怀有不良动机者，先后逃遁。“现场”角逐者只剩下我和另外一名。我想：三千元以下绝不放弃此书，不然，下次付出的代价将会更大。我全神贯注，目不转瞬，沉着应战。时间一点一滴地移动，就在拍卖即将结束前的几秒钟内，我毫不犹豫地举牌刷新价格，然后

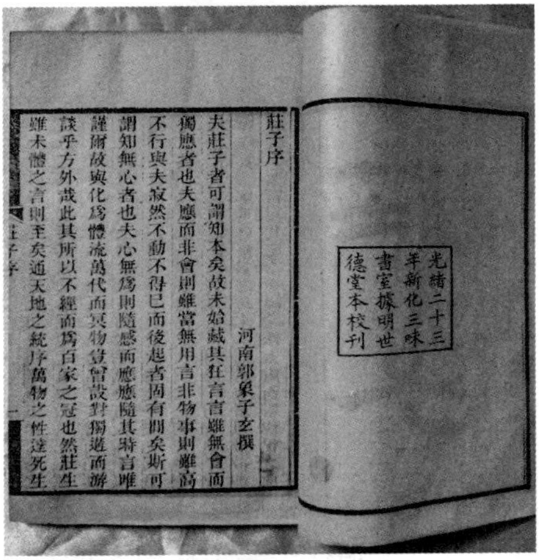

《庄子》序

静坐待候。真是苍天不负有心人，竞拍对手终竟缺欠竞争到底的决心和勇气，以稍逊二十元的价钱宣告“败北”。

2016年2月1日早

（原文载2016年4月24日《图书馆报》“漫步”版。刊出时，题目改为《拍得郭象注〈庄子〉（木刻本）记》，并删去“因缘”一节）

光绪年间的《鼠疫汇编》

一

《鼠疫汇编》是一部预防、医治鼠疫的中医学著作。此书是罗汝兰根据吴宣崇的手稿《治鼠疫法》结合自己的临床经验编著而成，是我国现存最早的一部鼠疫专著。

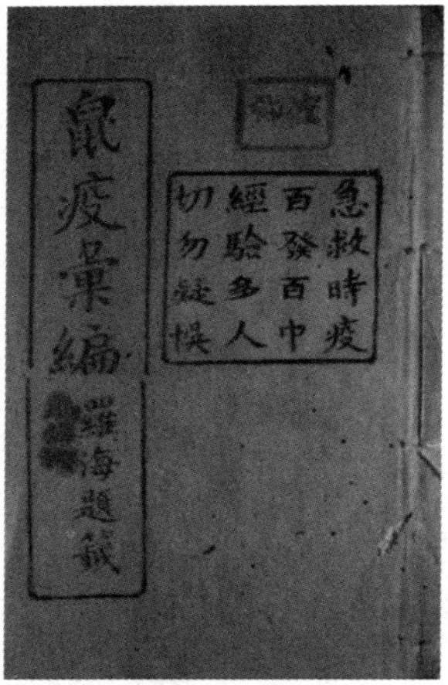

《鼠疫汇编》清代光绪二十五年明经阁本

《鼠疫汇编》的编著者罗汝兰，字芝园，广东省石城县陀村（今属广东省廉江市雅塘镇）人，清代光绪十二年（1886）岁贡生，是湛江历史上著名的中医学家，也是我国历史上著名的鼠疫专家。清代光绪年间，岭南地区鼠疫流行，罗汝兰采用《医林改错》中的“解毒活血汤”加减制成治疫专方进行医治，结果“竟著奇效”，救活了不少患者。后得到吴川朋友吴宣崇《治鼠疫法》手稿，并以之为蓝本，于光绪十七年（1891）至光绪二十三年（1897）撰成《鼠疫汇编》一书。

吴宣崇，字存甫，广东省吴川县（今属广东省吴川市）人，清代光绪八年（1882）贡生，著作有《高凉耆旧遗集》《友松居文集》等，是湛江历史上著名的文化人士。吴宣崇不仅精通诗文，而且深谙中医。光绪年间，吴川、石城等地流行鼠疫，死人甚多，患者中仅有少数服清热解毒药的得以幸免，吴宣崇从中得到启发，于是根据见闻写成《治鼠疫法》。《治鼠疫法》是我国最早的鼠疫专著，可惜早已亡佚，仅有部分内容保存在《鼠疫汇编》等中医书籍中。

二

关于《鼠疫汇编》的版本，今人李禾、李建梅《清末医家罗芝园〈鼠疫汇编〉版本源流考》曾做过介绍。该文溯本追源，条分缕析，介绍了《鼠疫汇编》的七种版本，但亦有遗漏。笔者经过多年努力，搜集到此书五个版本（包括新中国成立后一种），个别版本还是李文所没有的。现以李文介绍的版本为基础，结合本人的收藏，剔除重复，逐一介绍如下：

1. 清光绪二十三年（1897）翰元楼本。木刻线装一册全，规格类似今天的大32开本。四周双边，有界，单鱼尾。版心刻“治疫方”。牌记有：“光绪二十三年岁丁酉仲夏”，“海口高州会馆捐刻，版藏羊垣翰元楼”等字样。

2. 清光绪二十三年（1897）崇德堂本。木刻线装一册全，规格约为今天 32 开本大小。四周双边，有界，单鱼尾。版心刻“治疫方”。牌记有：“光绪二十三年岁丁酉仲夏”，“海口高州会馆捐刻，版藏羊垣第八甫崇德堂”等字样。

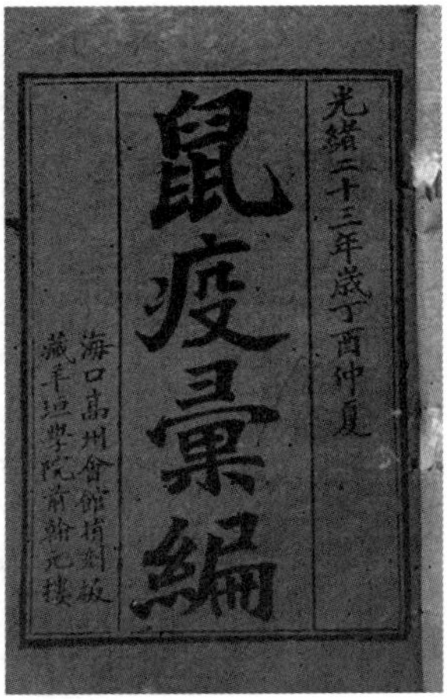

《鼠疫汇编》牌记
清代光绪二十三年翰元楼本

3. 清光绪二十三年（1897）翰文堂本。木刻线装一册全。双色套印，左右双边，无界，单鱼尾。版心刻“鼠疫汇编”。牌记有：“光绪二十三年岁丁酉仲夏”，“海口高州会馆捐刻，版藏羊垣学院前翰文堂”等字样。

4. 清光绪二十四年（1898）翰宝楼本。木刻线装一册全，规格约今天 32 开本大小。四周双边，有界，单鱼尾。版心刻“治疫方”。牌记有：“光绪二十四年重刊”，“翰宝楼藏版”等字样。

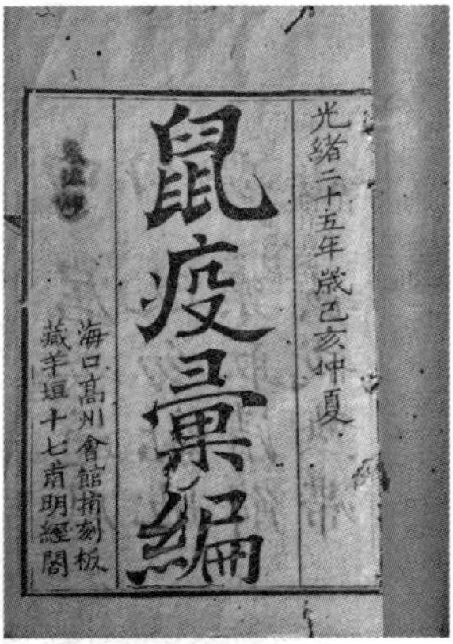

《鼠疫汇编》牌记
清代光绪二十五年明经阁本

5. 清光绪二十五年（1899）明经

阁本。木刻线装一册全，规格约今天 32 开本大小。四周双边，有界，单鱼尾。版心刻“治疫方”。牌记有：“光绪二十五年岁己亥仲夏”，“海口高州会馆捐刻，版藏羊垣十七甫明经阁”等字样。

6. 清光绪二十六年（1900）郁文堂本。木刻线装一册全，规格约为今天 32 开本大小。四周双边，无界，单鱼尾。版心刻“鼠疫汇编”。牌记有：“光绪二十六年庚子冬南安县署集同人重锓”等字样。

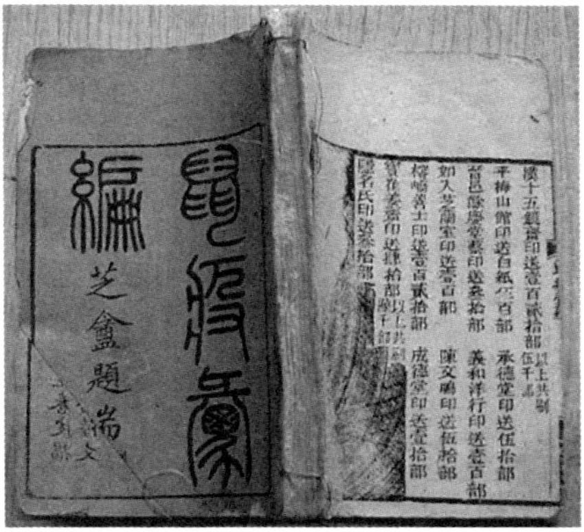

《鼠疫汇编》牌记
清代光绪二十七年蓉园重雕本

7. 清光绪二十七年（1901）杨宅本。木刻线装一册全，规格类似今天的小 32 开本。左右双边，无界，单鱼尾。版心刻“鼠疫汇编”。牌记有：“光绪辛丑端午蓉园重雕”，“版藏虎节河沿杨宅，要印送者向鼓楼前陈文鸣刻字店，不取版租”等字样。此本刻刊地点在福建，较罗氏原本增加“闽粤治案”一条，治疫验方近五十条。

8. 清宣统三年（1911）天津大公报馆铅印本。小 32 开本。

四周双边，有界，单鱼尾。版心刻“治疫方”。牌记有：“宣统三年辛亥重刊”，“天津大公报馆铅印”等字样。

9. 民国间铅印排本。平装一册全，繁体竖排，32 开本，72 页。正文第一页题：“鼠疫汇编”，著者项题：“吴川吴宣崇子存原本，岭南罗汝兰芝园增辑”，卷末“附刻治鼠疫验方（三条）”。

10. 广东科技出版社影印本。精装一册全，32 开本。此书根据广东省立中山图书馆馆藏清光绪二十三年（1897）翰元楼刻本影印，2008 年 12 月出版发行。前面有邓铁涛《序》，李剑《前言》，张毅之《影印说明》。可惜邓序把《鼠疫汇编》作者罗汝兰的籍贯误为“儋州”（海南）。

现存最早的鼠疫专著《鼠疫汇编》，系统地总结了利用中医学原理防治烈性传染病的经验和方法，凝结着我国古人的智慧和心血。此书的作者罗汝兰是广东湛江（廉江市）人，书中谈及的患者和鼠疫发生地，基本上都是在湛江，这有助于人们了解湛江古代的疫情。加之行文规范，措辞风趣而不失地方特色，读来如聆乡音，倍感亲切。《鼠疫汇编》是湛江先贤奉献给祖国中医学界的一朵奇葩。

2013 年 10 月 22 日

（原文载 2013 年 11 月 18 日《藏书报》）

《鼠疫汇编》的编写和刻印

一

预防、医治鼠疫的中医著作《鼠疫汇编》，是罗汝兰根据自己的临床经验结合吴宣崇的手稿《治鼠疫法》编著而成，是我国现存最早的研究鼠疫的专著。

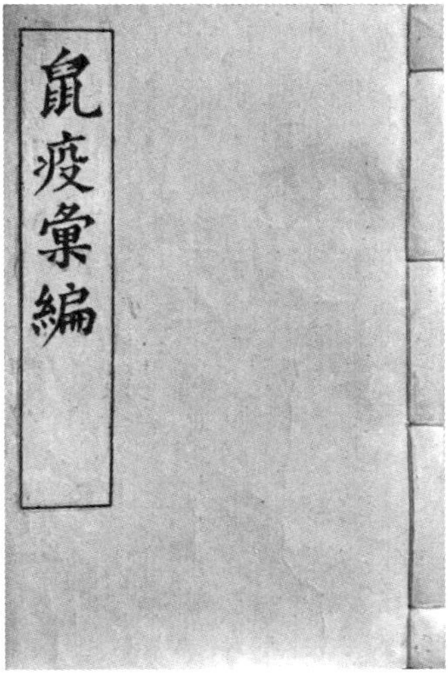

《鼠疫汇编》自制封面

罗汝兰，字芝园，广东省石城县陀村（今属广东省廉江市雅塘镇）人，他的生平仅见民国《石城县志》，但字数寥寥，说他是“陀村人，光绪十二年（1886）岁贡生，分发琼州训导[①]”。近年的杂志、网络关于他的文章不少，但侧重评述《鼠疫汇编》的医学成就，基本不涉及他个人的经历。因此，关于罗氏生平

① 训导：学官名。明清时期府、州、县儒学的辅助教职。

的资料，还有待于进一步挖掘。

《鼠疫汇编》自制牌记

吴宣崇，字存甫，广东省吴川（今属广东省吴川市）人，清代光绪八年（1882）贡生，举人吴懋清[①]的孙子。他藏书丰富，能继承家学，著作有《高凉耆旧遗集》《友松居文集》等，是湛江历史上著名的文化人士。吴宣崇不仅精通诗文，而且深谙中医。光绪年间，吴氏目睹当地鼠疫流行，死人甚多，患者中仅有少数服清热解毒药者得以幸免，他从中得到启发，于是根据见闻写成《治鼠疫法》一书。《治鼠疫法》是我国最早的鼠疫专著，但早已亡佚，其部分内容保存在《治鼠疫传染良方》《鼠疫症治》《鼠疫汇编》等中医书籍中（据吴文清《中国第一部防治鼠疫的专著——〈治鼠疫法〉》）。

① 吴懋清：字迴溪，清吴川人，嘉庆十五年（1810）举人。潜心经传训诂之学，著书两百余卷。

二

《鼠疫汇编》于清光绪十七年（1891）编成第一稿付印，“因其简便有效，为时所需，自初刻起即广泛流传”[①]，每隔一两年就要增订重刻一次，到光绪二十四年（1898）作者写出《鼠疫汇编辨误弁言》时止，前后八年时间，《鼠疫汇编》一共刻印过五版。

光绪崇德堂本《鼠疫汇编》牌记后的“四句要语”

1. 光绪十七年（1891），第一版刻印。

罗汝兰决定编写《鼠疫汇编》，是在光绪十七年（1891）年冬季。这一年春天，鼠疫从安铺（今属湛江廉江市）流传到石城县城。身为业余医生的罗汝兰“偏阅方书”，但都找不到对症的药方。一次，他偶然翻阅《医林改错》[②]，书中谈到“道光元年（1821），京师时疫，日死人无数”，病因是“热毒中于血管，

① 李禾，李建梅《清末医家罗芝园〈鼠疫汇编〉版本源流考》。
②《医林改错》：医书，二卷。清代王任清撰。书中纠正前人关于腑脏记载的错误，对血瘀等病的证治见解独到。

血壅不行。夫已壅不行，必然起肿”，于是恍然领悟，意识到“鼠疫一症，初起红肿，结核如瘰疬[①]，或忽起于不自知，或突起于所共见”，这同样是“热毒成瘀”所至。于是他采用《医林改错》中的“解毒活血汤”加减制成治疫专方进行医治，结果“竟著奇效”，救活了不少患者。

到了冬天，罗汝兰遇见吴川的朋友吴宣崇，并得到吴氏编写的《治鼠疫法》手稿，读完后十分赞赏，就与茂名的许经畬（人名，生平不详）“论列此方[②]，随症加药，嘱书其后，而附于诸君子之末。爰捐赀付刻，以广其传。”

这是《鼠疫汇编》的第一次编写并刻印。从上面的文字来看，这一版的内容以吴宣崇《治鼠疫法》为主，罗汝兰增加的，只是对鼠疫已有显著疗效的加减“解毒活血汤”以及相关诠释文字。因为罗氏增加的内容很少，又是附加在《治鼠疫法》的卷末，故这一版的书名不一定叫《鼠疫汇编》，而有可能叫《治鼠疫法》或者《治疫方》。

---

① 瘰疬：中医学病名。颈项间结核的总称。初生如豆，渐大如梅李，日久疼痛，将溃时皮色紫红，溃后流脓汁。

② 论列此方：论列，一一论述；此方，指用于医治鼠疫的加减“解毒活血汤”。

2. 光绪十九年（1893），第二版刻印。

光绪十九年（1893）春，作者所在的石城县，城市、乡村再度流行鼠疫，罗汝兰运用加减“解毒活血汤”救活很多重危症患者。消息传开，求药方的、索要书籍的“踵相接”。但很快就有人起了疑心，有的甚至诽谤“解毒活血汤”医出了人命。罗汝兰得知后撰文加以辩释。这一年，他通过治疫实践发现：西藏红花除瘀快捷；“涂毒核疔疮方”治瘰灵验；重危之症，必须“连追三服”①。他把这些“发现”连同辩释文章一齐补进著作中，由他的侄子罗启观“复刊印发，远近流传”。这是《鼠疫汇编》的第二次刻印，亦即第二版。

3. 光绪二十年（1894），第三版刻印。

第二版刻印之后，因书中的方剂切实有效，故大受欢迎。光绪二十年（1894），罗汝兰的家乡石城陀村流行鼠疫，感染数百人，按书中的方法医治，全部见效，全村没有一人因患鼠疫死亡。得知这个消息，各地纷纷刻印《鼠疫汇编》。其中有：石城宏丰号苏杭店的“辩惑说”之刻、文凤笙的同育堂之刻、安铺医局的敦善堂之刻，化州医局也有刻印。这些自行刊发的

---

① 连追三服：医治鼠疫重危证的特殊服药法。大概是增加药味药量，在短时内连续服用。

书，纯粹为了满足群众防治鼠疫之急需，没有变动书内容，因此这一刻并不是第三版，只是第二版的第 N 次印刷。

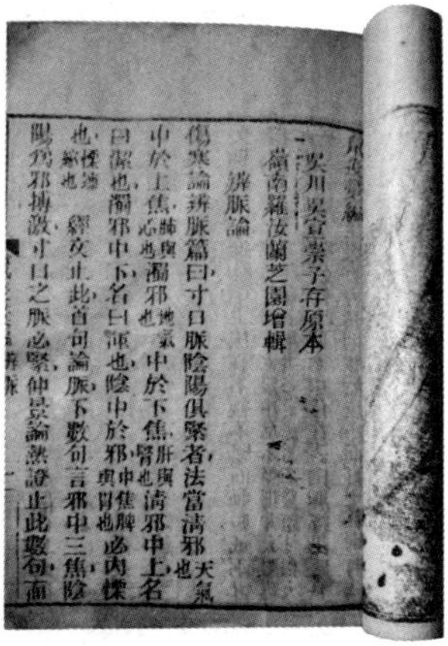
吳川吳宣崇子存原本
嶺南羅汝蘭芝園增輯
辨脈論
傷寒論辨脈篇曰，寸口脈陰陽俱緊者，法當清邪中天氣也
中於上焦，肺與心也，濁邪地氣也中於下焦，肝與腎也，清邪中上名
曰潔也，濁邪中下名曰渾也，陰中於邪，中焦脾與胃也，必內慄
也，慄竦縮也。釋文止此，首句論脈，下數句言邪中三焦，陰
陽爲邪搏激，寸口之脈必緊，仲景論熱證止此數句，而

清代光绪二十七年蓉园重雕本《鼠疫汇编》正文

第三版的刻印应当在光绪二十年（1894）的下半年，即作者在《鼠疫汇编》序文中所说的“平粜[①]之暇”。因这一年发生鼠疫，作者忙于医治，接着又参与官府的“平粜”，起码在下半年才能腾出时间整理著作。付印之前他对全书的内容作了若干调整，删除了吴宣崇原书中的“统用下法”二方，补充“原起论证及禁忌”“释疑说”二则，“治案”九则，还区分了轻症重症用药的标准。经过调整，此书较以往更为严谨和科学。

4. 光绪二十一年（1895），第四版刻印。

《鼠疫汇编》第四版在光绪二十一年（1895）五六月刻印。

年初，石城县陀村鼠疫再度发作。此次村中死鼠极多，疫

① 平粜：旧时官府在荒年将存粮平价出售。

毒炽盛，病症严重。除了少量轻微患者，大部分都要增加药量药剂才能奏效："有五、六、七服热渐退者"，"有十余服热渐退者"，"有十余二十剂"而痊愈者，"有三四十服然后痊愈者"……至于所用石膏、大黄、桃仁、红花等寒凉去瘀药，更是超出以往不知多少倍。事后统计，这次灾疫，全村患者近三百人，死亡四十余人。死者当中有二十多人是找错医生和拒绝服药造成的，因此，实际救活的患者还有九成以上。

灾情停息，罗汝兰即在著作中记下这次鼠疫的各种症状以及加大药量的数目；还分析鼠疫病容易复发的原因，提醒患者注意病后保养；又增加"治案"三则……最后把十年前发现的"疫毒中气经验方"附诸卷末，"俾知疫毒中于血气者，皆有所救"。

编订工作就绪，罗汝兰就在光绪二十一年（1895）蒲月（五月）"于村堡别业①之前轩"作序一篇，将此书的编写、刻印经过原原本本地叙述了一遍。

因这一版比前三刻更加周详有效，作者到海南后，公家还捐助大洋三十圆要求刻印分赠。罗汝兰当即交付"高郡联经堂印六百本"，又摘录书中精要，交付"省经韵楼刻印一千本"。

① 村堡别业：村堡，围有土墙的村庄。别业，即别墅。

这是第四版。

5. 光绪二十三年（1897），第五版刻印。

第五版的增补、编订以及刻印事宜都是在海南办理的。

光绪二十一年（1895）秋，罗汝兰以岁贡生的身份赴琼州等候任命，得悉这年春季，海口因鼠疫死亡数千人。当时罗汝兰有同宗好友在海口经商，曾电催寄去医治鼠疫的药方，以便应对灾情。可是海口的医生、患者对罗汝兰的药方还不了解，不敢相信。

这次赴琼候任，因闲暇无事，罗汝兰就购书数种，悉心研究，每有所得，随即记录。冬至后，琼州府城鼠疫暴发，罗汝兰马上给当地的医生分发存留的《鼠疫汇编》。无奈的是，这些医生看了，有撇嘴的，有嘲笑的，有訾毁的……没有一人认可罗汝兰的治法。光绪二十二年（1896）初春，疫情更加严重，“群医各出手眼，百无一效，以至死人无数”。到了二月底，才有个别大胆的患者，来找罗汝兰治病，罗汝兰如法调治，“连救危重症数人”，一时间“求医者踵相接”。每次看病开药，都赠送《鼠疫汇编》一册，那些人回去后，打开书本，遵嘱照医，居然“十活八九”。至此“群疑遂息”，人们都信服罗汝兰医治鼠疫的办法。

经过在海南的临床实践和研究，罗汝兰对鼠疫诊治又有了新的心得体会，他决定刻印《鼠疫汇编》的第五版，以“补前所未及而求其详”。其时罗汝兰正在“署理儋州学正[①]”，时间是光绪二十三年（1897）五月。

这一版刻印前，罗汝兰首先汇集前四版的全部内容，重新编排次序，补充《原起论》《各家脉论》《症治论》以及《琼廉雷治案》（共五则）等内容，总的原则是“务求简明，人人易晓，庶稍有准则，不致大误。”《鼠疫汇编》到了这一版，全书内容就确定下来，书名也正式定为《鼠疫汇编》。

三

光绪二十四年（1898）春，罗汝兰在第五版刻印完成后，写了一篇《鼠疫汇编辨误弁言》，文中他剖析了医治鼠疫的“六误”及原因，同时深有感触地说：

> “是编因比类而得其方，且屡经而详其法。时历八载，版已五刊，虽云有误，谅亦寡矣！”

---

①署理儋州学正：署理，暂时代理。正式官员外出，由候补人员代理行使职责。儋州，地名，在海南岛，清代属琼州府。学正，负责管理生员（秀才）的学官。

事实就是这样："鼠疫"类似道光元年（1821）的"京师时疫"，都是"热毒成瘀""血壅不行"所至，作者通过对"鼠疫"与"时疫"的"比类"，进而领悟到医治鼠疫的方法。而这些方法又是屡经磨砺才渐臻周详。从光绪十七年到光绪二十四年（1891—1898），《鼠疫汇编》"时历八载，版已五刊"，可谓是历经增补修订，就算还有错误，谅也不多了！——这一番感慨，道出了作者最初的恍悟，又囊括了《鼠疫汇编》从编写、增订到终第五刻定稿的全部过程。

说明：文中引用的文字除了注明的，均来源于清光绪二十七年（1901）蓉园重雕本《鼠疫汇编》。

2009 年 8 月 4 日

（原文载《湛江文史》第 28 辑，2009 年出版）

残书《宣讲博闻录》

数年前在旧书摊购得三册残书，此书无刊刻牌记，封面也没有书名及编撰人姓氏，其版心有“宣讲博闻录”数语，这应当是此书的名称了。

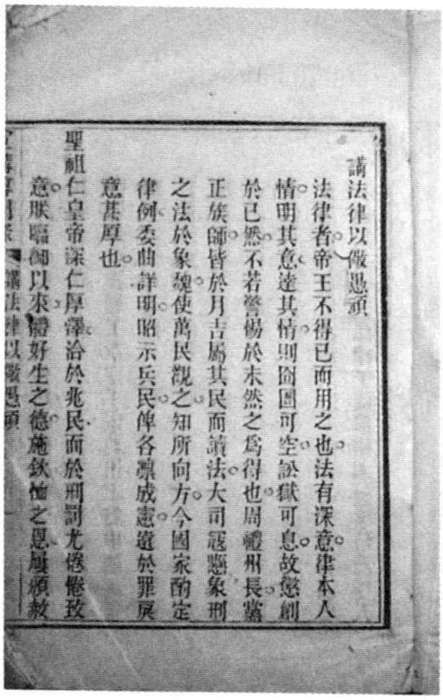
講法律以儆愚頑
法律者帝王不得已而用之也法有深意律本人情明其意達其情則囹圄可空訟獄可息故懲創於已然不若警惕於未然之爲得也周禮州長黨正族師皆於月吉屬其民而讀法大司寇懸象刑之法於象魏使萬民觀之知所向方今國家酌定律例委曲詳明昭示兵民俾各凛成憲遠於罪戾意甚厚也
聖祖仁皇帝深仁厚澤洽於兆民而於刑罰尤惓惓致意朕臨御以來體好生之德施欽恤之恩屢頒赦

《宣讲博闻录》
“讲法律从儆愚顽”

《宣讲博闻录》凡十六卷（原书作十六“条”，为了叙写方便，故改“条”为“卷”），各卷的标题均取自康熙的《圣谕十六条》，如第一卷是“敦孝悌以重人伦”，第二卷是“笃宗族以昭雍睦”……第十六卷是“解雠忿以重身命”。每卷之下有“序”“总论”和正文等三部分。“序”是雍正演绎、扩充《圣谕十六条》的《圣谕广训》。“总论”是阐释《圣谕广训》主旨的议论文字。正文则是宣扬《圣谕广训》的白话通俗小说，这部分篇幅最大，约占全书的80%。其中有劝人安分务本的《安贫发福》《白饭成金》；有劝人按时纳税的《冒名改税》《匿名谋产》；有劝人慎言忍让的《轻言陷命》《忘仇认弟》等等。《宣讲博闻录》故事情节曲折，语言质朴生动，蕴含因果的报应，具有很高的艺术性和思想价值。若删除《圣谕广训》及“总论”的说教文字，此书不折不扣是一部“三言二拍”式的白话小说集。

由于存世稀少，这样一部颇具艺术水准的著作，却未能见之于《中国通俗小说书目》《中国通俗小说总目提要》《中国古代小说总目》等等通行的工具书，就连《清史稿艺文志及补编》《清史稿艺文志拾遗》这样网罗一代著述的大型图书目录，也没有一点一滴的记载。查阅耿淑艳《稀见岭南晚清圣谕宣讲小说〈宣讲博闻录〉》，方知此书为清代光绪年间调元善社编撰，该社为晚清岭南较大的善堂组织，位于西樵山泉仙馆，“以宣讲圣谕为宗旨”，通过敷衍生动曲折的因果报应故事，使老百姓潜移默化地接受最高统治者的政治教化观念。此书初刻于清光绪十四年（1888），由“羊

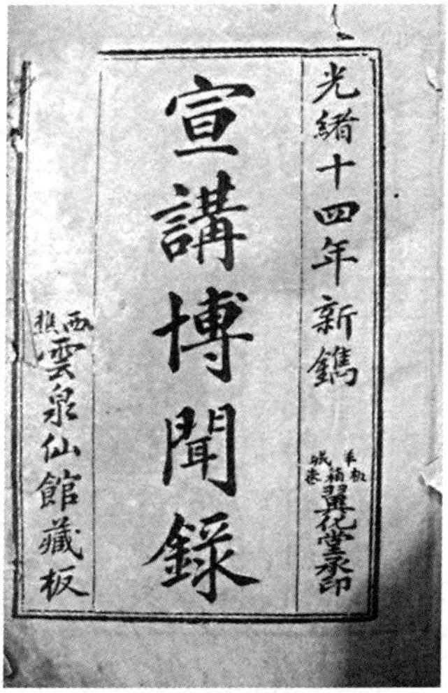

《宣讲博闻录》清代光绪十四年羊城板箱巷翼化堂刻本

城板箱巷翼化堂承印”，“中型本，共八册”。从耿淑艳介绍该刻本的纸张、开本、行格、字数等特征看，笔者这三册残书属于同一版本。

《宣讲博闻录》版框高18厘米，宽13厘米，半叶10行，行21字，双边，白口，单鱼尾。此书刻刊精良，文字规范、整齐，清爽悦目。遗憾的是缺欠太多（仅存卷第十至卷第十六），而且虫蛀严重，可谓是千疮百孔，能翻开阅读的书叶已经寥寥无几，真可惜啊！

（原文载2015年8月28日《图书馆报》“图林漫步”版）

八股文《清真二集》

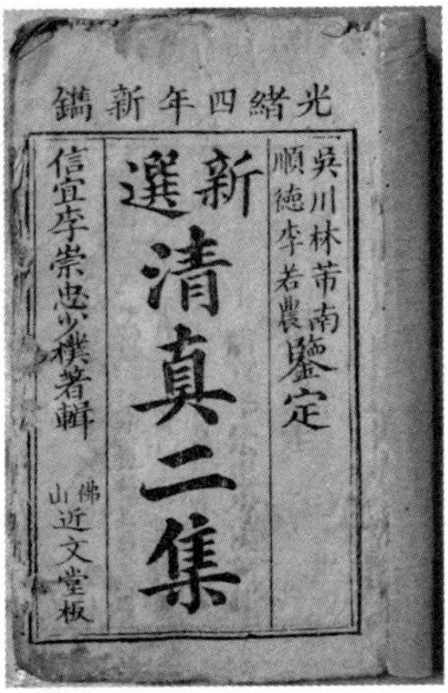

《清真二集》光绪四年广东佛山近文堂刻本

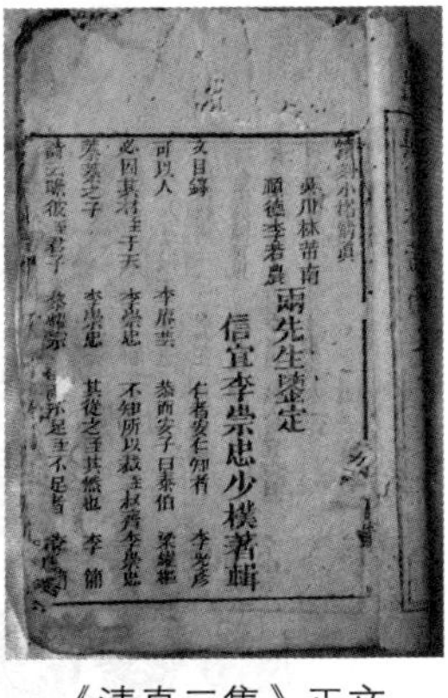

《清真二集》正文

《新选清真二集》又名《清真续刻》，广东佛山近文堂“光绪四年新镌”，线装一本，无序跋。扉页题“信宜李崇忠少朴著辑”，“顺德李若农、吴川林芾南鉴定”。收入清代各地主要是李姓人士的八股文二十四篇，其中李崇忠五篇，李调元三篇，李简两篇，其他各人如李光彦、李文泰、李载熙、李赓芸、梁耀宗等均一篇。在这册八股文中，最引人注目的要数李调元的文章。李调元是四川省罗江县人，乾隆癸未进士，他“生灵敏，性颖悟，天资卓荦，九岁能文，有神童之称。”编入此书的文章《一卷石之多》是他十一岁时所作，大学者纪昀对此文的评价是“清奇浓淡，古雅淳茂，如入宝藏，如披异书，汲古功深，洵是才子之文”。他的另一篇文章被纪昀评为：“理明词达，清思妙笔，不愧神童之称。此乃翰苑之器，老成亦畏后生。”这都是相当出色的点评。其他作者的文章，亦各有评语，但点评者大都声名不著。因此，李调元的文章尤其是纪昀的点评文字，应当是此书的一个亮点。

《清真二集》正文

与其他的八股文一样，《清真二集》文章的题目均来源于儒家经典著作四书五经中的文句，如《一卷石之多》出于《中庸》，《子以四教文》出于《论语》，《与少乐乐》出于《孟子》，《蓁蓁之子》出于《诗经》，《仁者安仁知者》出于《礼记》。题目的意思，有些是完整的，但大部分都被弄得支离破碎，如《恭而安子曰泰伯》一题，“恭而安”是《论语·述而篇第七》最后的

《清真二集》正文

三个字，“子曰泰伯”是《论语·泰伯篇第八》开头的四个字。把前后意思互不相关的几个字硬是扯到一块，如此恶作剧式的题目，若不是熟读诗书的学究，必然会触手无策，不知所云。

众所周知，八股取士始于明初，此后，八股文便成为封建知识分子参加科举踏上仕途的必修课。明、清两代，八股文风行天下，各种时文选本汗牛充栋，但是，在人们的心目中，八股文不过是“得第则舍之矣”的“敲门砖”。清初编撰《明史·艺文志》，还著录八股文集十几家，到了乾隆年间编纂《四库全书》的时候，仅收入方苞奉命选编的《钦定四书文》四十一卷，作为“士林之标准”，其余的时文选本“悉斥不录”（王道成《科举史话》）。随着科举制度的消亡和新文化运动的兴起，八股文更是成为众矢之的，备受唾骂。不过，八股文毕竟是中国历史上曾经盛极一时、影响巨大的文体。说它形式主义、摧残人才也好，说它腐朽不堪、祸国殃民也好，要认识八股文的面目，不能光看一两本谈论八股文的专著，还得结合客观具体的“范文”读本。这样，我手中的《清真二集》也就有了保存的理由和研读的必要。

读起来佶屈聱牙、腐朽不堪的文章，为何要用“清真”二字来命名呢？原来“清真雅正”是清代统治者对八股文提出的衡文的标准，乾隆皇帝称赞状元韩菼的八股文章，说是“清真雅正，开风气之先，为士林楷则”。《清真二集》中的诸位作者，都是在科举考试中取得功名的人士（有进士、举人，进士中还有状元、探花等），他们的八股文章能不“清真雅正”吗？再者，此书既然题为《清真二集》，那说明前面还有《清真集》或者《清真一集》，但我并不想再要了。此类文章，别说一集二集，就是一篇两篇，其“清”其“雅”，也叫人难以消受。

（原文载 2005 年 7 月 1 日《读者导报》，
又刊于 2015 年 4 月 23 日《中国商报·收藏拍卖导报》）

书里书外

书林短语（三则）

大小相间

我喜欢字体较大的木板刷印本，更喜欢大字夹小字注的木版刷印本。清一色的大字或小字，难免刻板和单调。大字夹杂小注，版面中文字线条的粗细、墨色的重轻乃至字体的大小，就能相互映衬和对比，从而产生虚实相间、错落参差的效果。

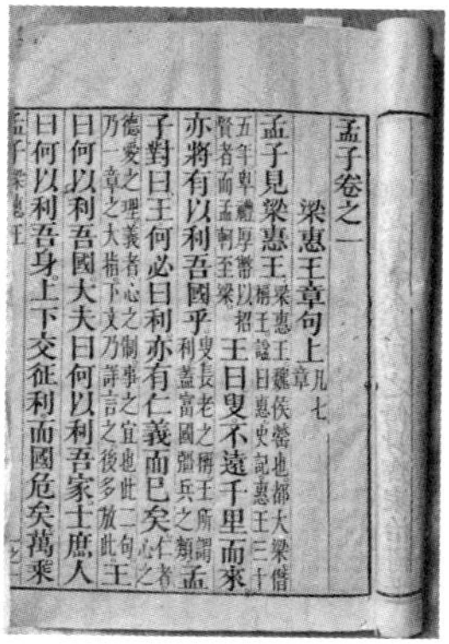
孟子卷之一
梁惠王章句上 凡七章
孟子見梁惠王 梁惠王魏侯罃也都大梁僭稱王諡曰惠史記惠王三十五年卑禮厚幣以招賢者而孟軻至梁
王曰叟不遠千里而來亦將有以利吾國乎 叟長老之稱王所謂利蓋富國彊兵之類
孟子對曰王何必曰利亦有仁義而已矣 仁者心之德愛之理義者心之制事之宜也此二句乃一章之大指下文乃詳言之後多放此
王曰何以利吾國大夫曰何以利吾家士庶人曰何以利吾身上下交征利而國危矣萬乘

《孟子》清末官刻本

双色影印

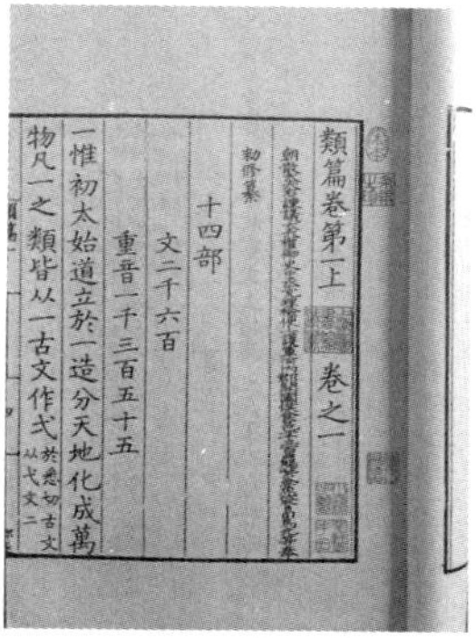
類篇卷第一上 卷之一
十四部
文二千六百
重音一千三百五十五
一惟初太始道立於一造分天地化成萬物凡一之類皆从一古文作弌 於悉切 古文 从弋文二

《类编》上海古籍出版社
1984 年出版

影印的古籍善本常见的有黑白影印和双色影印两种，三色以上的极少。黑白印本非黑即白，连前人打的印章、朱笔题跋等，也是黑色，呆板而失真。双色影印仅仅增加一种颜色，但开卷便觉“朱墨灿然”。即使全书仅一二笔朱批，或者一两枚印记，也如“万绿丛中一点红”，叫人感受强烈。

手写题签

近年线装书的出版甚为热门，可惜其封面书名大都采用电脑打印，文字呆板无力。记得十几年前如中国书店、江苏广陵古籍刻印社等出版的线装书，封面题签都是人工（或者名家）手写的字体，功力深厚，脱俗清新，故至今读者念念不忘。

中国书店《野菜博录》等书封面题签

2014 年 9 月 9 日

（原文载 2015 年 2 月 6 日《图书馆报》“书人书事”版）

书林短语（续）

一、补过的古书虫更爱蛀?

向一位书友请教修补古书的经验，他说：“不要补，留着它，我经历多了，补过的书，虫子更喜欢蛀。”我听了迷惑不解：蛀虫爱吃补过的书，难道这小东西是魔鬼“显灵”，专跟人们作对？过后，我弄到一套年代比较久远（大约明代）的书，果然，经过粘补的书叶，虫眼密密麻麻；未经修补的地方，虫孔稀稀

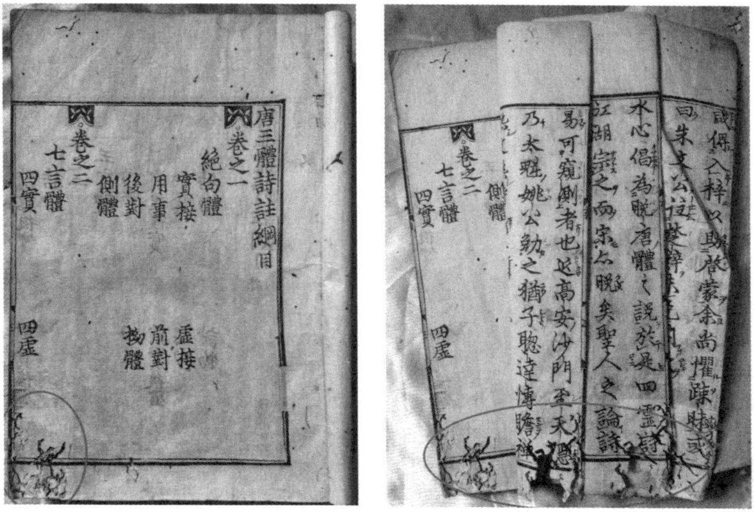

《唐贤三体诗法》圆圈处是修补后又被虫蛀破的书叶

落落，二者对比鲜明。我明白了：蠹鱼喜欢啃吃书叶，更喜欢啃吃带有糊味的书叶。既然这样，就不可随意修补那些品相不好的旧书。手把干整妥帖的书卷，固然惬意，可是，考虑到补书的糨糊将要成为蠹鱼的诱饵，珍贵的古书有朝一日被咬得千疮百孔、片楮不留，这时，无论如何得有所克制，要学会欣赏“残缺之美”，在补与不补之间，谨慎抉择，不可贪求把卷的“惬意”，贸然做出贻害未来的蠢事。

二、封面印有书名的线装书

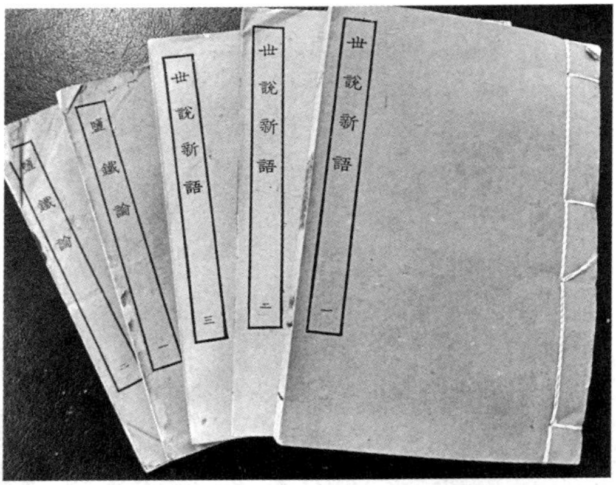

《世说新语》等，民国四部丛刊本

经过多年的摸爬滚打，我总结出一条前人未曾谈过的经验，这经验似不屑方家一顾，书友间却有相互交流的必要，即线装书的封面如果印有书名，说明此书是石印本、影印本，不然就是晚清以来的出版物。这类出版物著名的有民国间商务印书馆的《四部丛刊》、中华书局的《四部备要》等等。清代中期以前（即现代印刷技术传入之前）出版的书，书的封皮不印书名，而是把题写书名的标签粘贴在封面上。根据这一规律，遇见一些线装图书，不用看它的版权页（如牌记等）和相关内容，仅凭它的外表特征，也可以判断其版本的概况和大致出版的年代。

2015 年 1 月 12 日

（原文载 2015 年 4 月 3 日《图书馆报》“书人书事”版）

当代木刷本古籍如何“配版”？

一、木刷本《战国策》等书的“配版”概况

《战国策》
中国书店 1996 年出版

数年前，我在网上开了一个小书店，家里不需要或者多余的书，就传到网上，换点小钱，买回更加需要的学习资料。一日，我收到一位外地书友的电话：“我想要你那套木刷本《战国策》，请帮我看看，里面有多少配版的书叶？”听了这话，我感到很奇怪：“木刷本也有配版的书叶吗？”他肯定地说：“有的。配版的书叶是影印的，你看看到底有多少？”我将信将疑，回到家里取出中国书店 1996 年出版的《战国策》，仔细翻看，果不其然，还真是有“配版”的书叶呢。

这部从网上得来的《战国策》，之前我就察觉到它的“异样”，有些地方印制清楚，有些地方特别模糊。当时我只推断

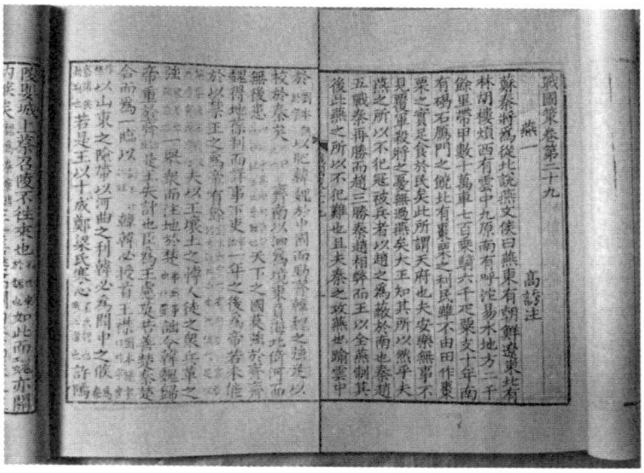

《战国策》，同版配页。右边为木版刷印，左边为影印的配页

它是印刷时候着墨多寡、用力轻重所致，没有往更深的层次去想。经过外地书友的“点拨”，我终于悟出个中“奥秘”：木版刷印的书叶，文字清晰，笔画棱角分明，线条坚实厚重，力透纸背；影印搭配的书叶，字迹滤漫，笔画苍白呆板，墨色轻浮无力。我清点一下：第一册共 78 叶，配版 45 叶；第二册共 66 叶，配版 17 叶；第三册共 70 叶，配版 25 叶；第四册共 62 叶，配版 26 叶；第五册共 66 叶，配版 16 叶；第六册共 94 叶，配版 44 叶。全书累计 436 叶，配版 173 叶，配版率约 40%。

再检查我收藏的其他几种当代木刷本，几乎都不同程度地掺杂着用影印办法配补的书叶。

《棠阴比事》（中国书店出版，无出版日期），线装一册，全书 63 叶，配版 11 叶，配版率约 17.5%。

《云溪友议》（中国书店 1994 年出版），线装一册，全书 80 叶，配版 20 叶，配版率约 25%。

《校元刊本韩诗外传》(中国书店2008年出版),线装三册,全书146叶,配版5叶,配版率约3.43%。此书卷首、正文均为木版刷印,配补的5叶是卷末的手写体跋文。

《补三国艺文志》(文物出版社1992年出版),线装四册,全书371叶,配版60叶,配版率约16.2%。

《齐民要术》(中国书店2008年出版),线装五册,全书301叶,配版1叶,配版率约0.34%。

《袁氏艺文志》(中国书店2008年出版),线装一册,全书64叶,均为木版刷印。

上述七种图书,《袁氏艺文志》一页不配,是纯粹的“木刷”本。《齐民要术》301叶,配版1叶;《校元刊本韩诗外传》正文一页不缺,配补的5叶均为卷末的跋文,这两部书称为木版刷印基本是名实相符。《补三国艺文志》《棠阴比事》《云溪友议》配补的书叶占全书百分之十几至二十几,比例稍大,但大醇小疵,书中楮墨精良、可圈可点之处还多的是呢。《战国策》全书436叶,配版173叶,影印的书页几乎占了全书的一半,由于《战国策》篇幅巨大,剔除配版的书叶,原版刷印的还有263页,比《棠阴比事》《云溪友议》《袁氏艺文志》等书叶数的总和还要多呢。因此它仍然是一部不可多得的木版刷印本,其收藏、鉴赏的价值不能低估。

二、当代木刷本古籍的“配版”方式

我国古代盛行雕版印刷技术，其办法是选用梨木、枣木等纹质细密坚实的木材，锯成一块块的木板，再在木板上雕刻文字、图像，然后刷印成书。由于印一叶书需要一块木板，印一部书即需要雕刻大量的木板。图书刷印完后，印书的版片可以保存下来，以后继续使用，这是雕版刷印技术的好处。书版经过较长时间的保存，由于气候变化、热胀冷缩等原因，材质会产生变形、断裂和坏损，保管不善还会丢失，下次印书时就要请刻字匠加以修理、补刻，配齐欹欠的书版——这是古代“配版”的办法。现代印刷技术高度发达，利用旧时（清代、民国）遗留的书版印书，坏损、缺失的书版已无须人工补刻，只采用现代的影印、复制技术就能解决问题。具体的办法主要有三种。

其一，用版本相同的书叶复制配版。书版存放久了，容易坏损、丢失，但印出来的书却多有流传。旧版重刷时，缺欠的内容可用相同版本的书叶复制补足。如此配补的书页，虽达不到原版的效果，但两者的字体、文字大小、版框高低、版面风格等完全一样。中国书店《战国策》、文物出版社《补三国艺文志》即属此种配版方式。

其二，用版本相近、行格和字数相同的书叶复制配版。如果找不到同一版本的书，缺欠的内容可用版本相近、行格和字数相同的书叶复制配补。此法的优点是能恰如其分地补回缺欠的全部内容；缺点是文字的大小、字体、版框高低、版面风格等，往往跟原版的迥异。像中国书店的《棠阴比事》即是如此，是不得已而求其次的办法。

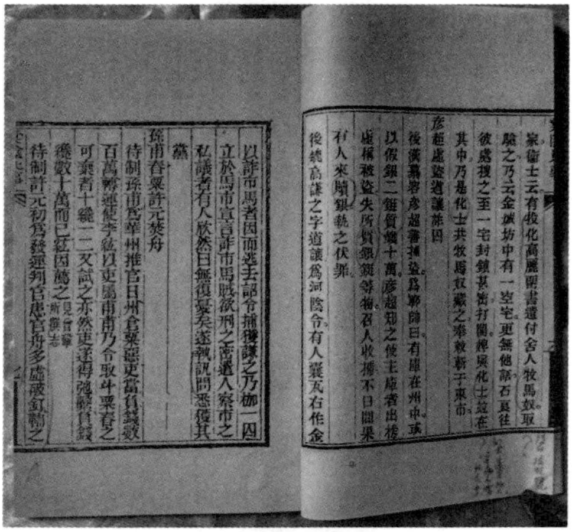

《棠阴比事》，右边为木版刷印，左边为行格、字数相同的配页

其三，用手写的书叶复制配版。如果得不到相同版本的书，甚至连行格、字数相同的书也得不到，缺欠的内容就要

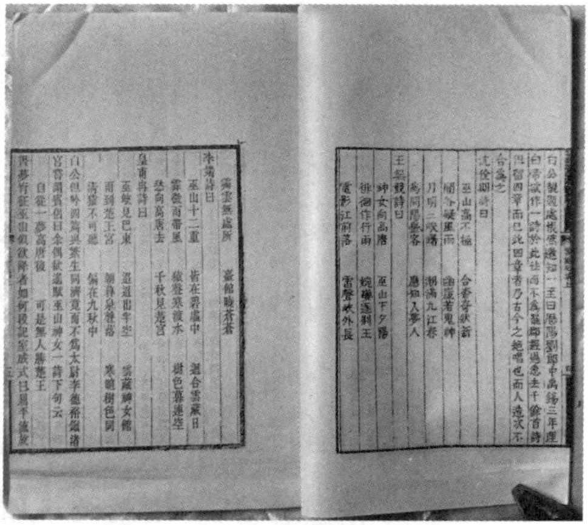

《云溪友议》，左边为木版刷印，右边为行格、字数相同的配页

人工手写绘制，然后影印配补。像中国书店的《云溪友议》就是这样。此法配制的书叶，行格字数、版框高低乃至文字的大小等，都能做到跟原版完全一样，但手工划线和手写的痕迹，一望即可辨知。

三、简短的界定和结语

这里所说的“当代木刻本古籍”，主要是指 1949 年 10 月 1 日以来利用清代或者民国遗留的书版刷印的线装本古书，是“旧版新刷”产生的后印本。采用影印、复制等手段补足旧版缺欠的书页，使新刷印的图书内容完整，这就是本文所说的“配版”。新中国成立后雕版印刷的图书不属此范围。

鉴别当代木刷本（或者影印本）古籍时，要树立全面、整体的观念，切忌以偏概全，更不得一叶障目，不见泰山。发现书中有若干复制的书叶，不能据以认为这部书就是影印本；也不能因为某书标榜为雕版刷印的系列，就矢口否定书中有影印（复制）书叶的存在。

2017 年 12 月 28 日

（原文载 2018 年 3 月 12 日《藏书报》）

说“书衣”

“书衣”这个词，早在汉代就出现了，《说文》：“帙，书衣也。”直到现在，人们还使用它，如孙犁先生有一篇作品，题目就叫作《书衣文录》。“书衣”究竟是什么呢？

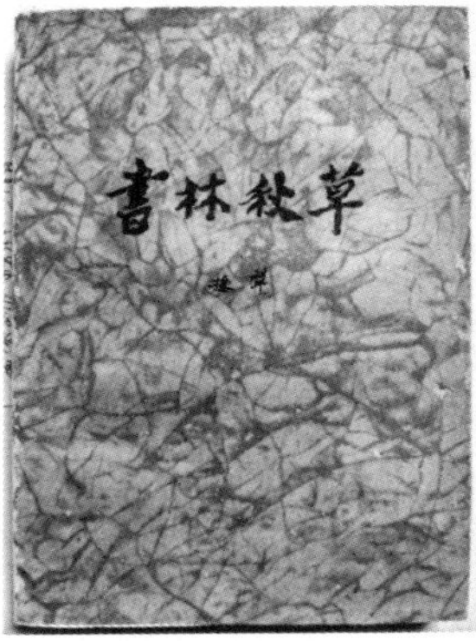

《书林秋草》自制的书衣

线装书《棠阴比事》的书衣

要知道“书衣”指什么东西，就得先了解图书在各个历史阶段的装帧形式。东汉至隋、唐时期，制作书籍的材料是竹简、布帛和纸张，生产图书的方式主要是抄写，图书的装订形式主要为卷轴装。卷轴装书就像现在带轴的画一样，一卷一卷的，人们“为了便于书卷的保存，每五卷或十卷用帙包裹起来，或盛之以囊。帙也称书衣，一般用布、帛来做”。（见郑如斯、肖东发《中国书史》第 92 页，书目文献出版社 1987 年出版）因此，在这个阶段，“书衣”就是用布、帛做成的，用于包裹书卷的套子。例如唐代释皎然《答苏州韦应物郎中》诗：“书衣流埃积，砚石驳藓生。”前一句就是描写包裹书卷的套子因长期无人打扫而布满灰尘的情形。

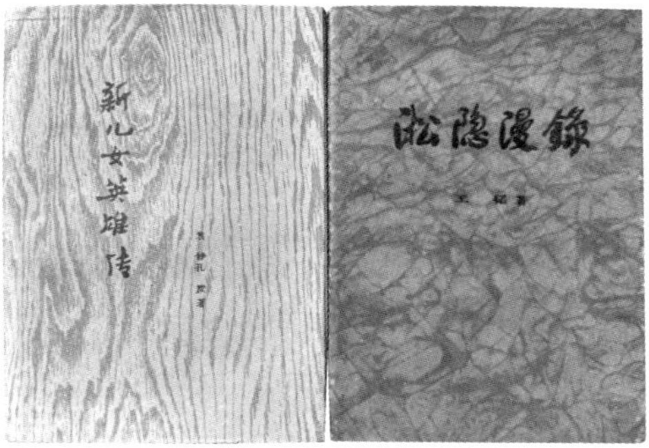

《新儿女英雄传》《淞隐漫录》自制的书衣

北宋至清代中期，雕版印刷术早已发明并得到广泛的应用，图书先后出现了蝴蝶装、包背装、线装等装订形式。这些装订形式的书，主要由一张张的书叶和前后封皮构成，“书衣即书的前后封皮……通常用的是一种较硬的有色纸，是为了用以保护书的，类似人们穿衣护体一样，故名”。（见郑如斯、肖东发《中国书史》第 152 页）这些话不仅说明了制作“书衣”的材料，还说明“书衣”的作用和得名的原因。由此可知，在这个阶段，“书衣”就是用一种较硬的有色纸做成起着保护作用的书的前后封皮。

不同的地方是，蝴蝶装、包背装书的“书衣”较厚较硬，是粘上去的，包住书脊，其中蝴蝶装书还能够竖放；线装书的“书衣”较薄较软，是线订的，不包书脊，只可平放。

陶元庆为鲁迅设计的《唐宋传奇集》封面

清代末期以后，机械化铅印技术传入我国，洋装书出现了。洋装书大致分为精装、平装两种，其封皮用厚纸、皮等做成。一些爱惜书籍的读者，喜欢用纸包起书的封皮，以防污损。像这样包住书皮的纸，也是“书衣”。如孙犁《书衣文录》：“利用所得废纸，包装发还旧书，消磨时日，排遣积郁。然后，题书名、作者、卷数于书衣之上。”孙犁先生包书的情形和包起来的书到底是怎样，我不知道。但根据《书衣文录》的内容判断，文中所说的“书衣”，无疑是指作者为了保护书籍而包裹在书皮上面的“废纸”。

除此之外，“书衣”在现阶段还有“封面”的说法。这一义项，《汉语大词典》已经收列，其例证是鲁迅《古籍序跋集·〈唐宋传奇集〉序例》：“至陶元庆君所作书衣，则已贻我于年余之前者矣。”这“书衣”是指陶元庆为鲁迅设计的《唐宋传奇集》一书的封面。

（原文载1998年第12期《咬文嚼字》杂志）

说“书签”

“书签”这一词语，最早出现在唐代，如杜甫《题柏大兄弟山居屋壁》诗：“笔架沾窗雨，书签映隙曛”就是例子。“书签”这一实物，应当出现在唐代以前，因为“书签”是伴随卷轴装书而来的，我国在晋代就流行以纸为主要材料的书籍——卷轴装书。

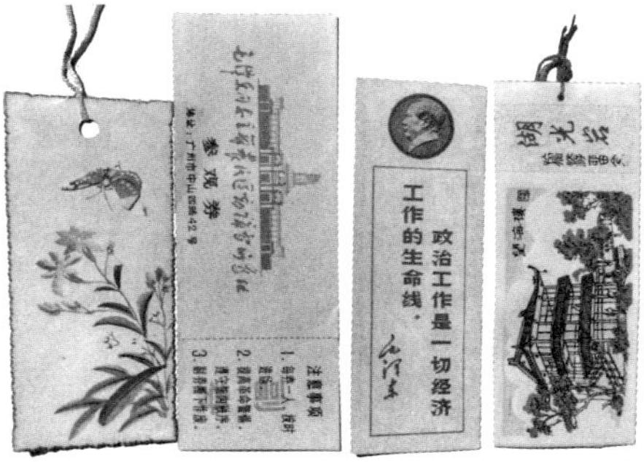

门票、语录、花草书签

卷轴装书带有一根用圆木棒做成的轴，形状就像现在带轴的画，存放的方法是卷起来平放在书架上，轴的一端向外。为了区别书的内容和取阅的方便，人们就在轴的一端系上署有书名、卷次的小牌子，这就是“书签”。“书签”通常用竹片做成，考究者用象牙来做，因而有“牙签”的称呼。唐代韩愈《送诸葛觉往随州读书》诗：“邺侯家多书，插架三万轴。一一悬牙签，新若手未触。”唐代姚合《题李频新居》诗：“劝君尝药酒，

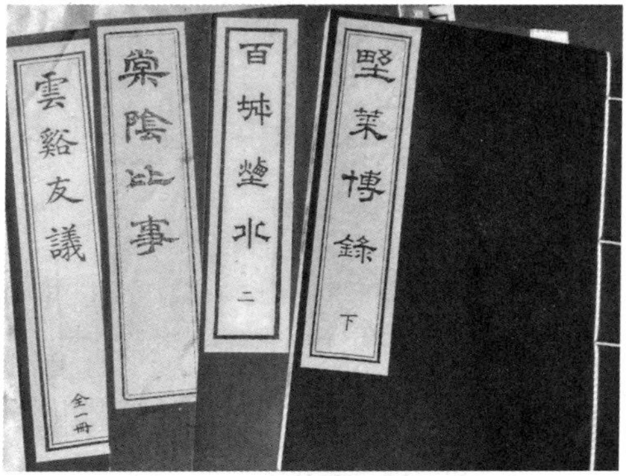

中国书店《百城烟水》等书的书签

教仆辨书签。”这是古人关于卷轴装“书签”的记载和描述。

卷轴装书流行到唐代末期，终于被其他装帧形式的书所取代。从北宋开始，由于印刷术的广泛应用，图书先后出现了蝴蝶装、包背装乃至线装。这些装帧形式的书均由一张张的单页和前后封皮构成，“书签”就是封皮上粘贴的用以题写书名的纸或绢条。因为它是粘贴在封皮上的，为了区别于卷轴装书用的“挂签”，所以又称为“浮签”。在古籍里，“浮签”常被写作“签”“面签”“题签”等。如清代胡虔《柿叶轩笔记》：“文澜阁《四库全书》，书皆抄本。……其面签皆用绢，经以绿，史以赤，子以碧，集以浅绛。”清代黄丕烈《百宋一廛书录》：“（此书）原装十二册，题签皆藏经纸，题曰：《淮南子》。”文中的“面签”“题签”，就是粘贴在封皮上面的“书签”。

清代末期之后，近、现代印刷技术传入我国，精、平装书盛行并且取代了线装书的地位。精、平装书的书名直接印在封

景点、美女书签

皮上，不用粘贴标签。于是，人们便把“夹在书里，作为阅读进度标记的小薄片”称为“书签”。这类“书签”，其材料主要是纸和塑料，也有树叶、花草等。如刘厚明《红叶书签》：“拿着吧（指拿着从香山摘下的红叶），回去夹在书里当书签。”秦牧《南方几株著名的树》：“菩提树叶沤去叶肉后，脉络密布，依然保持叶的形状，可以绘画做书签。”奈布罗《话说图书》：“有一个时候，大学生爱把小花小草当书签。”所说的都是这个意义的“书签”。

“书签”除了上述意义之外，还被用来指代书籍，这一义项，主要发生在古代。如清代全望祖《鲒埼亭集·双韭山房藏书记》：“吾乡诸世家遭乱，书签无不散亡。”这里的“书签”散亡，当然是书籍的散亡。

（原文载2000年第8期《咬文嚼字》杂志）

补书记

1990 年代之前，我的藏书主要来源于国营的新华书店，出于爱惜，我常常用厚纸把书的封皮包裹起来，并在正面和书脊部位题写书名。因为都是新书，没有修补的说法。1990 年代以后，国企改制，旧书市场悄然兴起，我买书的渠道由新华书店逐渐转向路边的地摊和旧书店。旧书不同新书，它有破损的、虫蛀的、水渍的、火烧的、鼠咬的、缺页的、没封皮的……不一而足。普通图书还好办，糨糊、白胶、机器纸，往破损处一糊粘，就完了事。线装古书不同，它非常娇嫩，极难伺候，不是行家里手，就没法处置。因此，当在旧书市场收集了一大堆焦头烂尾、虫钻鼠啃的线装古书之后，我常常感到发愁，不知如何下手修复。

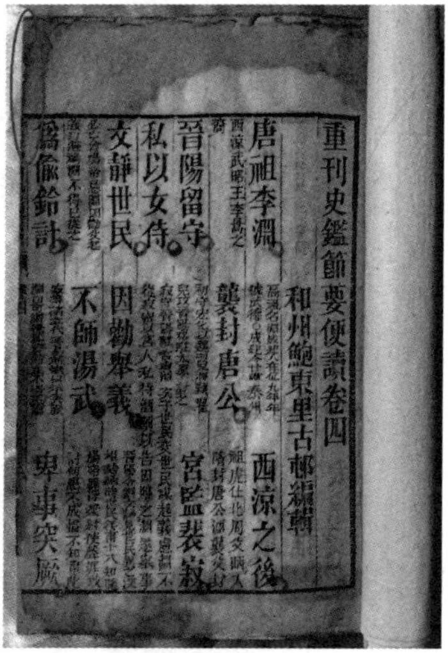

修补后的光绪刻本
《重刊史鉴节要便读》（卷四）

幸亏我有多年修补普通图书的经验，我相信：普通图书既然能修好，线装古书就也能弄妥帖。我急用先学，认真阅读《古籍修复技艺》《中国古籍装订修补技术》等书，从理论上掌握制作糨糊、搭配纸张、修复破洞等技术，熟悉补书过程的关键步骤和细节，使心中有数。

我修补的第一本线装书是《史鉴节要便读》（下），那时我毫无经验可言，怕补“砸”了，就找出这本残册来试验。此书为清末刻印，存卷四至卷六，缺欠卷一至卷三，有少量的虫蛀、破损，版心也有裂口。我从古书叶夹缝中间收集了一些老纸片，又用富强面粉制成糨糊，再找来剪刀、钻子、毛笔、铁锤等工具……一切准备就绪，我小心地拆下书叶，轻轻地掀开摊平，让书页的缺陷充分地展现。先用老纸条

修补后的光绪浙江书局刻本《晏子春秋》

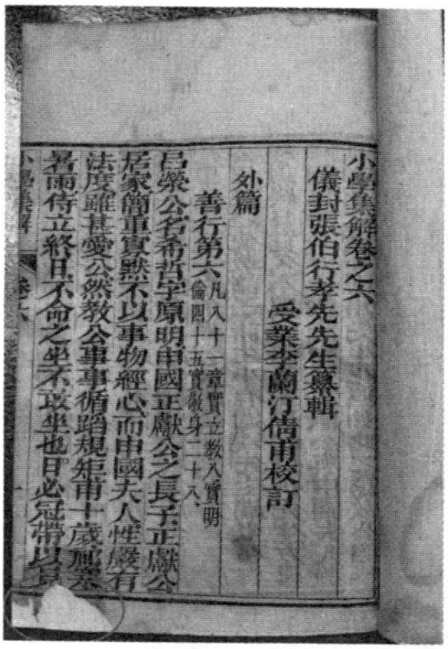

修补后的《小学集解》

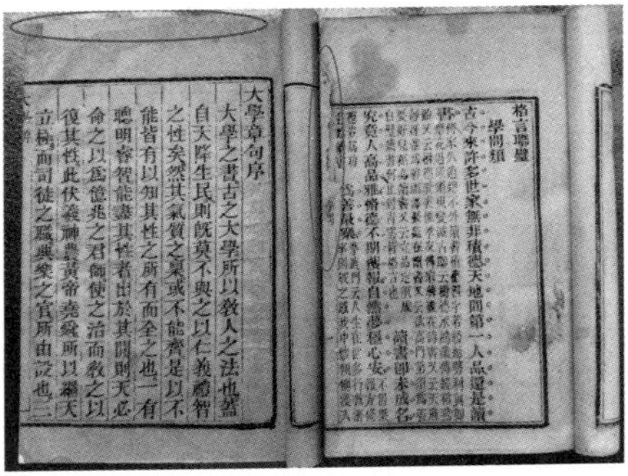
修补后的《大学》《格言联璧》

“溜口”，接着，按照“先大洞后小孔”“先中间后周边”的原则，依次进行补缀。补完破洞、虫眼，我把书叶轻轻地提起来，悬挂着凉干。经过十多天的努力，书叶全部修补完毕。我把它们收集起来，折叠好，锤平后加上封皮装订。这书原本是毛装，修补后周边更是毛蓬蓬的，很难看，但我舍不得裁掉“毛边”，因为我觉得老纸珍贵，心想不如等找到上册（卷一至卷三）搭配成套后，再一起切裁也不迟。

我修补的第二本线装书是《鼠疫汇编》。此书为家乡粤西的地方文献，又是我国现存最早的防治鼠疫专著。我把它买回来后，心情兴奋，想写文章进行介绍，就急于补好以便查阅。书中略有破损、虫蚀，还缺欠封皮和刻书的牌记。由于有了《史鉴节要便读》的修补经验，此番“过河”，已无须“摸着石头”了。我如法操作，将虫眼、破洞一一修复，还上网查证此书的版本，确定此书为清光绪辛丑年（1901）蓉园重雕本，于是，就将版权页（即牌记）复制下来，放在书的前面，再扣上封皮装订好，至此，《鼠疫汇编》业已完整，可查可阅。我即从书中寻找材料，写了《罗汝兰〈鼠疫汇编〉成书刻印概述》《光绪年间的〈鼠疫汇编〉》两篇文章，发表在当地的文史刊物和《藏书报》上。

此后，我又修复了木刻线装书《小学集解》（全四册）、《晏子春秋》（上册）、《幼学故事句解》（全四册）、《广释名》（全一册）、《学庸》（全一册）、《古文真宝前集》（全一册）、《孙子十家注》（全六册）等。其中《孙子十家注》为清咸丰年间淡香斋摆字版，线装六册，没有虫蛀，但纸张很薄，又被火烧灼过，第六册尤为严重。这册书的书根部位从上到下被烧开一个大洞，还烧坏不少文字。因破损严重，购买此书时，店家还同意给我很大的优惠。

《孙子十家注》破洞大、纸张薄、页数多，对我来说，是一项大工程，但我只能知难而进。我小心翼翼地拆下书叶，用极薄的手工纸进行粘贴修补。从 2016 年 8 月开始，到 10 月完工，断断续续花费了两个多月的时间。第六册因为每一叶都要修补，而且都是粘补在书根，结果，这个部位比没有修

自制《学庸》等书的封皮

补的地方高出很多，经过捶打，也不能使之平衡。于是，我就用宣纸把“薄”处逐叶垫“厚”。因为加了衬纸，这本书比修补前厚出一倍多，我只好把它拆开分作两册。为此，《孙子十家注》便由原来的一套六册变成一套七册。

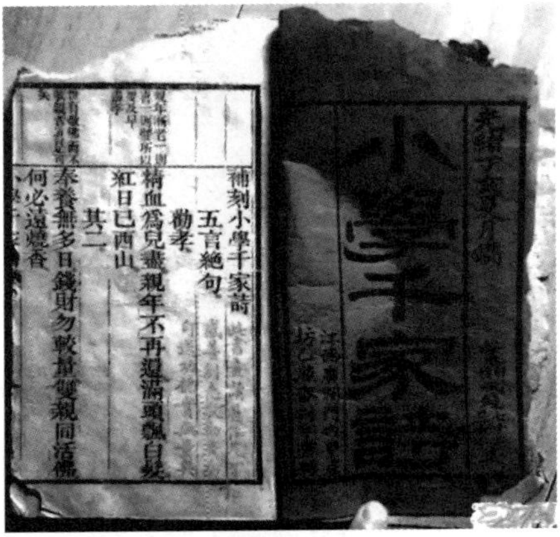

《补刻小学千家诗》 清代光绪丁亥江西乙照斋刻字书坊

我的古书修复从《史鉴节要便读》开始，到完成《孙子十家注》时，补过的线装古书已有十多种二十多册，一些破烂不堪的古旧书，补完后显得干整妥帖，可藏可读又可把玩。我也在修复活动中比较熟练地掌握了配纸、溜口、补破洞虫眼、捶打书叶、穿线装订等技艺，锻炼了耐性。我还发现：纸张结实、厚重的书易补，反之则难；有破损、没虫蛀的书易补，反之则难；天头、地脚的破损易补，版心、文字的破损则难……于是，我在购买品相不好的线装书时，尤为留意这几点。一次，我发现一本清代光绪丁亥（1887）夏月“江西广润门内甲戌坊乙照斋刻字书坊”的《补刻小学千家诗》，此书刻印俱佳，内容别致，封皮、牌记均在，只是天头被老鼠咬掉一大块，但版框内的文字无伤。我以为，如果把此书拍回来，略加修饰，那将是一件极好的藏品。不料阴差阳错，因为记错时间，举行拍卖的那一天，我晚上 9 点钟去参拍，人家在八点半钟就结束了，而且是以极低廉的价钱拍出。原以为是块到嘴的肥肉，一不小心却让别人给“啄”去，我的肠子都给悔青了。

（原文载 2017 年 2 月 24 日《图书馆报》“漫步”版）

古书名用典小识

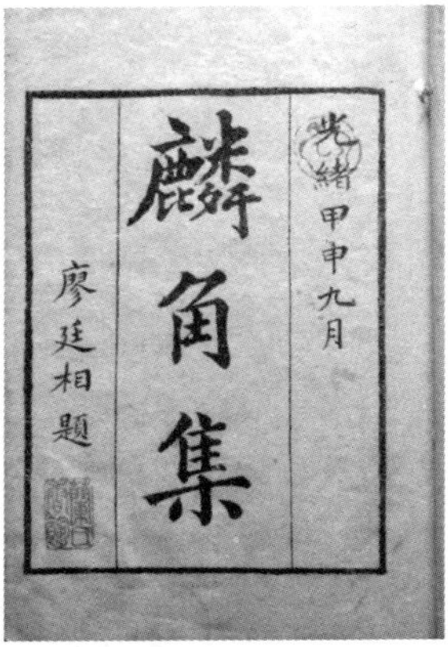

《麟角集》

古人在写诗作文时喜欢用典，取书名时也喜欢用典，因此，古籍中有不少包含典故的书名。如唐代王棨《麟角集》，南宋范成大《吴船录》，南宋朱胜非《绀珠集》等，书名里的“麟角”“吴船”“绀珠”都是典故。

古籍书名中的典故，通常来源于古代的诗、文或故事，用典的方法是从古诗、文或故事中截取个别富于典型意义的字或词语，借以表达作者的思想感情和倾向。在上面提到的几个典故中，“吴船”是唐代杜甫“门泊东吴万里船”中的两个字；“麟角”是南北朝颜之推《颜氏家训》“学如牛毛，成如麟角”中的一个词；“绀珠”来源于《开元天宝遗事》中绀色珠令人过目不忘的故事。

诗、文中的典故，既有生熟之分，又有明暗之别；古籍书名中的典故，也有类似的情况。所谓生典，就是生僻的典故，熟典是大家熟悉的典故。如清代任启运《肆献祼馈食礼》中的

“肆献祼馈食”[1]，大家都感到陌生，当然是生典；明代郑瑗《井观琐言》中的“井观”，人们都知道源于古语“坐井而观天”，是熟典。

明典是很容易看出来的典故，暗典就是不容易看出来的典故。在一般情况下，熟典也是明典，像《井观琐言》中的“井观”，读者一望可知。暗典却不等于生典。暗典的特点是把典故融化在书名里，“不知道其中在用典的读者，也可以理解；知道它在用典故的，更觉得意味深长。”（周振甫《文章例话·引用》）由于暗典在书名里很少见，因此，这里只是顺便说说，不举例了。

典故在书名里主要起下列作用：

第一，透露作品的内容。如北宋马永易《实宾录》（类书），采用《庄子·逍遥游》“名者实之宾”中的两个字，表示记载古代人的姓名别号；南宋郭彖《睽车志》（笔记小说），节录《易经》睽卦“载鬼一车”的话，表示记载鬼神怪异的事情；南宋桂万

《睽车志》

① 肆献祼馈食：语出《周礼·春官·大宗伯》，“以肆献祼享先王，以馈食享先王”。意思是用祭品祭祀祖先。

荣《棠阴比事》，“棠阴”来源于西周时期召公在棠树下折狱的故事，用作书名正好透露作品听讼断案的内容。

第二，显示作品的形式。例子有南宋陈埴的《木钟集》（儒学著作）。为什么用“木钟”作为书名呢？《四库全书简明目录》（卷九）认为：“其体例皆先设问，而后答之。故取《礼记》‘善问者如攻坚木，善待问者如撞钟’之义，名《木钟集》。”可见，取名“木钟”，是为了显示作品“先设问而后答之”也就是一问一答的形式。

第三，表达作者的意向。包括爱国、思亲、惜时、谦虚、自负等等，其中以表示谦虚的例子为多。如宋代周紫芝《太仓稊米集》（诗、文集），采用《庄子・秋水》“计中国之在海内，不似稊米之在太仓乎？”比喻作品像谷仓中的一粒小米，极端渺小；北宋张舜民《画墁集》（诗、文集），取自《孟子》“毁瓦画墁，其志将以求食也，则子食之乎？”表示无功而有害，作品无益于人；南宋岳珂《愧郯录》（笔记小说），采用《左传》中昭子向郯子请教官名的故事，表示学

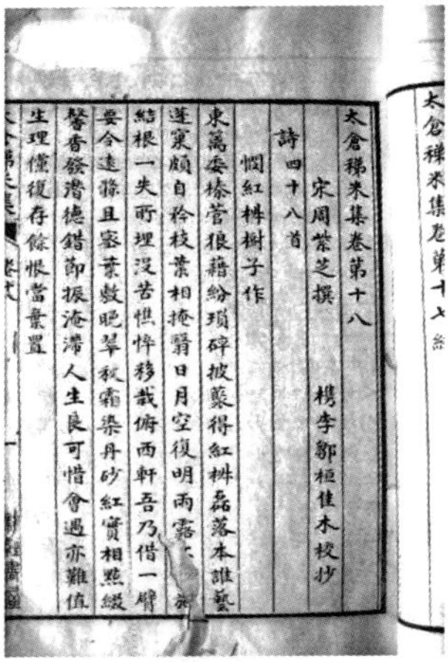
太倉稊米集卷第十八
宋周紫芝撰　檇李鄒桓佳木校抄
詩四十八首
憫紅梂樹子作
東籬委榛菅狼藉紛瑣碎披蘗得紅梂磊落本誰蓺
蓬裏顛自矜枝葉相掩翳日月空復明雨露
結根一失所埋沒苦憔悴移栽俯西軒吾乃借一臂
要令遠穢且容葉數畝翠秋霜染丹砂紅實相點綴
馨香發潛德錯節振淹滯人生良可惜會遇亦難值
生理儻復存餘恨當棄置

《太仓稊米集》正文

识有愧古人。此外，书名中凡带有“管窥”“管见”“蠡海”“蠡测”等典故的，都是作者谦虚精神的体现。

上面三点介绍典故在书名中产生的主要作用，所举的例子如“实宾”“木钟”“太仓稊米”等等，与有关文字结合在一起，确切地显示了作品的内容、形式和作者的谦虚精神，又能使书名显得更加简洁、典雅和生动，而且富于情趣，是成功用典的范例。但是应该看到，古籍书名中也有一些用得不好的典故，其中最为突出的就是用典过于冷僻，如前面所举的“肆献裸馈食”。这样的典故既晦涩又古怪，它的含义，除了专家学者之外，一般人是不大感兴趣的。

（原文载 2002 年第 4 期《阅读与写作》杂志）

鹦鹉学舌说“毛边”

我对毛边书素来没有研究，虽然喜欢买书、藏书，但几乎没有接触过毛边本。我对毛边书的知识和印象，主要局限于读过两三篇谈论毛边书的文章，此外就是多年前曾经手过一册没有切边的出版物——《隶书法帖》。

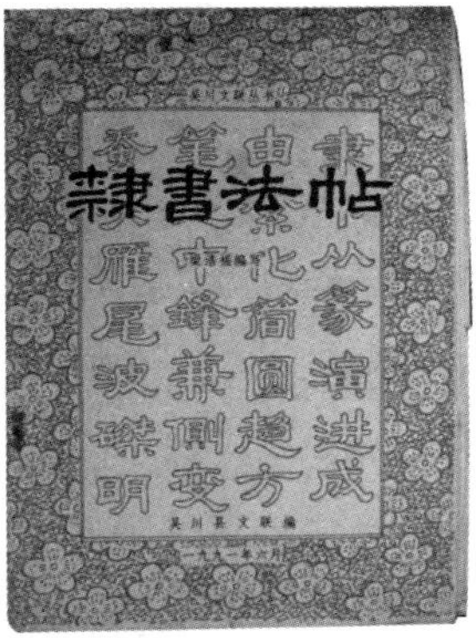

毛边本《隶书法帖》
1991 年印刷

我最早读过的谈毛边书的文章，是鲁迅先生 1935 年 4 月《致曹聚仁》的信。这封信写得很随意，先是谈变革不合理现状的艰难：“老先生们保存现状，连在黑屋子开一个窗也不肯……但尚有人要连屋顶也掀掉它，他这才魂飞魄散，设法调解……许开一个窗。”讲完这个别开生面的譬喻，文章的话题一转，谈到毛边书：“《集外集》付装订时可否给我留十本不切边的。我是十年前的毛边党，至今脾气没有改。但如果麻烦，那就算了，而且装订作也未必肯听，他们是反对毛边的。”可见鲁迅先生在 20 世纪 20 年代就倡导毛边书，并且身体力行，要求给自己的著作保留毛边。

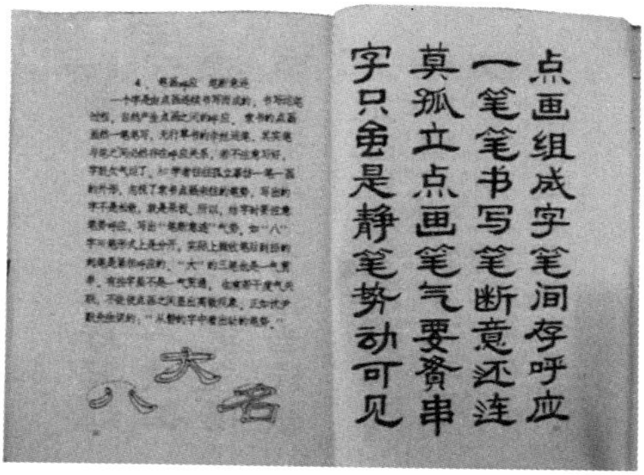

《隶书法帖》内页

他还给毛边书下过定义：“装订均从新式，三面任其本然，不施切割。”（《域外小说集·略例》）所谓“新式”就是区别于中国传统装订的精装和平装形式。这就界定了制作、鉴别毛边书的准则和范畴，尤具拓荒性。难怪那些谈论毛边本的文化人，总要称颂鲁迅先生，说他培植了一个崇尚参差自然的“毛边党”，还推举他为“毛边党”的“党魁”呢。

我读的第二篇介绍毛边书的文章是唐弢的《“毛边党”和社会贤达》，阅读时间大约在1984年初。鲁迅先生虽然很早就倡导毛边书、培植“毛边党”，但他的“倡导”和“培植”，主要落实在行动上。那篇著名的《致曹聚仁》的信，谈了好几个问题，其中一个是要在“黑屋子开窗”，毛边书也是在信中顺便谈及，寥寥数语，形式上类似《春秋左传》中的“经”，只是个大纲。要说具体和细致，我认为还不如唐弢的《“毛边党”和社会贤达》。唐弢先生说：“我也是毛边党党员之一，购新文艺书籍，常要讲究不切边的，买来后亲自用刀一张一张地裁开，觉得别有佳趣。”文章列举了日本田山花袋的《棉被》、鲁迅的《集外集》《准风月谈》《花边文学》《且介亭杂文》等，说这些书都留有毛边本；他“所购取的书籍，也以毛边的居多”。他解释自己酷嗜毛边书的理由：“我之爱毛边书，只为它美，一种参差的美，错综的美。也许这是我的偏见吧：我觉得看蓬头的艺术家总比看油头的小白脸来得舒服。”唐弢先生痴迷“毛边”到了这步田地，被捧为毛边党“四大金刚”之一，也就理所当然了。这篇文章收录在1980年9月出版的《晦庵书话》里，当时读书界还普遍崇尚质朴和实用，摈斥一切“花花草草”的情调。该文的重现，叫读者增长了图书版本知识，宛如空谷足音，弥足珍贵。

品谈毛边书最具新意的，我认为是白化文的《毛边书成新宠》一文。白化文先生说：“毛边书是要配着刀子一起卖的，让读者边看边切。”又说：“真正的毛边本的规格是，只裁地脚（下切口），不裁天头（上切口）和翻口（外切口）。洋装书直立在书架上，裁了下切口即地脚，就和一般的裁去三边的书一样，容易站立。”以前总以为不切边的就是毛边书，不想“正宗”的毛边还如此讲究：只切地脚，不切天头和翻口，甚至要配着刀子出售呢。其花样之繁多，叫人闻所未闻。

我个人是不追求毛边本的，一是因为这类书价钱较高，二是我还没有养成边看书边裁切的闲情逸致，因此，我虽然买书藏书数千册，但我经手过的毛边本，充其量就是从地摊上得来的一册“自印本”——《隶书法帖》。

大约是1998年，一天，我在小县城逛地摊，意外遇见一册毛边书：《隶书法帖》。此书32开，一百多页，广东吴川梁浩福编写，1991年6月印刷，《吴川文联丛书》之一。其封底有“吴印准临字第017号”字样，是未经出版社出版发行的“自印本”。摊主是个阿姨，姓罗，四十多岁。因为经常跟她“捡”点“破烂”，惯熟了，遇上这本不切边的《隶书法帖》，我就随手拿来翻看。她猜想我会要，带着“讨好”的口吻，主动说：“这本收你一元得了。”那时的行情是一本书大约一至两元。于是，我不经意说：“这本书连边也不切，太粗心了！是半成品。”她瞟了书一眼，默不出声。我想趁机考察她明不明书有“毛边”这玩意儿，就故意减价：“不裁边的书，回去还要用刀子来割，很麻烦，也难割得整齐，给六角吧。”此刻，我希望她能脱口说出：“不！这是毛边本啊，珍贵得很呢！见你是熟客，才要这价钱。不买就算了！”

这些年来，“毛边”二字，我只是在书本里见过，假如她真有这样的说话，在这僻陋的小县城里，我算是遇上了知音，即使多付几块钱，我也甘心。然而，我的愿望落空了，她没有说出我乐意听到的话。只见她神情冷淡，一脸迷惘，对我的“还价”表现出很不耐烦的样子，挥挥手，“爽快”地说：“讲那样多，快快拿去！”于是我怀着遗憾的心情得到这册没有切边的“自印本”，并从言行举止推断卖书的阿姨对书有毛边本的玩意还是一无所知的。

这册介绍隶书间架结构和笔画技巧的《隶书法帖》，虽属毛边本，但不是正规的出版物，编印质量不高，声名不大，在藏书中不是珍贵的品种。于是，我在家里放置了数年之后，就发到网上，把它转让给更加需要的朋友——我数千册藏书由是复归于一“毛”不存。

（原文载2017年12月8日《图书馆报》“漫步”版）

《西厢记》细节失当一例

《西厢记》连环画出版社
2002 年出版

《西厢记》内页

《西厢记》（王叔晖绘）是根据元代杂剧《西厢记》改编的一部连环画。作品通过张君瑞和崔莺莺之间的悲欢离合，鞭挞了封建礼教，表达了青年人追求婚姻自由的美好愿望。这本画册绘画技法娴熟，形象刻画生动细腻，脚本文字洗练传神，是深受读者欢迎的优秀作品。然而金无足赤，这部以唐代贞元年间为社会背景的作品，在展示男、女主人公的生活场景时，却在书桌、书柜、女主人公手中等处描绘了当时尚未出现的线装图书。

大家知道，图书的装订形式是随着社会的发展而不断变化的，是处于“动态”的过程。唐代，雕版印刷术已经发明，但尚未广泛应用。那时候，制作书籍的材料是布帛和纸张，生产图书的方式主要靠抄写，书籍的装订形式为卷轴装（偶尔还有旋风装，又称龙鳞装）。卷轴装书很像现在带轴的画，一卷一卷的。“唐人藏书皆作卷轴。其后有叶子，其制似今策子……”（北宋欧阳修《归田录》卷二）这些话正好说明了卷轴装就是唐代图书的装订形式。北宋以后，印刷技术得到广泛的应用，书籍的册叶制度替代了卷轴制度，于是，新的装订形式产生了，但其具体的表现还不是线装，而是蝴蝶装，此后又是包背装。

线装书是什么时候出现的呢？一般认为：“线装书是明代中叶出现的。”（郑如斯、肖东发《中国书史》155 页，书目文献出版社 1987 年出版）也有一些专家认为：线装书起源于北宋末年或南宋初年，盛行于明代中叶以后。（李致忠《古书版本学概论》141 页，书目文献出版社 1990 年 8 月出版）尽管看法有差别，但线装书出现的时间绝不会在北宋以前。这个观点，学术界是一致的。连环画《西厢记》是以“唐代贞元”为历史背景的爱情故事，因此，画面上的陈设、“道具”等，不能够超越“唐代贞元”的特定历史时期。我认为，如果把画册中出现的图书描绘成唐代流行的卷轴装形式，这样无疑会更加切合实际——虽然看起来要费解一些。

（原文载 2003 年 3 月 2 日《旧书信息报》）

书林趣事

古人买书故事

穷书生买书

有一位书生，家里已经穷得揭不开锅。这天清早，他带了几件古铜器，要进城换米。途中遇见有人在卖书，书生就停下来阅读，渐渐地入迷了，以致忘记进城。他想买几本书，可是身上没钱；他要离开书摊，又舍不得那些令人心醉的图书。

正在左右为难的时候，卖书人问他有什么心事，书生道出了自己的苦衷。恰巧，卖书人有收藏古铜器的嗜好，他对书生说："铜器就别卖了，我和你交换图书。"于是，两人估计一下价值，各取所需，心满意足地走了。

书生带着图书兴冲冲地回到家里，妻子见状，气愤地责问道："你换这个回来，能当饭吃吗？"书生这才记起家里已经揭不开锅，只好硬着头皮应道："他换我那个去，也能当饭吃吗？"于是，这件事被传为笑话。（北宋无名氏《道山清话》）

良田换书

清代初期的藏书家马寒中，浙江海宁人，一生嗜好图书，遇上珍本、善本，不惜重金购买。

一次，马寒中路过龙山镇，在一户查姓人家的案头上看见一部宋刻本《陆状元通鉴》，就要买回来。但主人认为那书是传家之宝，没有答应出卖。

不久，查家有人去世了，风水先生前来选择坟地，相中的“吉壤”刚好是马家的田地。马寒中得到这个消息，非常高兴，心想：买书的机会来了。于是，他立即带上地契前往查家，提出用十亩良田交换查家的图书，查氏终于答应了。

马寒中喜不自胜，抱着宋刻本《陆状元通鉴》赶快跑回家，一路上还生怕查氏反悔。（清代张金吾《爱日精庐藏书志》卷九）

（原文载 1994年 6 月 12 日《羊城晚报》“书趣”版）

书林趣事

图书在我国已有数千年的历史。古人在访求和保藏书籍过程中，做出了不懈的努力，留下了很多精彩动人的故事。本文介绍其中两小则。

宋版书“破镜重圆”

明末清初的藏书家钱谦益，江苏常熟人。他曾廉价购得一部宋版《后汉书》，因为该书已缺欠两册，所以他一直耿耿于怀，多次嘱托奔走各地的书贾设法把它补足。

一天傍晚，有个书贾到商店购买面粉，看见商店的柜台上放着两本图书，于是警觉起来。仔细一看，原来这两本书正是钱谦益吩咐寻求的宋版《后汉书》。顿时，书贾吃了一惊，随即又暗自高兴起来。他不动声色，略花几个钱就把那稀世之珍弄到手。唯一的缺憾是，其中一册书已被撕去数叶，他向店主人索要，店主人说：“刚才包装面粉时给对面邻居拿走了，你去要回来就行啦。”书贾跑到对面一问，书叶果然还在。

当天夜里，书贾带着宝贝一样的图书，披星戴月地赶到钱谦益的家。钱氏一见，不禁手舞足蹈、欣喜若狂，连忙吩咐设宴待客，继而又赏给书贾二十两银子。至此，价值连城的宋版《后汉书》“破镜重圆”了。（出清代叶昌炽《藏书纪事诗》卷四引《牧斋遗事》）

《辽史拾遗》佚稿复得

清代藏书家郁佩先，浙江钱塘人。他家境富有，庋藏甚丰，但仍然孜孜不倦地搜求未备的书籍。他的同乡——文学家厉鹗去世后，郁佩先买下了厉氏编著的《辽史拾遗》一书的手稿。没想到该手稿中间已缺少五十页。为此，郁佩先十分惋惜，曾经东奔西走、百计寻求而未得。

郁佩先没有失望。一天，他上街漫步，看见有个和尚背着一篓废纸在赶路，就尾随而去，细心察看，发现和尚背的居然是厉氏的遗物，《辽史拾遗》的佚稿也在其中。于是，他兴奋地买下这篓废纸，带回家中进行整理。结果，拣选出来的“废纸”恰好弥补了手稿——《辽史拾遗》的缺页。郁佩先惊诧不已，还以为有神灵在庇佑他呢。（出清代叶昌炽《藏书纪事诗》卷五引《庶斋老学丛谈跋》）

（原文载 1996 年 9 月 29 日《南方日报》“海风 · 书林”版）

刻书故事二则

毋守素刻书致富

毋守素字表淳，北宋河中府龙门县（今属山西省）人。他生活在五代至北宋初期，是我国古代著名的刻书家。

毋守素年轻时，雕版印刷术已经发明但尚未广泛应用，书籍奇缺。他向别人借阅《文选》《初学记》等图书，常常遭到拒绝。为此，他愤愤不平，曾经发誓说："可惜我家贫力不从心。他日有条件，我一定要雕版印书，使天下求学的人都有书读！"不久，毋守素在蜀国谋得了职业，他省吃俭用，家里有了积蓄，他高兴地说："我的愿望应该实现了。"于是，就请来刻书工人，日夜雕刻，很快就印成《文选》《初学记》等图书，接着又雕印儒家的经典著作"九经"及其他书籍，蜀国的文化事业从此得到了很大的发展。

五代十国是我国历史上的动荡时期，蜀国归宋后，很多豪强人家由于钱财积累过多，在战乱中纷纷遭到破灭。北宋开国皇帝赵匡胤是个爱书人，他出兵蜀国时，就命令部下收集当地的书籍和印书的版片，以备使用。有一天，宋太祖正在宫中读书，忽然在一本书的末尾看见毋守素的名字，就问："毋守素是什么人？" 部下回答说："他是蜀国人，以刻书为业。上次收缴的书版就是来自他家……"宋太祖非常欣赏毋氏喜爱刻书的行为，当即命令把收缴上来的印书版片全部退还毋守素。

毋守素利用这些书版继续印书，数年之间，发行的书籍遍及海内，他的财富不断地增加。当初雇请人工雕版时，多少人非议他、奚落他。现在他家累千金，子孙享用不尽，连当年的嗤笑者也回过头来向他借贷了。（出清代叶昌炽《藏书纪事诗》卷一引《焦氏笔乘》）

喜欢刻书的"败家子"

毛晋字子晋，号潜在，江苏常熟人，明末清初著名的刻书家和藏书家。他一生刻印图书六百多种，著名的有《十三经》《十七史》《津逮丛书》《六十种曲》等，是历代私家刻书最多的一位。

毛氏自小就是个书迷，青少年时代就喜欢读书刻书。有一次，他要镌刻屈原、陶渊明的文集。当时，有人对他父亲说："您老人家勤俭半世才有今天的家业，可您的儿子不事生产、不务正业，成天和梓工（刻字工人）在一块玩弄刀笔，这样下去，我担心会败坏您的家业。"他的母亲是个有见识的妇女，得知旁人的议论后，她辩解说："儿子就算刻书败家，也比斗鸡走马、赌博嫖娼好得多。”她还拿出自己的私房钱资助儿子刻书。在母亲的支持下，屈原、陶渊明的文集刻印成功了，由于雕镂精工，绝无鲁鱼亥豕的错误，因此，四面八方的读者纷纷前来购买，毛氏不仅赚了钱，还赢得良好的声誉。那位预言他“败家”的人见到这种情况，也改变态度，对他另眼相看了。（出清代叶德辉《书林清话》卷一引陈瑚《为毛潜在隐居乞言小传》）

（原文载 2015 年 3 月 13 日《图书馆报》）

古籍书名拾趣

我平时喜欢阅读古籍书目，发现有趣的书名就记录下来，然后查阅资料，弄清其来龙去脉，再根据这些资料写成一些短文字。时间长了，这类文字已有多则，现不揣浅陋汇成一篇。

《麟角集》

《麟角集》一卷，附录《省题诗》一卷，唐代王棨撰，其八世孙王苹、十九世孙王观编辑，是我国最早的科举考试诗文选集。

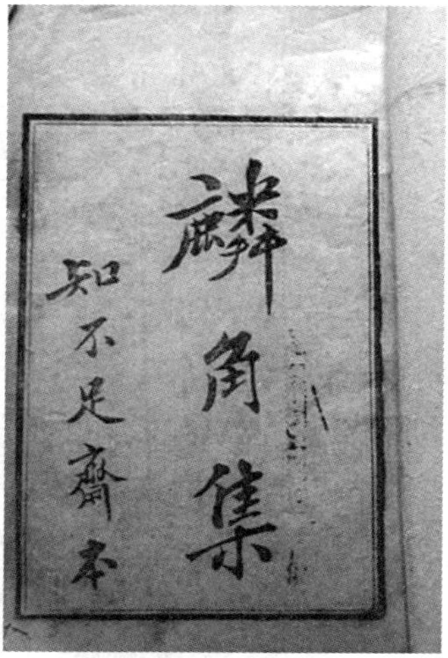

《麟角集》

王棨字辅之，福清（今属福建省福清市）人。唐代咸通三年（862）进士，官至水部郎中。此书收录律赋四十五篇，《省题诗》二十一篇，其中有《鸟求友声赋》《凉风至赋》《贫赋》《蟭螟巢蚊睫赋》《吞刀吐火赋》《牛羊勿践行苇赋》《咏菊诗》《山明松雪诗》《三峡闻猿诗》等，均为科场应考之作。书名“麟角”二字，取自三国魏蒋济《万机论》：“谚曰：‘学如牛毛，成如麟角’，言其少也。”（见《太平御览》卷六百七）或称书名取自《颜氏家训·养生篇》“学如牛毛，成如麟角”，这是没有细究的缘故。谚语的意思是：求学考试者多如牛毛，中试登第者少如麟角。用来作为书名，既点明此书科场程文的内容，又说明学成登第为难能可贵，借以劝告士子要珍惜取得的功名地位——这应该是“麟角”一语蕴含的意义。

《鸡肋编》

《鸡肋编》三卷，宋代庄季裕撰，是记录轶闻旧事的笔记。

“鸡肋”一词源于《三国志》裴松之注引《九州春秋》：曹操攻打汉中，不能取胜，撤退时传出命令：“鸡肋！”所属官员多不理解，主簿杨修说：“夫鸡肋，弃之可惜，食之无所得，以比汉中，知王欲还也。”此后人们喜欢用“鸡肋”来比喻某些既乏味又不忍心舍弃的东西。作者认为，这部笔记对于“撅芦菔（拔萝卜）、凫茨（荸荠，又称乌芋）而饿于墙壁之间”的人来说，就像“鸡肋”一样，虽然没有兔子腿肉好吃，但还是比啃牛骨头好，因而取名《鸡肋编》。

《献丑集》

《献丑集》一卷，南宋许棐撰，随笔小品集，包括短文十一篇，《樵谈》三十则。

作者在该书的序文中写道：“闺女弄妆，自谓天下色也，出见施嫱，始知献丑。予以诗文献丑者也。”原来，作者曾经患过一场重病，病愈后，他足不出户，潜心写作，每成一篇，必拊几嗟赏，认为是前无古人、后无来者的佳作，没想到别人读了不但没有赞赏，反而传为笑话。他后悔当初不把作品藏匿起来。

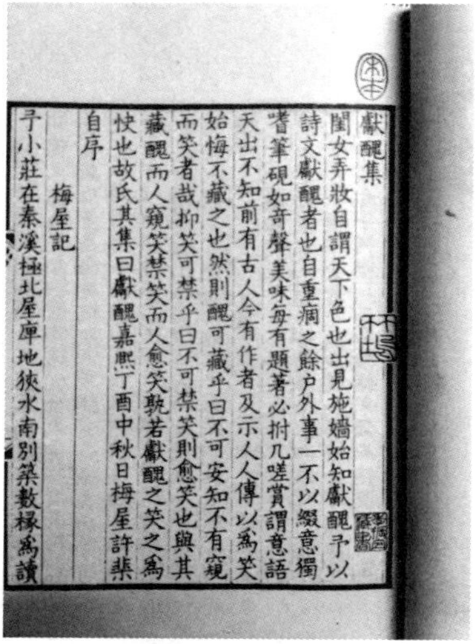
獻醜集
閨女弄妝自謂天下色也出見施嫱始知獻醜予以
詩文獻醜者也自重病之餘户外事一不以綴意獨
嗜筆硯如奇聲美味每有題著必拊几嗟賞謂意語
天出不知前有古人今有作者及示人人傳以為笑
始悔不藏之也然則醜可藏乎曰不可安知不有窺
而笑者哉抑笑可禁乎曰不可禁笑則愈笑也與其
藏醜而人窺笑禁笑而人愈笑孰若獻醜之笑之為
快也故氏其集曰獻醜嘉熙丁酉中秋日梅屋許棐
自序
梅屋記
予小莊在秦溪極北屋庳地狹水南别築數椽為讀

《献丑集》

“然而，‘丑’是可以藏匿的吗？”作者继续写道：“不可。怎能保证没人在窥探呢？‘禁笑’行吗？不行，你不让人家笑，人家就会笑得更加厉害。与其‘藏丑’让人暗笑，‘禁笑’而让人大笑，还不如‘献丑’而让人家笑个够。”基于这些想法，《献丑集》就成为其作品的名称。

《投辖录》

《投辖录》一卷，南宋王明清撰，是一部记载奇闻逸事的笔记小说。

“投辖”一词源于《汉书·陈遵传》：“遵嗜酒，每大饮，宾客满堂，辄关门，取客车辖投井中，虽有急，终不得去。”《辞源》解释说：“辖，车厢两端的键，去辖则车不得行。”于是，“投辖”便成为主人挽留客人的典故。《投辖录》一共记载了四十四则故事，其中有宋真宗（赵恒）率领群臣漫游蓬莱山，章丞相（疑为章惇）被富家妇人勾引，蔡元长（蔡京）于华山遭遇长毛女等。作者认为，这些故事内容精彩，客人听了，会“忻然忘倦，神跃色扬，不待投辖而自然肯留”（《投辖录》序），因而将笔记小说命名为《投辖录》。

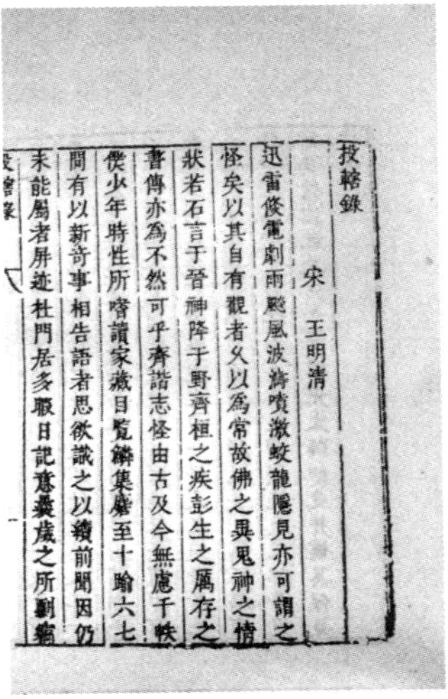
投轄錄
宋 王明清
迅雷倏電劇雨飄風波濤噴激蛟龍隱見亦可謂之
怪矣以其自有觀者久以爲常故佛之異鬼神之情
狀若石言于晉神降于野齊桓之疾彭生之厲存之
書傳亦爲不然可乎齊諧志怪由古及今無慮千帙
僕少年時性所嗜讀家藏目覽雜集纂至十踰六七
間有以新奇事相告語者思欲識之以續前聞因仍
未能屬者屏迹杜門居多暇日記憶曩歲之所[illegible]

《投辖录》

《鼠璞》

《鼠璞》二卷，南宋戴埴撰，是一本考证经史疑义及名物典故的笔记。

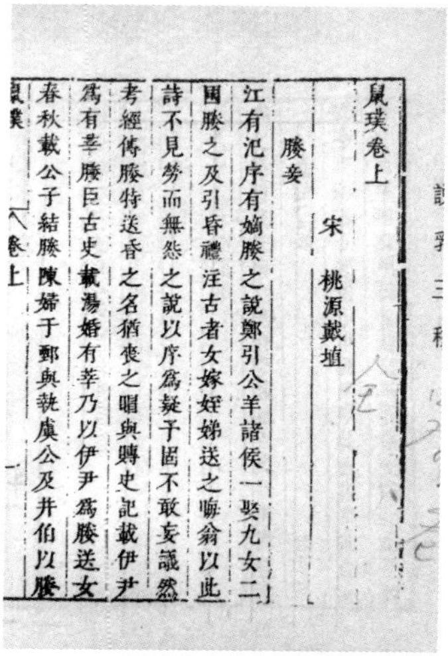
鼠璞卷上
宋　桃源戴埴
媵妾
江有汜序有嫡媵之說鄭引公羊諸侯一娶九女二
國媵之及引昏禮注古者女嫁姪娣送之嚇翁以此
詩不見勞而無慭之説以序爲疑予固不敢妄議然
考經傳媵特送昏之名猶喪之賵與賻史記載伊尹
爲有莘媵臣古史載湯婚有莘乃以伊尹爲媵送女
春秋載公子結媵陳婦于鄄與執虞公及井伯以媵
鼠璞　卷上

《鼠璞》

《尹文子·大道下》有这样的一个故事："郑人谓玉未理者为璞，周人谓鼠未腊者为璞。周人怀璞谓郑贾曰：'欲买璞乎？'郑贾曰：'欲之。'出示其璞视之，乃鼠也。"故事说明一个道理：同一词语在不同的地区，它的含义往往也不相同，因此必须区别对待，不可一概而论。戴埴的笔记主要是考证经史疑义，其中不少篇幅用于解释某一词语在各个历史时期的不同含义。例如书中说："东阁"在汉代属于招延宾客的地方，至宋则用来称呼宰相的儿子；"令甲"在汉代是法令的第一篇，到了宋代则成为一般法令的通称；"探花郎"在唐代用来称呼进士中最为年轻的二人，到了宋代是指殿试中的一甲第三名，等等。诸如此类，"鼠璞"的意味是很浓的，难怪作者取了这么一个古怪的书名。

《吹剑录》

《吹剑录》一卷，南宋俞文豹撰，记录个人见闻和读书心得的笔记。

此书作者喜欢品评历史人物，如：“孔子教人遵王，孟子教人为王”；诸葛亮“忠于刘备”，不忠汉室；杜甫写诗，将“孔丘盗跖”并列，得罪名教；司马光人前崇儒，背后妄佛，等等。这些文字虽然未必信实，但却颇有新意。书名“吹剑”，典出《庄子·则阳》：“吹剑首者，吷而已矣。”意思是用嘴巴吹剑柄端的小孔，发出的声音微弱而且不合韵调，也就是影响小、不中听，用作书名则含有谦逊、自贬之意。

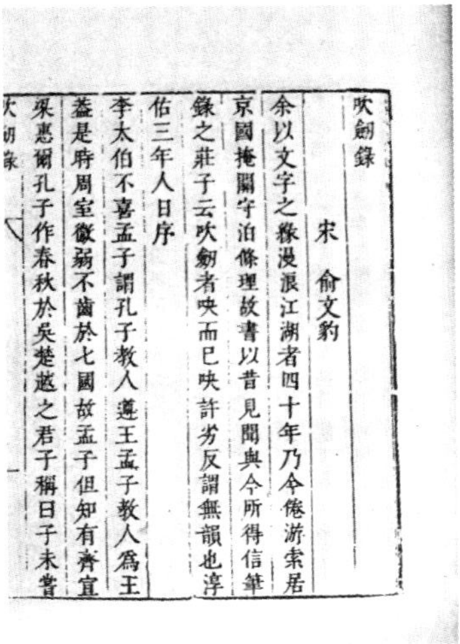
吹劍錄
宋　俞文豹
余以文字之豢漫浪江湖者四十年乃今倦游索居
京國掩關守泊條理故書以昔見聞與今所得信筆
錄之莊子云吹劍者吷而已吷許劣反謂無韻也淳
佑三年人日序
李太伯不喜孟子謂孔子教人遵王孟子教人爲王
蓋是時周室微弱不齒於七國故孟子但知有齊宣
梁惠爾孔子作春秋於吳楚僭之君子稱曰子未嘗
吹劍錄　一

《吹剑录》

《睽车志》

《睽车志》六卷，南宋郭彖撰，志怪小说集。

“睽车”这个词语宋代之前还没有出现，但《易经》“睽”

卦却有“载鬼一车”的说法，“睽车”应当是这些文字的压缩语。唐代学者孔颖达将“载鬼一车”解释为“鬼魅盈车，怪异之甚也”。可见，“睽车”离不开鬼怪和神异。

郭彖《睽车志》主要记录南宋建炎、绍兴、淳熙年间出现的鬼神怪异之事，书中有山鬼狎人、鬼与人交、人死再生、白蛇成精、瓮生芝草等等。作者要通过这些故事宣扬因果报应，达到劝善惩恶之目的。书中虽不乏荒诞不经和封建迷信的内容，但这些奇闻怪事正好切合《睽车志》的题目。

《绀珠集》

《绀珠集》十三卷，编辑者姓名不祥（晁公武认为作者是宋代朱胜非），是一部摘录百家小说而成的笔记总集。

五代王仁裕《开元天宝遗事》记载：唐朝开元年间，宰相张说有一颗绀色珠，如有遗忘之事，“则以手持弄此珠，便觉心神开悟，事无巨细，焕然明晓，一无所忘”，因而取名为“记事珠”。可见，“绀珠”就是绀色珠（绀，青中带红的颜色），其作用是能够提神醒脑，增强人的记忆力。《绀珠集》引录古书一百三十七种，均“摘录数语，分类排列，供备忘检阅之用”（见《辞源》）。翻开书页，各种逸闻旧典历历在目，唾手可取，实不亚于一颗益人神智的记事珠。

《多能鄙事》

《多能鄙事》十二卷，明代刘基撰。此书内容驳杂，《四库全书总目》列入子部“杂家类”（存目），王毓瑚《中国农学书录》作为农书列入“农业通论”类。

“多能鄙事”出自《论语·子罕篇》第九：孔子说：“吾少也贱，故多能鄙事”。“鄙事”是“鄙贱”的事情，是谋生糊口的小技艺。儒家认为，“小技艺”妨害大事业，“是以君子不为”。孔子小时候穷苦，为了生计，才学会这些技能，不是什么能耐，而是出于不得已。此书“凡饮食、器用、方药、农圃、牧养、阴阳占卜之法，无不备载”（《四库全书总目》卷一三〇），其中有“造酒法”“造醋法”“染色法”“理容方”“种水果法”“种药物法”“养六畜法”等等，均为农村日常生活的知识和技能，故作者摘取《论语》四字来命名，表示书中所写都是“上等人”所不齿的“鄙事”——这是书名的主要意思。此外，书名还包含了“鄙事”不鄙之意，

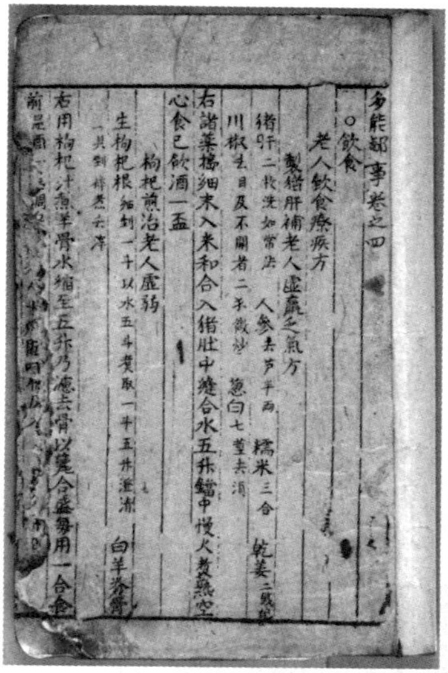

《多能鄙事》

君不见至高无上的圣人孔夫子，尚且从事过“低下”“鄙贱”的职业呢。

《留青日札》

《留青日札》四十卷，明代田艺蘅撰，是一部仿照《容斋随笔》《梦溪笔谈》等书的体裁写成的笔记。

作者在《田艺蘅集》中记述了《留青日札》成书的经过：“田子艺（田艺蘅的字）咏竹中，偶闻瞥见则抽簪刻竹纪之，于是，竹无空节，节无完肤。几三十年，誊稿充宇，遂命之曰《留青日札》。”（清代姚之因《元明事类钞》卷二十一引《田艺蘅集》）

这段文字记述了《留青日札》奇特的写作方式和成书过程：其一，此书写作的地点不是在书房里，而是在竹林间；其二，此书的初稿不是用通常的纸张，而是青色的竹皮；其三，撰写初稿不是用一般的笔，而是头发上的簪子……作者正是用这样的“纸”“笔”，吟咏于竹林间，“偶闻瞥见，则抽簪刻竹纪之”，这就是“留青”。刻写完后每天都把青竹皮中的文字誊下来，这无疑是“日札”。二十多年过去了，誊下来的书稿装满了房屋，这些书稿经过作者的加工、整理，于是，一部带有传奇色彩的笔记——《留青日札》诞生了。

（原文载 1999 年第 2 期《阅读与写作》杂志）

古籍书名拾趣（续）

下面几则书名均关涉人肢体的某一部位，孤立地看意义不大，但集中起来就觉得很有趣味。

《贵耳录》

《贵耳录》三卷，南宋张端义撰，主要记录朝野逸闻的笔记，其中有关诗人、文人的评述约一百则，占全书的 40%。

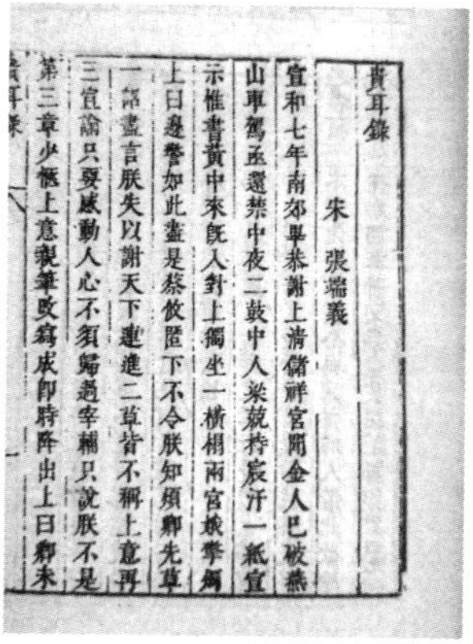
貴耳錄

宋 張端義

宣和七年南郊畢恭謝上清儲祥宮聞金人已破燕
山車駕亟還禁中夜二鼓中人梁兢持宸翰一紙宣
示惟書黄中來既入對上獨坐一横榻兩宮娘擎觸
上曰邊警如此盡是蔡攸匿下不令朕知須卿先草
一詔盡言朕失以謝天下速進二草皆不稱上意再
三宣諭只要感動人心不須歸過宰輔只說朕不是
第三章少愜上意親筆改寫成即時降出上曰卿來

《贵耳录》

此书记载当朝权贵王黼（南宋官僚）糟蹋粮食并遭遇报应一事，颇具戏剧性：“王黼宅与一寺为邻。有一僧，日在黼宅沟中流出雪白色饭颗漉出，洗净晒干，不知几年，积成一囤。靖康城破[①]，黼宅骨肉绝食，此僧即用所囤之米，复用水浸蒸熟，送入黼

① 靖康城破：指靖康二年（1127）金兵攻破北宋都城东京的“靖康之难”。

宅，老幼赖之无饥。”

此事经冯梦龙改编后写入《警世通言·纯秀才一朝交泰》一章，流传更广，但最早记载这个故事的《贵录集》却被忘记得一干二净，颇不应该。关于书名，作者张端义的序文有此解释：“耳为人至贵，言由音入，事由言听，古人有入耳着心之训，且有贵耳贱目之说……”作者重视耳朵的听觉功能，甚至认为人的听觉功能比视觉功能更加重要，这就是《贵录集》的来由。

《拊掌录》

《拊掌录》一卷，宋代邢居实撰，古代笑话集。此书有《雪涛谐史》本、《说郛》本、《古今说海》本等，以王利器辑《历代笑话集》本最为完备。

此书卷首载五代状元王溥父亲王祚请瞎子算命一事，颇有情趣：

“祚为周观察使，致仕。祚居富贵久，奉养奢侈，所不足者，未知年寿耳。一日，居洛阳里第，闻有卜者，令人呼之，乃瞽者也。密问老兵云：‘何人呼我？’答曰：‘王相公父也，贵极富溢，所不知者寿也，今以告汝，

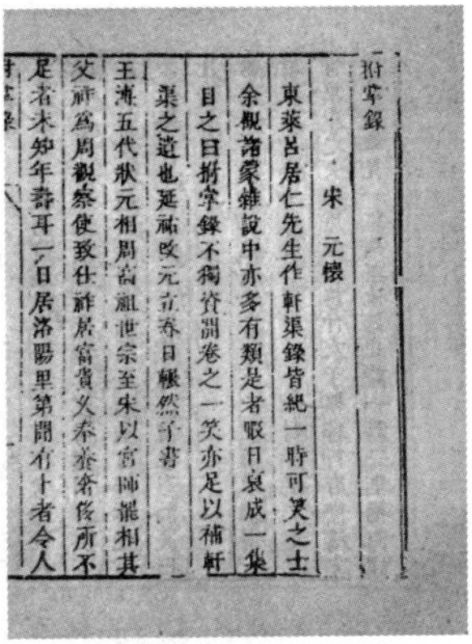
拊掌錄
宋 元懷
東萊呂居仁先生作軒渠錄皆紀一時可笑之士
余觀諸家雜說中亦多有類是者暇日裒成一集
目之曰拊掌錄不獨資談卷之一笑亦足以補軒
渠之遺也延祐改元立春日樂然子書
王溥五代狀元相周高祖世宗至宋以宮師罷相其
父祚爲周觀察使致仕祚居富貴久奉養奢侈所不
足者未知年壽耳一日居洛陽里第聞有卜者令人

《拊掌录》

俟出，当厚以卦钱相酬也。’既见祚，令布卦成文，推命，大惊，曰：‘此命唯有寿也。’祚喜，问曰：‘能至七十否？’瞽者笑曰：‘更向上。’答以‘至八九十否？’又大笑曰：‘更向上。’答曰：‘能至百岁乎？’又叹息曰：‘此命至少亦须一百三四十岁也。’祚大喜曰：‘其间莫有疾病否？’曰：‘并没之。’其人又细数之，曰：‘俱无，只是近一百二十岁之年，春夏间微苦脏腑，寻便安愈矣。’祚大喜，回顾子孙在后侍立者曰：‘孩儿辈切记之，是年莫教我吃冷汤水。’”

这段文字既有文言小说之典雅，又富于现代小说的细腻，摹写老官僚之昏聩、算命者之狡黠，堪称惟妙惟肖，读罢令人捧腹。此书序文称：“东莱吕居仁先生作《轩渠录》，皆纪一时可笑之士。余观诸家杂说中，亦多有类是者，暇日裒成一集，目之曰《拊掌录》。不独资开卷之一笑，亦足以补‘轩渠’之遗也”。“拊掌”即击节、鼓掌之意。因此书裒辑的都是一些滑稽可笑的人物和事情，看后忍不住击节，故名《拊掌录》。

《脚气集》

《脚气集》二卷，南宋车若水撰，考据经史百家得失的笔记，其体例颇近语录。

此书《四库全书总目》杂家类著录，介绍得很详细：“其论《诗》，攻小序；论《春秋》，主夏正；论《礼记》，掊击汉儒，皆坚持门户之见。论《周礼·冬官》，讥俞廷椿断定拨置，其说甚正……”书中的内容，因时代变迁，读来不免有“隔靴”之感，但也有贴近现实的，如：“天地本黑也，以日为光；本寒也，以日而暖。日入则复黑，日远则复寒矣”；“文章可见兴亡，可见时节，未说道理，且看文气，‘大风起兮云飞扬’，兴国之言也。‘妖姬脸似花含露’，亡国之音也”；“妇人缠脚不知起于何时，小儿未四五岁，无罪无辜而使之受无限之苦，缠得小来不知何用。后汉戴良嫁女，练裳布裙，竹笥木屐，是不干古人事。或言自唐杨太真起，亦不见出处”，等等，均属肯綮之论，虽然距今已近千年，但读来亦颇真切，毫无道学先生之腐气。书名《脚气集》，“据其从子唯一跋，盖成于咸淳甲戌（1274），因病脚气，作书自娱，故名曰《脚气集》。”

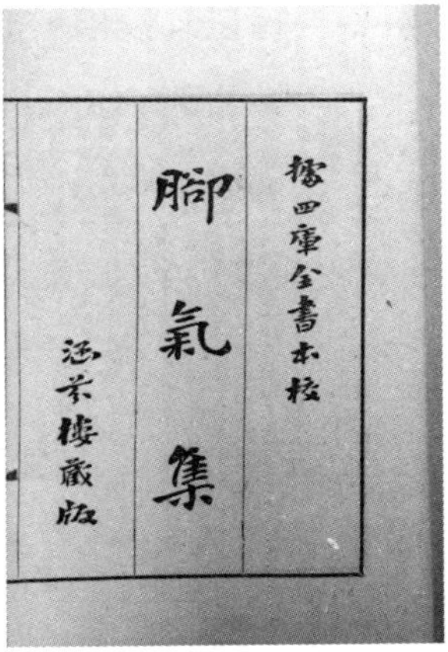

《脚气集》

2018 年 1 月 30 日

（原文载 2018 年 2 月 23 日《圕人堂周讯》总第 198 期）

古代的剽窃丑闻

不会作奏记的官员

东汉时，有个新上任的官员，由于不会撰写奏记（对长官陈述情况的书面意见叫奏记），央求别人代笔又遭到拒绝，感到十分苦恼。这时，有人告诉他："梁国葛龚先生的奏记很好，你何不抄写一份？"他听从了，抄录时，连作者的姓名也照搬不误。上司发觉后大怒，立即撤销他的职务。丑闻传出后，社会上出现这样一句话："作奏虽工，宜去葛龚。"嘲笑这位官员一点常识也没有。（出三国魏邯郸淳《笑林》）

郭象窃《庄子注》

郭像是西晋的玄学名士，他有点才能，品行却不佳。当时的哲学家向秀，曾经用多年的工夫注释《庄子》一书，可惜未注完《秋水》《至乐》二篇，他就去世了。郭象见向秀的注文尚未行世，就抄袭过来，只补注《秋水》《至乐》二篇，就全部当成自己的"成果"向社会公开。后来，向秀的注文流传开了，于是，《庄子》一书就出现向、郭两个注本，但两者的内容基本是一样的。此事《世说新语·文学》《晋书·郭象传》均有记载。

何法盛窃《晋中兴书》

郗绍是南朝宋高平人，他曾著有《晋中兴书》若干卷。书成之前，他多次把该书的手稿拿给何法盛看。没想到，何法盛竟打起这部书的主意。他对郗绍说："你已经功成名遂了，这部书对你没有用处。我还是个贫穷的士人，在社会上毫无地位。请你把书稿让给我，让我也能得到一点声名。"郗绍不愿意别人在自己的作品中署名，拒绝了他的要求。

《晋中兴书》写完后，郗绍把稿件放在自家书房的柜子里。一天，何法盛来找郗绍，见他不在，就闯进郗绍的书房，把柜子里的书稿全部盗走。郗绍回家，发现书稿被盗，后悔没有留下复件，他也没有精力重新写作。于是署名"何法盛撰"的《晋中兴书》在社会上流行开了。（出唐代李延寿《南史》）

"斫窗舍人"

唐代有个中书舍人叫阳滔，由于不学无术，每次起草文件都要抄袭。一天，皇帝催促他起草诏命，恰逢管理资料的人已带钥匙外出，阳滔得不到现成的"参考"文书，心急如焚，连

忙用斧头劈开资料库的窗户，爬进去取出所需的文件。事后，人们都称他是“斫窗舍人”。（出唐代张鷟《朝野佥载》）

宋齐丘“窃书求名”

宋齐丘，五代十国时南唐大臣，他一生热衷名利，曾经用凶残的手段编演了一出“窃书求名”的丑剧。

据记载，宋齐丘客居金陵时，认识了当时的名士谭峭。他得知谭峭著有《化书》六卷，就想窃为己有。于是，他故作热情，邀请谭峭饮酒，将谭灌醉，把他装入皮袋，缝好袋口投入深渊。然后夺取《化书》，谎称是自己的作品，还把书名更改为《齐丘子》……由于这件事，宋齐丘被斥责为“窃书求名”的“犬鼠之雄”。（出元末明初陶宗仪《说郛》）

欧文被盗

欧阳修在滑州（今属河南省）任职时，有位朋友来到他的住处，对他说：“某地有一官员喜欢你的文章，叫我来取几篇给他看……”自己的文章有人喜欢，这当然不是坏事。于是，欧阳修就把新近写成的十篇作品交给朋友送去。一月之后，朋友告诉欧阳修：那位官员读了你的文章后不甚喜欢，还批评说文章的格调不高。欧阳修听罢，轻轻地笑了一下，并不计较。

过了一年时间，社会上盛传某官员的文章写得好，有韩（愈）、柳（宗元）风格。欧阳修得知后托人找来阅读，读毕不禁抽了一口凉气，原来这些署着某官员姓名的文章正是自己先前交给朋友的十篇作品。面对如此恶劣的行为，欧阳修没有生气，也没有向他人公开那个剽窃者的姓名。（出北宋魏泰《东轩笔录》）

（原文载 1999 年第 2 期《阅读与写作》杂志）

不识朱子柏庐

明清时期，一些通过科举踏上仕途的官吏，往往娴熟儒家经典，“五经四书”倒背如流，除此之外似乎识见有限。清代梁章钜《楹联从话》载：清代有名官吏，每到一地任职，都在视事公堂张挂对联：“读书志在圣贤，为官心存君国”，并自注云：“敬录朱紫阳夫子《家训》语”。朱紫阳就是南宋理学家朱熹，所编著《四书集注》《诗经集传》为明清时期科举考试的必读书。但这副对联的作者却不是朱熹，而是明末清初布衣朱用纯。朱用纯，字致一，号柏庐，江苏昆山（今江苏省昆山市）人，明末诸生，明亡后隐居不仕，著有《朱子治家格言》（又称《朱子家训》）等，那副对联即出自此书。因《治家格言》前面冠有“朱子”二字，对联的内容又切合程朱理学的旨趣，致使只知晓一个紫阳“朱子”的封建官吏产生了误会。

（原文载 2014 年 12 月 22 日《藏书报》）

"西比拉"卖书

这是发生在古罗马塔昆王朝的一个故事。

有一天，皇宫里来了一位衣着褴褛的老太婆，她带着一部书，要卖给国王。这书仅有九卷，老太婆却索要金子一万两，国王嫌贵，决意不买。

老太婆回到家里，取出其中三卷书，点火焚毁。然后，带着留下的书，去见国王。

"陛下，"老太婆说，"我手里原有九卷书，要卖给您，您不要，我已烧掉三卷。这六卷书，您就买下来吧。"

国王问："书价多少？"

"一万两金子。"

国王说："九卷书要一万两，六卷书也要一万两，这不是开玩笑吗？"说罢，吩咐仆人打发老太婆出门。

老太婆回到家里，又取出其中三卷书，点火烧毁。然后，携着余下的书，再次来到王宫。

"国王陛下，"老太婆说："这九卷书，经过一烧再烧，现在只剩下三卷。可惜，除了您，任何人都没有购买此书的资格……"